HEYNE <

Zum Buch

Die Geschwister Ian, Olivia und Avery Dare treffen sich auf der jährlichen, pompös angelegten Geburtstagsparty ihres Vaters Robert, der jahrzehntelang heimlich eine zweite Familie mit seiner jetzigen neuen Frau Savannah hatte. Robert gab immer vor, hart zu arbeiten, und seine Kinder idolisierten ihn dafür, bis sie herausfinden mussten, dass er diese Zeit mit der anderen Familie verbrachte. Ian konnte seinem Vater diesen Verrat nie verzeihen und obwohl er als erwachsener Mann über den Fehlern seines Vaters stehen sollte, überträgt er diese Wut auf seine drei Halbgeschwister – allen voran seinen Erzfeind und Halbbruder Alex, der ihm inzwischen dieselbe Rivalität entgegenbringt. Als Ian das Fest verlassen will, begegnet er Riley Taylor, der attraktiven besten Freundin seines Halbbruders. Die beiden fühlen sich sofort stark voneinander angezogen, doch ihre stürmische Annäherung wird ausgerechnet von Alex unterbrochen. Er redet Riley ins Gewissen, denn er traut Ian nicht und fürchtet, dass Rileys Gefühle verletzt werden – und dennoch begehrt Riley Ian wie nie einen Mann jemals zuvor …

Zur Autorin

Carly Phillips hat sich mit ihren romantischen und leidenschaftlichen Geschichten in die Herzen ihrer Leserinnen geschrieben. Sie veröffentlichte bereits über zwanzig Romane und ist inzwischen eine der bekanntesten amerikanischen Schriftstellerinnen. Mit zahlreichen Preisnominierungen ist sie nicht mehr wegzudenken aus den Bestsellerlisten. Ihre Karriere als Anwältin gab sie auf, um sich ganz dem Schreiben zu widmen. Sie lebt mit ihrem Mann und den zwei Töchtern im Staat New York.

Carly Phillips

Wer nicht wagt, der liebt nicht

Aus dem Amerikanischen
von Ursula C. Sturm

WILHELM HEYNE VERLAG
MÜNCHEN

Die Originalausgabe erschien 2013 unter dem Titel
Dare To Love bei CP Publishing.

MIX
Papier aus verantwortungsvollen Quellen
FSC® C014496
FSC
www.fsc.org

Verlagsgruppe Random House FSC® N001967
Das für dieses Buch verwendete FSC®-zertifizierte Papier
Holmen Book Cream liefert Holmen Paper,
Hallstavik, Schweden.

2. Auflage
Taschenbucherstausgabe 06/2015

Printed in Germany
Redaktion: Birgit Groll
Umschlaggestaltung: Nele Schütz Design, München
unter Verwendung von shutterstock/HTeam
Satz: Greiner & Reichel, Köln
Druck und Bindung: GGP Media GmbH, Pößneck

ISBN 978-3-453-41842-4

www.heyne.de

1

Einmal im Jahr versammelten sich alle Dare-Geschwister im Ballsaal des Club Meridian, um den Geburtstag ihres Vaters zu feiern, der allerdings bei einigen von ihnen recht unbeliebt war. Ian Dare führte sein Glas an die Lippen, nippte an seinem Glenlivet und genoss die Wärme, die sich in seinem Körper ausbreitete, sobald der edle Scotch durch seine Kehle floss. Um sich so richtig zu entspannen, würde er wohl noch einen weiteren benötigen.

»Hi, großer Bruder.« Seine Schwester Olivia trat zu ihm und knuffte ihn in die Rippen.

»Pass auf, mein Glas.« Er legte ihr den freien Arm um die Schultern und drückte sie an sich. »Hi, Olivia.«

Sie umarmte ihn ebenfalls und gab ihm einen raschen Kuss auf die Wange. »Schön, dass du gekommen bist.«

Er zuckte die Achseln. »Ich bin bloß wegen dir und Avery hier. Wobei ich nach wie vor nicht verstehe, wie ihr zwei ihm einfach verzeihen konn…«

»Na, na.« Sie hob warnend den Zeigefinger. »Nicht hier. Wenn ich zu diesem Anlass schon so aufgetakelt rumlaufen muss, dann wirst du dich gefälligst auch zivilisiert benehmen.«

Ian trat einen Schritt zurück und betrachtete seine vierundzwanzig Jahre alte Schwester. Erst jetzt fiel ihm auf, dass sie ein goldenes Abendkleid trug und sich das dunkle Haar zu einem schicken Knoten hochgesteckt hatte. Kaum zu glauben, dass das die kleine Nervensäge war, die ihm und seinen Freunden früher, wenn sie Baseball gespielt hatten, so lange mit ihrem »Ich will mitspielen«-Gequengel in den Ohren gelegen hatte, bis sie sich hatten erweichen lassen.

»Schick, schick«, sagte er anerkennend.

Sie grinste. »Das musst du jetzt natürlich sagen.«

»Muss ich gar nicht. Und ich mein's ernst. So, wie du aussiehst, werde ich dir die Kerle wohl mit einem Baseballschläger vom Leib halten müssen.« Allein die Vorstellung ließ sein Stimmungsbarometer gleich wieder in den Keller sinken.

»Untersteh dich, sonst sage ich deiner Haushälterin, sie soll deine Zahnbürste zum Kloputzen verwenden. Wie gesagt, wenn ich mich schon so in Schale werfe, will ich auch was davon haben, und dazu gehört unter anderem, dass ich flachgelegt werde.«

»Ich tu jetzt einfach mal so, als hätte ich das nicht gehört«, brummte er und nahm erneut einen Schluck von seinem Scotch.

»Hey, du hast nicht nur versprochen, heute Abend zu kommen, sondern auch, dass du dich zusammenreißen wirst.«

Ian verzog das Gesicht. »Du kannst nicht ernsthaft von mir verlangen, dass ich ein gutes Benehmen an den Tag lege, wenn er mal wieder den großen Zampano spielt.« Er deutete mit dem Kopf zu Robert Dare, der in einer Ecke des Saales Hof hielt.

Neben dem Geburtstagskind saßen seine zweite Frau Savannah Dare, mit der er seit neun Jahren verheiratet war, sowie ihre gemeinsame Tochter Sienna und ein ganzer Haufen ihrer engsten Freunde aus dem Country Club. Siennas Brüder Alex und Jason fehlten noch, würden aber bestimmt auch bald aufkreuzen.

Olivia legte ihm eine Hand auf die Schulter. »Er liebt sie eben. Und Mom hat inzwischen Frieden mit ihm geschlossen.«

»Na, was blieb ihr auch anderes übrig, nachdem sie von *ihr* erfahren hatte?«

Als Robert Dare die bedeutend jüngere Savannah Sheppard kennengelernt hatte, war es, seiner eigenen Aussage zufolge, Liebe auf den ersten Blick gewesen. Sie hatte ihm drei Kinder geschenkt, der älteste Sohn war jetzt fünfundzwanzig. Ian selbst war vor Kurzem erst dreißig geworden. Robert Dare hatte jahrelang ein Doppelleben geführt und war in Sachen Fortpflanzung verdammt umtriebig gewesen.

Ian schnaubte verächtlich bei dem Gedanken daran, leerte sein Glas und stellte es auf dem Tablett eines Kellners ab, der eben vorbeikam. »So, ich habe ihm meine Aufwartung gemacht, und jetzt verdrücke ich mich.« Er wandte sich zum Gehen.

»Ach komm, bleib doch noch ein bisschen«, beschwor ihn seine Schwester. Ihr Tonfall klang leicht entnervt.

»Wozu? Soll ich dem alten Sack etwa noch ein Geburtstagsständchen singen? Nein, danke. Ich mach mich vom Acker.«

Ehe Olivia noch etwas einwenden konnte, betrat ihr Halbbruder Alex den Ballsaal, und beim Anblick seiner Begleiterin, einer umwerfend attraktiven Frau in einem roten Kleid, beschloss Ian spontan, seinen Aufbruch doch noch ein bisschen zu verschieben.

Wegen *ihr*.

Tja, es gab eben Menschen, die hatten das gewisse Etwas, eine Ausstrahlung, von der andere nur träumen konnten. Diese sexy Lady in Red gehörte eindeutig der ersten Kategorie an, und Ian verspürte instinktiv den Drang, sie zu erobern. Sie war zierlich, aber kurvig, und hatte eine lange, schokoladenbraune Mähne, die sich in wilden Locken über ihren Rücken ergoss. Sie hatte so gar nichts gemein mit all den Hungerhaken, mit denen er sich sonst einließ, ohne sie jedoch wirklich an sich heranzulassen. Zu dumm, dass diese Sirene mit seinem Halbbruder gekommen war und sich Ian deshalb von ihr fernhalten musste …

»Ich dachte, du wolltest gehen?«, erkundigte sich Olivia, die noch immer neben ihm stand.

»Äh, ja.« Er sollte wirklich dringend verschwinden, konnte sich dummerweise jedoch nicht vom Anblick dieser Frau losreißen.

»Warte doch noch, bis Scott und Tyler da sind«, schlug Olivia vor. »Dann hast du bestimmt auch deinen Spaß. Bitte«, flehte sie in diesem Tonfall, dem er noch nie hatte widerstehen können.

»Ja, Ian, bitte«, flötete nun auch ihre zweiundzwanzig Jahre alte Schwester Avery, die sich gerade zu ihnen gesellt hatte. Sie sah Olivia sehr ähnlich und wirkte ebenfalls schon sehr erwachsen in ihrem silbernen Kleid, das für Ians Geschmack viel zu tief ausgeschnitten war. Auch bei ihr fiel es ihm schwer, sich mit dem Gedanken abzufinden, dass sie die Blicke anderer Männer auf sich zog.

Ian biss die Zähne zusammen. Es war echt ein Wunder, dass ihn die beiden noch nicht ins Grab gebracht hatten.

»Worum geht's eigentlich?«, erkundigte sich Avery bei Olivia.

Diese grinste. »Ich habe ihn gebeten, nicht gleich wieder zu gehen. Dass er sich amüsieren soll, ist wohl zu viel verlangt, aber er könnte sich doch zumindest ein bisschen entspannen.«

»Frechdachs«, knurrte er, konnte aber in Anbetracht ihrer Hartnäckigkeit ein Schmunzeln nicht unterdrücken.

Dann spähte er verstohlen zu der Frau in Rot hinüber. *Ich kann nicht gehen, und ich kann sie auch nicht ansprechen*, dachte er frustriert. Er war ein Mann der Tat, doch im Augenblick konnte er sie lediglich aus der Ferne beobachten.

»Also, was ist jetzt?«, wollte Olivia wissen.

Er setzte ein Lächeln auf und zwang sich, mit seiner Aufmerksamkeit zu seiner Schwester zurückzukehren. »Also gut, ich bleibe noch, weil ihr mich gar so nett darum gebeten habt«, sagte er und musste sich sehr am Riemen reißen, um nicht wie gebannt zu der Frau hinüberzusehen, die nun lachend mit seinem Halbbruder das Tanzbein schwang.

*

Riley Taylor spürte seinen Blick auf sich ruhen, sobald sie am Arm ihres besten Freundes Alex Dare den eleganten Ballsaal betreten hatte. Dabei fand sie es auch so schon schwierig genug, sich in ihren hochhackigen Schuhen einigermaßen anmutig zu bewegen. Zu wissen, dass dieser Unbekannte, den sie geradezu verheerend sexy fand, jede ihrer Bewegungen verfolgte, machte das Unterfangen zu einer richtigen Herausforderung.

Alex hatte nicht das Geringste bemerkt. Als Starquarterback der Tampa Breakers war er im Gegensatz zu Riley daran gewöhnt, angestarrt zu werden. Und außerdem kannte er auf der Geburtstagsfeier seines Vaters natürlich jeden der Anwesenden, während für Riley der Großteil der Gäste Fremde waren.

Ihn hatte sie jedenfalls definitiv noch nie gesehen. In den vergangenen Jahren hatte sie sich vor Robert Dares alljährlicher Geburtstagssause erfolgreich drücken können. Letztes Jahr hatte sie berufliche Verpflichtungen geltend machen können, und im Jahr davor war sie erkältet gewesen. Doch diesmal hatte Alex darauf beharrt, dass sie ihn begleitete, allein schon deshalb, weil sie wegen ihrer beruflichen Probleme seelisch etwas angeschlagen war und Ablenkung gebrauchen konnte.

Während Alex mit seiner Mutter und seinen Schwestern tanzte, ging Riley an die Bar und bat um ein Glas

Eiswasser. Sie nahm einen Schluck und beschloss, sich einen Sitzplatz zu suchen, denn sie konnte es kaum erwarten, die unbequemen Stöckelschuhe auszuziehen und ihre müden Beine etwas zu entlasten.

Doch kaum hatte sie sich umgedreht und den ersten Schritt getan, da stieß sie auch schon mit einem gut gebauten Anzugträger zusammen, und ein Gutteil des eiskalten Wassers aus ihrem Glas ergoss sich in ihr Dekolleté und über ihren Busen.

»Huch!«, keuchte sie erschrocken und schwankte gefährlich auf ihren Stilettostöckeln, wurde aber zum Glück von zwei starken, warmen Händen an den Schultern gepackt, sodass sie nicht das Gleichgewicht verlor.

Sie hob den Kopf – und blickte ausgerechnet in das Gesicht des Mannes, den sie vorhin verstohlen beobachtet hatte. »Du!«, hauchte sie leise.

Seine Augen blitzten amüsiert auf. Sie waren stahlgrau, mit einem Stich ins Blaue. »Freut mich zu hören, dass auch du mich bemerkt hast.«

Riley blinzelte und wäre vor Scham am liebsten im Boden versunken. Sie war viel zu sehr damit beschäftigt, ihn zu betrachten, als dass sie auch nur ein vernünftiges Wort herausgebracht hätte. Er war der reinste Adonis – perfekte Wangenknochen, ein männlich-markantes Kinn, tipptopp gestyltes dunkelbraunes Haar –, und er verströmte eine geradezu unheimliche Wärme. Seine großen Hände, die immer noch auf ihren Oberarmen ruhten, verliehen ihr das Gefühl, klein und zierlich zu sein. Eine Empfindung, die sie nicht kannte, denn normalerweise war sie sich ihrer üppigen Kurven nur allzu bewusst.

Sie atmete tief ein, wobei ihr ein würzig-herber, maskuliner Duft in die Nase stieg, bei dem sie ganz weiche Knie bekam. An diesem Mann stimmte einfach alles. Er sprach sie auf sämtlichen Ebenen an.

»Alles okay?«, fragte er.

»Äh, ja, mir geht's gut.« Noch besser würde es ihr gehen, wenn er sie losließ, denn solange er sie berührte, war sie nicht in der Lage, auch nur einen klaren Gedanken zu fassen. Aber das behielt sie wohlweislich für sich. Es genügte schon, dass sie ihm wie hypnotisiert ins Gesicht starrte.

»So siehst du auch aus«, murmelte er.

Sie errötete angesichts des Kompliments und spürte, wie ihr heiß wurde. Herrje, hoffentlich merkte er ihr nicht an, dass sie total hin und weg war.

»Du bist ja ziemlich nass geworden«, sagte er und deutete auf den großen Wasserfleck auf ihrem Kleid. »Tut mir sehr leid.«

Er ließ sie los und schnappte sich eine Serviette von dem Stapel, der auf der Bar lag.

Das war sie in der Tat, und zwar auch noch ganz woanders, was reichlich voreilig war, wenn man bedachte, dass sie sich eben erst begegnet waren. Gott, was hatte dieser Mann bloß an sich, dass ihr Körper gleich derart heftig reagierte? Um das starke Verlangen zu wecken, das urplötzlich durch ihre Adern pulsierte, hätten sich andere Männer ganz schön ins Zeug legen müssen.

Sie hätte schwören können, dass sie durch die dünne Papierserviette hindurch seine warmen Fingerspitzen spüren konnte, während er ihr Brust und Hals abtupfte. Seine flüchtigen, unschuldigen Berührungen und der männliche Geruch, den er verströmte, ließen sie wohlig schaudern und versetzten sämtliche Nervenzellen ihres Körpers in Alarmbereitschaft. Ihre Brüste schwollen an, die Nippel stellten sich auf, und die unteren Regionen ihres Körpers erwachten jäh aus ihrem bereits lange währenden Dornröschenschlaf.

Falls es ihr irgendwie anzusehen war, dann verkniff er sich offenbar jeglichen Kommentar. Ein Gentleman. Und zwar einer, der schier unwiderstehlich auf sie wirkte.

Noch nie hatte es ein Mann geschafft, ihre Sinne so rasch und heftig zu wecken. Zuweilen hatte sich Riley gefragt, ob ihr bisheriges Desinteresse auf eine bewusste Entscheidung ihrerseits zurückzuführen war. Tja, spätestens jetzt war sonnenklar, dass das nicht der Fall war.

Als sie einen Schritt zurückwich, knüllte er die Serviette zusammen und deponierte sie auf dem Tresen.

»Danke.«

»War mir ein Vergnügen«, säuselte er. Es klang reichlich anzüglich, und seine Pupillen weiteten sich, als würde auch er das heftige Knistern zwischen ihnen spüren.

»Vielleicht sollten wir uns jetzt erst einmal vorstellen. Ich bin Ian Dare.«

Riley schluckte schwer. Ihr war schlagartig klar, dass

dieser Mann, so sehr sie sich auch zu ihm hingezogen fühlte, für sie tabu war. »Du bist ein Bruder von Alex.«

»Halbbruder«, korrigierte er sie mit gepresster Stimme.

»Richtig.« Sie konnte seine Reaktion nur zu gut nachvollziehen, schließlich wollte Alex genauso wenig mit Ian zu tun haben wie dies umgekehrt offenbar der Fall war.

»Du hast die Augen deines Vaters«, bemerkte sie unwillkürlich, worauf sich seine Miene prompt verfinsterte.

»Ich will mal stark hoffen, dass du nicht noch mehr Ähnlichkeiten zwischen dieser Kanaille und mir entdeckst.«

Riley hob die Augenbrauen, erstaunt über seinen verbitterten Tonfall. Sie konnte seine Beweggründe zwar durchaus nachvollziehen, aber sie kannten sich schließlich noch gar nicht richtig.

Ian zuckte die Achseln, was Rileys Aufmerksamkeit auf die breiten Schultern lenkte, die unter dem maßgeschneiderten Anzug verborgen waren. »Tja, was soll ich sagen? Man muss schon ein ziemlich gewissenloser Schuft sein, wenn man wie er ein Doppelleben führt und sich eine Zweitfamilie zulegt.«

»Du nimmst ja echt kein Blatt vor den Mund«, murmelte sie.

Seine Augen glitzerten wie silbernes Eis. »Ist ja nicht so, als wüssten nicht alle Anwesenden Bescheid.«

Riley wusste, sie sollte lieber das Thema wechseln, aber da er so offen über seine Gefühle sprach, beschloss sie, ihm die Frage zu stellen, die ihr durch den Kopf ging. »Wenn du noch immer so wütend auf ihn bist, warum bist du dann überhaupt hier?«

»Weil mich meine Schwestern bekniet haben.« Nun war sein Tonfall wieder warm, seine eben noch so kalte, abweisende Miene wurde weich, und er wirkte wieder umwerfend verführerisch.

»Avery und Olivia sind nicht so nachtragend wie ich«, erklärte er. Aus seiner Liebe zu seinen Schwestern machte er genauso wenig einen Hehl wie aus seinem Hass auf seinen Vater.

Riley lächelte. Da sie ein Einzelkind war, beneidete sie die beiden sehr um ihren Bruder. Aber dafür hatte sie ja Alex. Sie spähte zur Tanzfläche und entspannte sich ein wenig, als sie sah, das der Mann, mit dem sie gekommen war, mit seiner Mutter übers Parkett glitt.

»Jetzt sind wir total vom Thema abgekommen«, bemerkte Ian. »Also, ich habe mich bereits vorgestellt, jetzt bist du dran.«

»Ich heiße Riley Taylor.«

»Und du bist die bessere Hälfte meines Halbbruders«, stellte er mit unverholener Enttäuschung fest. »Ich hab gesehen, wie ihr vorhin gemeinsam gekommen seid.«

Er dachte, sie wären ein Paar? »Nein, nein, wir sind bloß gute Freunde. Eher wie Bruder und Schwester.«

Seine Augen begannen zu leuchten. »Das ist ja die beste Neuigkeit, die ich bis jetzt den ganzen Abend zu Ohren bekommen habe«, sagte er sichtlich erfreut, wobei er sie ungeniert anstarrte. Sogar seine samtige Stimme klang unwiderstehlich.

Riley schwieg, weil ihr partout keine Erwiderung darauf einfallen wollte.

»Tja, Riley, und wo wolltest du vorhin so dringend hin?«

»Ich wollte mich irgendwo hinsetzen und ausruhen«, gab sie zu.

»Verstehe«, sagte er mit einem Blick auf ihre roten Pumps. »Da weiß ich Rat. Komm mit.«

Ehe sie Einspruch erheben konnte – was sie vermutlich getan hätte, wenn ihr klar gewesen wäre, dass er sie nach draußen entführen würde – hatte er schon ihren Arm gepackt und bugsierte sie zum anderen Ende des Ballsaals.

»Ian ...«

»Keine Widerrede. Du wirst es mir danken, versprochen.« Damit öffnete er eine Tür und führte sie aus dem klimatisierten Ballsaal hinaus auf eine leere Terrasse.

Draußen war es warm. Riley stammte aus Florida und war an schwüle Sommernächte gewöhnt, und auch Ian, der immer noch die Hand an ihrem Ellbogen hatte, schien sich nicht daran zu stören. Er führte sie zu einem Zweiersofa und bedeutete ihr, sich zu setzen.

Hm. Offenbar war er daran gewöhnt, seinen Willen durchzusetzen, was sie normalerweise eher abtörnte, doch in diesem Fall fand sie es ausgesprochen attraktiv. Sie ließ sich in die weichen Kissen sinken, und er nahm neben ihr Platz und rückte ihr dabei ziemlich auf die Pelle. Doch es fühlte sich gut an, so an seinen harten Körper geschmiegt dazusitzen. Das Herz klopfte schneller in ihrer Brust, Verlangen und Erregung hatten sie erfasst.

Um sie herum war es dunkel, das einzige Licht kam von den Wandleuchtern des Nachbargebäudes.

»Leg die Füße hoch.« Er deutete auf den Beistelltisch, der vor ihnen stand.

»Du kommandierst mich ja ganz schön rum«, murmelte Riley.

»Jep.« Ian grinste, als wäre er auch noch stolz darauf. »Du hast doch gesagt, dass du dich ausruhen willst«, erinnerte er sie.

»Richtig«, räumte sie mit einem verlegenen Blick ein, bei dem er schier dahinschmolz.

Ein heftiges Verlangen pulsierte in seinem Körper, ausgelöst von den leichten Vibrationen, die sich bei jedem Wort von ihrem Körper auf den seinen übertrugen und die er bis hinunter in sein bestes Stück spüren konnte. Er setzte sich etwas anders hin.

Schon seltsam. Bis vorhin war er von der albernen Geburtstagsgala seines Vaters so genervt und zu Tode gelangweilt gewesen, dass es selbst seinen Schwestern kaum gelungen war, ihm ein Lächeln zu entlocken. Und dann war *sie* hereingekommen.

Weil sie in Begleitung seines Halbbruders gewesen war, hatte Ian eigentlich nicht vorgehabt, sie anzusprechen, aber sobald er sie allein an der Bar erspäht hatte, war er zu ihr gegangen – magisch angezogen von einer Kraft, die er sich nicht erklären konnte. Der Abend war gerettet, seit sie erwähnt hatte, dass sie mit Alex nur befreundet war, denn nun bot sie ihm die perfekte Ablenkung von dem Groll, der ihn stets erfüllte, wenn er mit der anderen Familie seines Vaters konfrontiert wurde.

»Willst du nicht die Schuhe ausziehen?«, fragte er sie.

Sie nickte und schlüpfte aus den Pumps, wobei sie ein erleichtertes Stöhnen von sich gab.

»Bei diesem Laut muss ich unwillkürlich an ganz etwas anderes denken«, bemerkte er und sah ihr in die Augen.

»Nämlich?« Sie kam unbewusst ein paar Millimeter näher, und er unterdrückte ein Grinsen.

»An Sex. Mit dir.«

»O.«

Ian starrte fasziniert auf ihre vollen, rot geschminkten Lippen, die nun zu einem Kreis geformt waren. Er ließ seinen Fantasien freien Lauf, was dieser Mund so alles anstellen könnte, und keine Einzige davon war jugendfrei.

»Bezirzt du eigentlich alle Frauen auf diese direkte Art und Weise?«, erkundigte sie sich. »Ich bin mir nämlich nicht sicher, ob das funktioniert.« Ihren Worten zum Trotz schenkte sie ihm ein verführerisches Lächeln.

Sie fuhr voll auf ihn ab. Und er auf sie ebenfalls.

Vergessen waren seine guten Manieren. Er konnte nicht widerstehen und strich ihr mit der Hand leicht über ihre erigierten Brustwarzen, die sich deutlich unter dem Stoff ihres Kleides abzeichneten, blickte ihr dabei aber unverwandt ins Gesicht.

Sie riss überrascht die Augen auf, und ein leises Seufzen entrang sich ihrer Kehle. Damit war ihr Schicksal besiegelt. Ian legte einen Arm über die Rücklehne des Sofas, vergrub die Finger in ihrer dichten Lockenmähne und zog Riley an sich, um den Mund auf ihre Lippen zu drücken. Sie öffnete sich ihm sogleich und gewährte ihm einen ersten Vorgeschmack, der Ian jedoch nicht annähernd genügte. Ihre Zungen umspielten einander, und er wurde fordernder, vertiefte den süßen, heißen Kuss. Immer fester drückte er sie an sich, wollte mehr von ihr.

Wow. Das hier war besser als all seine liebsten Laster zusammengenommen, zumal sie sich kein bisschen zierte, sondern alles willig mit sich geschehen ließ und seinen Kuss voller Begeisterung erwiderte.

Normalerweise war er sehr dominant und nahm sich einfach, was er haben wollte. Doch nun, da er sie gekostet hatte, war er auch bereit zu geben. Hätte er noch einigermaßen klar denken können, er hätte wohl sofort den Rückzug angetreten, doch sie hatte ihm bereits die Hände auf die Schultern gelegt, und er spürte, wie sich ihre Fingernägel durch den Stoff seines Hemdes in sein Fleisch bohrten. Mit jedem Vorstoß seiner Zunge in ihren Mund signalisierte er ihr, was er wirklich wollte, und sein Schwanz wurde immer noch härter.

»Das darf doch nicht wahr sein.« O Mann, das war Alex. Musste er sie ausgerechnet im denkbar ungünstigsten Moment stören?

Ian hätte sich ja davon nicht weiter stören lassen, doch Riley war heftig zusammengezuckt und hatte ihn auf der Stelle von sich geschoben.

»Alex!« Sie rückte noch ein Stück weiter von Ian ab.

»Genau. Der Mann, der dich auf diese Veranstaltung mitgenommen hat, weißt du noch?«

Ian ärgerte sich zwar über die Unterbrechung, andererseits war es aber wohl ganz gut, wenn er daran erinnert wurde, dass diese Frau für alles stand, was er hasste. Sie war mit seinem Halbbruder Alex befreundet, mit dem ihn eine Rivalität verband, wie sie selbst unter echten Geschwistern ihresgleichen suchte.

Der älteste Spross aus der Zweitfamilie seines Vaters war das genaue Gegenteil von Ian – laut, frech und an den Unterarmen tätowiert. Er war der allseits gefürchtete Quarterback der Tampa Breakers, während Ian, der Denker, Präsident von Miami Thunder war. Das Team gehörte Ians Onkel väterlicherseits, der den Kontakt zu Robert Dare jedoch abgebrochen hatte.

Alex verfolgte mit grimmiger Miene, wie Riley aufsprang, sich das Kleid glatt strich und sich die feuchtglänzenden Lippen rieb.

»Wie ich sehe, hast du meinen Bruder bereits kennengelernt«, stellte Alex gepresst fest.

Riley schluckte. »Wir ... ähm ...«

»Ja, und wir sind auch schon ein bisschen auf Tuchfühlung gegangen«, sagte Ian und stand gemächlich auf. Er hatte es sichtlich darauf angelegt, Alex zu ärgern, indem er ihm unter die Nase rieb, wie nahe Riley und er sich bereits gekommen waren.

»Kommst du, Riley?«, fragte Alex. An seiner Wange zuckte ein Muskel.

Offenbar hatten weder er noch Ian vor, auf dieser sogenannten ›Familienfeier‹ Ärger zu machen.

»Ja.« Riley zog sich ihre Schuhe wieder an und wich Ians Blick wohlweislich aus, während sie ihn umrundete und sich zu Alex gesellte.

»Gut, mein Vater hat nämlich schon nach dir gefragt. Er meinte, er hätte dich schon viel zu lange nicht mehr zu Gesicht bekommen«, sagte Alex. Das war natürlich die Retourkutsche für Ians Bemerkung, denn er wusste nur zu gut, dass Ian schon bei der bloßen Erwähnung seines Vaters in Rage geraten würde.

Und Ian schluckte den Köder wider besseren Wissens. »Geh nur, wir waren hier ohnehin fertig«, sagte er unwirsch zu Riley, weil sie bereit war, der Aufforderung seines Halbbruders so widerspruchslos Folge zu leisten.

Wobei sie durchaus zerknirscht wirkte, wie sie dort neben Alex stand. Trotzdem, sie hatte sich für ihn und gegen Ian entschieden. Und es war nicht das erste Mal, dass Ian bei einer derartigen Entscheidung zwischen ihm und seinem Halbbruder den Kürzeren gezogen hatte.

Alex legte Riley demonstrativ den Arm um die Taille und führte sie zurück in den Ballsaal. Ian sah den beiden nach und ignorierte den Stich, den es ihm bei dem Anblick versetzte. Das war doch lächerlich! Er empfand nicht das Geringste für Riley Taylor. Es war nicht seine Art, Gefühle in Frauen zu investieren. Seit er wusste, dass sein Vater jahrelang zweigleisig gefahren war, hielt er nichts mehr von Beziehungen und beschränkte sich diesbezüglich lieber auf die Beobachterrolle. Auf emotionale Verstrickungen konnte er gut und gern verzichten.

Deshalb hielt er die Frauen stets auf Abstand. Sex ohne Verpflichtungen, das war genau sein Ding. Sobald von Liebe die Rede war, wurde er misstrauisch. Zugegeben, der Kuss vorhin hatte sich irgendwie … anders angefühlt, wenn auch nur für einen kurzen Augenblick.

Und genau das war es gewesen – ein Augenblick, nicht mehr und nicht weniger.

Und er würde sich nicht wiederholen.

*

Riley folgte Alex schweigend auf die Tanzfläche. Seit sie von draußen hereingekommen waren, hatten sie noch kein Wort gewechselt. Sie konnte die Reaktion ihres besten Freundes durchaus nachvollziehen und hätte ihn gern irgendwie beschwichtigt, wusste aber nicht, wie sie das bewerkstelligen sollte. Zumal ihr eigenes Nervenkostüm reichlich strapaziert war nach diesem simplen Kuss.

Tja, dummerweise war die ganze Angelegenheit alles andere als simpel, und außerdem war ihr noch immer ganz flau. Kaum hatten Ians Lippen ihren Mund berührt, hatte alles andere um sie herum an Bedeutung verloren. Sie hatte das Verlangen tief in ihrem Inneren gespürt, zwischen ihren Beinen, in den Brüsten … Sogar ihre Kopfhaut hatte zu kribbeln begonnen, wann immer er sanft an ihren Haaren gezogen hatte. Vor allem aber – und das gab ihr zu denken – hatte die Sehnsucht all ihre Gedanken durchdrungen. Ian Dare war äußerst dominant. Er wusste, was er wollte und war es zweifellos gewohnt, seinen Kopf durchzusetzen. Um solche Burschen machte sie normalerweise einen großen Bogen. Aus gutem Grund.

Allerdings hatte sie sich noch nie derart heftig zu einem Mann hingezogen gefühlt. Sonst wäre sie garantiert nicht mit ihm nach draußen gegangen, obwohl sie genau wusste, dass ihr bester Freund es ihr sehr übel nehmen würde, wenn sie sich mit Ian einließ.

»Redest du jetzt nicht mehr mit mir?«, fragte Alex und unterbrach damit ihre Gedankengänge.

»Ich weiß nicht, was ich sagen soll.«

Auf der einen Seite ging ihn ihr Privatleben einen feuchten Kehricht an. Sie hatte also keinen Grund, sich vor ihm zu rechtfertigen. Auf der anderen Seite war er ihr Ein und Alles, ihr bester Freund, der von Kindesbeinen an nebenan gewohnt hatte, ihre sichere Zuflucht vor ihrem gewalttätigen Vater.

Okay, wenn sie ganz ehrlich war, wusste sie im Grunde doch, was sie sagen sollte: »Es tut mir leid.«

Er beugte den Kopf, sodass seine Stirn die ihre berührte. »Ich habe keine Ahnung, was in mich gefahren ist. Ich hab einfach Rot gesehen, als ich euch beim Knutschen erwischt habe.«

»Es war bloß ein harmloser Kuss, mehr nicht.« Riley lachte gekünstelt, wohl wissend, dass »bloß ein harmloser Kuss« die Untertreibung des Jahrhunderts war.

»Ich will bloß nicht, dass er dir das Herz bricht, Riley. Der Mann ist ein totaler Beziehungsphobiker und wechselt die Frauen wie andere Leute ihre Unterwäsche.«

»Hallo? Der Spruch ›Wer im Glashaus sitzt, sollte nicht mit Steinen werfen‹ ist dir schon ein Begriff, oder?« Alex hatte mit ernsthaften Beziehungen mindestens genauso wenig am Hut wie sein Halbbruder.

Er hatte sogar *sie* einmal geküsst, dieser Hornochse. Er müsse es einfach mal ausprobieren, hatte er gesagt, aber sie waren sich einig gewesen, dass es kein bisschen zwischen ihnen knisterte und dass ihre Freundschaft zu wertvoll war, um sie für einen kurzen Matratzentango aufs Spiel zu setzen.

Alex runzelte die Stirn. »Du magst ja recht haben, aber das ändert nichts an der Tatsache, dass er ein Casanova ist, und ich will nicht, dass du verletzt wirst.«

»Das werde ich nicht«, versicherte sie ihm. Dann bemerkte sie, dass Ian sie aus einiger Entfernung beobachtete, und ihr Herz schlug auf der Stelle schneller.

Er hielt einen Drink in der Hand und starrte sie mit ziemlich finsterer Miene unverwandt an.

Sie vergrub die Finger im Anzugstoff, der Alex' Schultern bedeckte. Blieb nur zu hoffen, dass sich ihre Worte bewahrheiten würden.

»Es kann gut sein, dass er sich bloß an dich rangemacht hat, um mich zu ärgern.«

»Du hältst es wohl für völlig ausgeschlossen, dass ein Mann wie Ian tatsächlich Interesse an mir haben könnte, wie?«, fragte Riley patzig, obwohl ihr klar war, dass Alex nur ihr Bestes wollte.

Er hielt inne und sah ihr in die Augen. »Das wollte ich damit nicht andeuten, und das weißt du auch. Jeder Mann, der dein Herz erobert, kann sich glücklich schätzen, und ich werde mich garantiert nicht zwischen dich und deinen Auserwählten stellen, wenn du erst einmal den Richtigen gefunden hast.« An seiner Schläfe pulsierte eine Ader, ein sicherer Hinweis darauf, dass er angespannt und gestresst war. »Aber Ian ist nicht der Richtige für dich.«

Riley schluckte. Damit hatte er vermutlich recht, so ungern sie es sich eingestand. Sie war definitiv nicht der Typ für One-Night-Stands. Und genau deshalb war sie auch so verwirrt ob der heftigen Reaktion ihres Körpers auf Ians Annäherungsversuch. Wie weit hätte sie ihn wohl gehen lassen, wenn sie nicht von Alex gestört worden wären? Vermutlich viel weiter, als sie gewillt war zuzugeben. Bei der Vorstellung schauderte sie.

»Können wir ihn jetzt vergessen?«

Wohl kaum, dachte Riley, denn die Blicke, mit denen Ian sie beobachtete, waren noch heißer als der Kuss vorhin. Irgendwie gelang es ihr trotzdem, den Kloß hinunterzuschlucken, der in ihrem Hals steckte, und Alex die erhoffte Antwort zu geben. »Klar.«

Er lächelte zufrieden, nahm sie wieder in die Arme, und sie tanzten weiter. Um sie herum wiegten sich zahlreiche weitere Gäste – die meisten davon waren Freunde seines Vaters – im Takt zu dem Schmusesong, der gerade lief.

»Hab ich schon erwähnt, wie sehr es mich freut, dass du heute Abend mit von der Partie bist?«, fragte er, wohl in dem Bestreben, die Stimmung etwas aufzulockern, und schenkte ihr sein charmantestes Lächeln –

das Lächeln, mit dem er den Frauen das Gefühl gab, sie seien etwas Besonderes.

Nun, Riley wusste, dass sie etwas Besonderes für ihn war, und falls er je die Groupies, mit denen er sich gern einließ, links liegen ließ und irgendwann die richtige Frau in den Genuss seines Beschützerinstinkts kam, dann winkte ihm zur Belohnung garantiert eine glückliche, stabile Beziehung. Aber wie es aussah, war es bis dahin leider noch ein langer Weg.

Sie zwang sich, ihre Meinungsverschiedenheit bezüglich Ian zu vergessen. »Ich glaube, das hast du bereits ein-, zweimal erwähnt. Aber du schuldest mir trotzdem etwas«, sagte Riley. Denn Feierlichkeiten wie diese waren überhaupt nicht ihr Ding.

»Hey, es ist doch die ideale Ablenkung von deinen beruflichen Problemen, nicht?«

Sie nickte. »Ja. Und ich will jetzt nichts davon hören.« Montag wurde es noch früh genug, und dann musste sie sich wieder mit ihrem neuen Boss auseinandersetzen.

»Okay. Sollen wir eine kleine Pause einlegen?«, fragte Alex.

Sie nickte und schielte unwillkürlich zu der Stelle, an der Ian vorhin gestanden hatte, aber er war verschwunden. Es war absolut albern, dass sie deswegen derart enttäuscht war, schließlich kannten sie sich ja kaum. Tja, schuld daran war zweifellos der Kuss, der ihre Lippen jetzt noch kribbeln ließ.

Wenn sie die Augen schloss und mit der Zunge darüberfuhr, dann konnte sie Ian noch schmecken, betörend und maskulin …

Mist. Irgendwie musste sie die Gedanken an ihn abschütteln. Alex' Reaktion auf ihren Kuss hatte ihr deutlich klargemacht, dass sie sich nicht den Luxus gestatten konnte, sich mit Ian einzulassen.

Nicht einmal gedanklich oder in ihren Träumen.

2

Riley betrat die Hauptniederlassung des Sportartikelherstellers, für den sie seit ihrem siebzehnten Lebensjahr tätig war. Sie hatte sich bei Blunt Sporting Goods von der einfachen Verkäuferin zur Filialleiterin hochgearbeitet und war nach dem College schließlich in die Zentrale berufen worden. Sie arbeitete hart, erhielt dafür einen einigermaßen angemessenen Lohn und – das war das Beste daran – sie liebte ihren Job. Sie war für den Vertrieb zuständig und wusste, wie sie es anstellen musste, damit ihre Erzeugnisse in die richtigen Hände gelangten. Leider stand nun, ihrer jahrelangen treuen Mitarbeit zum Trotz, alles auf der Kippe, denn sie waren aufgekauft worden.

Jerry Blunt, der vorherige Besitzer, hatte kürzlich beschlossen, sich zur Ruhe zu setzen, damit er fortan mit seiner Frau reisen konnte. Deshalb hatte er den einstigen Familienbetrieb an einen aufgeblasenen Vollidioten verkauft, der erst mit seinen Plänen herausgerückt war, nachdem sämtliche Verträge unterzeichnet gewesen waren: Er hatte vor, mehr oder weniger die gesamte Belegschaft durch seine eigenen Leute zu ersetzen – »junge Talente an Bord zu holen«, wie er es nannte.

Dass in einem solchen Fall die leitenden Angestellten ausgetauscht wurden, konnte Riley ja noch nachvollziehen, auch wenn es ihr gegen den Strich ging. Franklin O'Mara – so hieß der neue Chef – wollte jedoch auch die Leute an der Basis entlassen und stattdessen Arbeiter einstellen, die gewillt waren, für weniger Geld zu ackern. Viele von Blunt geschätzte langjährige Mitarbeiter bekamen gar nicht erst die Chance, sich zu beweisen. Zahlreiche ältere Angestellte, die eine Familie zu versorgen hatten, wurden entlassen und würden nur unter großen Schwierigkeiten und mit erheblichen finanziellen Abstrichen eine neue Arbeit finden.

Es war verdammt unfair, fand Riley, und sie war wild entschlossen, zumindest ihre Abteilung zu retten. Um das zu bewerkstelligen, musste sie O'Mara beweisen, dass sie alles im Griff hatte und dank ihrer Effizienz einen ordentlichen Umsatz einfuhr. Leider gehörte er nicht zu den Menschen, die anderen gerne zuhörten, und so mussten jeden Tag wieder ein paar Leute ihre Siebensachen in einen Umzugskarton verfrachten und wurden von einem Security-Mitarbeiter vom Firmengelände geleitet.

Als ihr Telefon klingelte und sie die Nummer ihres neuen Vorgesetzten auf dem Display erblickte, hatte sie bereits das dumpfe Gefühl, dass nun auch ihr dieses Schicksal blühen würde. Tatsächlich wurde sie zu einem Gespräch in die Chefetage gebeten. Sie erhob sich und erklomm die Treppe nach oben, wobei sie ein paarmal die Hände zu Fäusten ballte und sich selbst Mut zusprach.

»Immer rein in die gute Stube«, sagte O'Maras Sekretärin Gail. »Er erwartet Sie schon.«

»Danke«, sagte Riley und trat ein.

Franklin O'Mara war Mitte vierzig und hatte eine Stirnglatze und einen Bierbauch. Er war der Inbegriff des faulen Topmanagers, und es brachte Riley total auf die Palme, dass die Firma von einem Menschen zerstört wurde, der den Wert der Arbeiter, die er von seinem Vorgänger »geerbt« hatte, nicht erkannte.

»Tag, Miss Taylor.« O'Mara nahm eine Akte zur Hand, die zweifellos allerlei Unterlagen zu ihrem Werdegang bei Blunt Sporting Goods enthielt.

»Guten Tag, Mr. O'Mara.« Sie wartete ab, und als er ihr mit einer Geste bedeutete, sich hinzusetzen, nickte sie und ließ sich auf dem Stuhl nieder, der vor seinem riesigen Schreibtisch stand.

»Ich muss Ihnen leider mitteilen, dass wir Sie entlassen werden.«

Sie schluckte schwer. »Mir ist bereits zu Ohren gekommen, dass Sie getreu Ihrer Unternehmenspolitik für etwas frischen Wind in der Firma sorgen ...«, begann sie.

»Dann verstehen Sie ja, dass es nichts Persönliches ist. Wir werden Ihnen eine ordentliche Abfindung bezahlen und ein gutes Zeugnis ausstellen. Marge aus der Personalabteilung wird Ihnen die Details darlegen.«

Riley sagte das Erstbeste – und zweifellos das Absurdeste, was ihr in den Sinn kam: »Was wäre, wenn ich Ihnen sage, dass ich Kontakte zu Miami Thunder habe?«

O, Gott. Das war wohl die Folge davon, dass sie am Samstagabend mit Ian Dare, dem Präsidenten von Miami Thunder, geknutscht hatte und seither Tag und Nacht an ihn denken musste. Kein Wunder, er konnte küssen wie kein anderer.

O'Mara hob interessiert eine Augenbraue. »Erzählen Sie mir mehr.«

Riley fuhr sich mit der Zunge über die trockenen Lippen und wünschte, sie könnte ihre Worte zurücknehmen. Erstens würde Alex sie umbringen, und zweitens hatte sie keine Ahnung, wie sie Ian Dare kontaktieren sollte. Aber die Jobs und das Wohl ihrer Mitarbeiter hingen an einem seidenen Faden. »Ich habe persönliche Verbindungen zu Ian Dare.« *Sehr persönliche Verbindungen sogar*, dachte sie, darum bemüht, bei der Erinnerung an den Kuss ein wohliges Schaudern zu unterdrücken.

»Und?«

Riley überkreuzte unauffällig Zeige- und Mittelfinger und fuhr fort: »Nun, ich möchte ihm vorschlagen, die Ausstattung seines Teams künftig von uns zu beziehen. Oder unsere Produkte zumindest einmal zu testen. Ich bin sicher, wenn er sich erst davon überzeugt hat, dass die Qualität stimmt und auf uns Verlass ist, wird er auch offen für eine Kooperation sein.«

Sie verschränkte nervös die Finger miteinander. Hoffentlich bemerkte O'Mara nicht, dass sie einer Panikattacke nahe war, denn sie hatte sich definitiv zu weit aus dem Fenster gelehnt. Natürlich wusste sie nur zu gut, dass jedes Football-Team umfangreiche Mehrjahresverträge mit seinem Ausstatter hatte. Tja, zu spät.

O'Mara nickte anerkennend. »Na, das nenn ich mal eine wirkungsvolle Strategie, um meine Aufmerksamkeit zu erregen. Also gut, sprechen Sie mit ihm. Ich gebe Ihnen Zeit bis Freitagmittag. Wenn der Deal bis dahin unter Dach und Fach ist, gut, wenn nicht, sind Sie weg vom Fenster.«

Riley erhob sich. »Danke«, sagte sie und schüttelte ihm die feuchte Hand. Dann drehte sie sich um und ging zur Tür.

»Freitagmittag«, rief er ihr nachdrücklich hinterher, ehe sie die Tür schloss.

Auf dem Rückweg zu ihrem Büro eine Etage tiefer nahm Riley den Aufzug, weil sie ernsthaft befürchten musste, dass ihre Beine ihr den Dienst versagen würden. Sie wollte ihre Stelle nicht verlieren. Also musste sie es schaffen, Ian Dare zu erreichen, und irgendwie mit ihm ins Geschäft kommen. Wenn es ihr nicht gelang, war sie demnächst arbeitslos. Wie sollte sie dann ihre Miete bezahlen – und die Leasingraten für ihr Auto, den Studentenkredit und ihre diversen Rechnungen? Selbst Alex musste doch nachvollziehen können, dass sie bei dem Gedanken daran in Panik geraten war.

Jedenfalls hoffte sie das.

Stöhnend lehnte sie sich an die Metallwand des Aufzugs. Warum hatte sie bloß ihr Maul so weit aufreißen und mit ihren »Kontakten« prahlen müssen? Nun lag ihre Zukunft in Ian Dares – ausgesprochen verführerischen – Händen.

*

In der Woche nach der Geburtstagsfeier seines Vaters war Ian vollauf mit der Rekrutierung und dem Transfer von Spielern beschäftigt. Es war die Zeit, in der die Agenten versuchten, ihm seine besten Spieler abspenstig zu machen, unzufriedene Spieler woanders unterzubringen und das Beste aus seinem Team und dem System ganz allgemein herauszuholen.

Dieses Jahr ging der Draft in seiner Heimatstadt Miami über die Bühne, und zwar im Flagship-Hotel von Ians Vater, was bedeutete, dass Ian die ganze Zeit über unter Strom stand. Und er durfte sich von Robert Dares Versuchen, sich mit ihm zu versöhnen, nicht ablenken lassen.

Er war so eingespannt, hatte so viele Besprechungen mit seinem General Manager und den diversen Agenten, dass er nur noch mit Leuten telefonierte, die mit dem Ein- und Verkauf von Spielern zu tun hatten und alle anderen Anrufe ignorierte – auch die seiner Mutter und seiner Geschwister.

Als nach ein paar Tagen endlich das Schlimmste vorbei war und er beim Essen seine diversen Nachrichten abhörte, vernahm er zu seiner großen Überraschung eine Stimme, von der er nächtelang geträumt hatte.

»Hi, Ian, hier ist Riley Taylor. Wir … ähm … haben uns vergangenes Wochenende auf der Geburtstagsfeier deines Vaters kennengelernt. Ich würde gern etwas Wichtiges mit dir besprechen. Meine Nummer ist …« Er hörte die Nachricht bis zum Ende ab und notierte sich geistesabwesend ihre Telefonnummer, konzentrierte sich ansonsten aber ganz auf ihre Stimme.

Sie klang entschlossen und rauchig und erregte ihn gleich wieder über die Maßen, doch ihm entging nicht, dass sie leicht zitterte, sodass er sich fragte, ob die Erinnerung an ihren Kuss Riley wohl genauso verfolgte wie ihn.

Seit Samstagabend empfand er abwechselnd Verärgerung und Dankbarkeit gegenüber seinem Halbbruder, der ihn mit seinem plötzlichen Auftauchen daran erinnert hatte, dass diese Frau auf der Seite seines größten Feindes stand.

So sehr es Ian heute, als Erwachsener gegen den Strich ging, sah er in Alex doch nach wie vor einen Konkurrenten, denn die Vergangenheit ließ sich nicht beschönigen: Als sich sein Vater damals für eine seiner beiden Familien hatte entscheiden müssen, war seine Wahl auf Savannah, Alex, Jason und Sienna gefallen. Zugegeben, er hatte den diversen Konzerten, Sportveranstaltungen und Abschlussfeiern von Ian, Avery und Olivia beigewohnt, und wahrscheinlich waren einige seiner »dringenden Geschäftsreisen« auch tatsächlich dienstlicher Natur gewesen. Trotzdem war er in ihrem Leben nicht annähernd präsent genug gewesen. Und obwohl Ian irgendwann in die Rolle des Ersatzvaters geschlüpft war, hatte Robert Dare eine Lücke hinterlassen, die niemand ausfüllen konnte – schon ehe sie von seiner Zweitfamilie gewusst hatten und erst recht hinterher, nachdem er ausgezogen war.

Ja, Alex war von Anfang an sein Rivale gewesen. Erst hatten sie um die Zuneigung ihres Vaters gebuhlt, dann war Alex zum Starquarterback des Teams avanciert, das die größte Konkurrenz von Thunder war, und jetzt kämpften sie auch noch um dieselbe Frau. Eine Frau, die Ian kaum kannte. Zugegeben, als sie sich geküsst hatten, war es ihm so vorgekommen, als wären sie füreinander bestimmt, doch die Tatsache, dass sie so plötzlich abgehauen war, hatte eine deutliche Sprache gesprochen. Riley hatte etwas geschafft, das noch keiner Frau vor ihr gelungen war: Sie war ihm unter die Haut gegangen. Und deshalb musste er sich von ihr fernhalten. Er hätte zwar gern erfahren, was sie wollte und warum sie ihn angerufen hatte, aber er konnte es sich einfach nicht leisten, sie noch einmal an sich heranzulassen.

Er gestattete sich einen letzten Gedanken an den fruchtigen Geschmack ihrer rot geschminkten Lippen und an ihr leises Stöhnen, das ihm durch und durch gegangen war. Dann nahm er den Zettel, auf dem er ihre Nummer notiert hatte, knüllte ihn zusammen und warf ihn in den Papierkorb.

*

Zwei Tage hatte Ian es geschafft, seinem alten Herrn aus dem Weg zu gehen, aber er wusste, früher oder später war eine Begegnung unvermeidlich. Und tatsächlich fing sein Vater ihn ab, als sich Ian am Samstagvormittag ins Restaurant begab, wo er beim Frühstück seine erste Besprechung des Tages absolvieren sollte.

»Ian!«, rief er und kam auf ihn zu. Er trug Anzug und Krawatte und strahlte so zufrieden, als würde ihm die ganze Welt zu Füßen liegen.

Ian bedachte ihn mit einem Nicken. »Guten Morgen. Ich habe keine Zeit, ich muss zu einem Meeting und bin schon spät dran.«

Sein Vater musterte ihn mit einem wissenden Blick. Es stimmte, sie hatten die gleichen grauen Augen. »Ich will dich nicht lange aufhalten. Ich fand es nur schade, dass ich neulich auf der Party keine Gelegenheit hatte, mit dir zu reden.«

»Tja, ich war da. Aber auch nur, weil mich Olivia und Avery darum gebeten haben.«

Avery, die Jüngste von ihnen, hatte vor einer Weile als Knochenmarkspenderin für ihre Halbschwester Sienna fungiert. Siennas Krankheit war auch der Grund dafür gewesen, dass sich Robert Dare als Lügner und Betrüger geoutet hatte – er hatte herausfinden wollen, ob eines seiner Kinder aus der Erstfamilie als Spender geeignet war. Avery und Sienna hatten sich im Zuge dieser Erfahrung mit dem Gedanken angefreundet, dass sie Schwestern waren und standen sich seither recht nahe. Ian dagegen gab sich weiterhin distanziert. Nicht, dass er seine Halbgeschwister hasste. Er wollte bloß nichts mit ihnen zu schaffen haben. Allerdings hatte er sich – im Gegensatz zu seinem Vater – vorgenommen, für seine Familie da zu sein, und als ihn seine Schwestern gebeten hatten, sie zu der Feier zu begleiten, hatte er sich ihrem Wunsch gefügt.

»Ich weiß es zu schätzen, dass du gekommen bist. Man kann schließlich nie wissen, wie viele Jahre einem noch vergönnt sind«, sagte Robert.

Ian verdrehte die Augen angesichts dieser theatralischen Äußerung. »Du bist gesund und munter und wirst uns bestimmt noch alle überleben.« Dann warf er ostentativ einen Blick auf seine Armbanduhr. »Ich muss los«, sagte er und deutete mit dem Kopf in Richtung Restaurant.

»Wir könnten ja mal zusammen zu Mittag oder Abend essen«, schlug sein Vater mit erwartungsvoller Miene vor.

Ian schüttelte den Kopf. »Wie gesagt, ich habe eine Besprechung nach der anderen«, erwiderte er und versuchte, seine Schuldgefühle zu verdrängen, als er sah, wie ein Schatten über das Gesicht seines alten Herrn huschte.

»Gut, dann eben nicht. Aber ich kann dir versichern, dass ich es weiter versuchen werde.«

Ian straffte die Schultern. »Auch dafür ist es zu spät.« Damit schickte er sich an zu gehen, fuhr allerdings herum, als er hörte, wie erneut jemand seinen Namen rief.

Diesmal war es Alex, der im Laufschritt auf ihn zueilte.

»Hallo, Alex«, begrüßte ihn sein Vater, der noch am selben Fleck stand und keine Anstalten machte, sich zu verziehen, sondern ungeniert verfolgte, wie sich Alex vor Ian aufbaute und zischte: »Du bist so ein egoistisches Arschloch. Dir wäre wohl echt ein Zacken aus der Krone gefallen, wenn du sie zurückgerufen und gefragt hättest, worum es geht, wie?«

Ian war sogleich klar, dass er auf Rileys Anruf anspielte. »Du bist doch derjenige, der so nachdrücklich betont hat, dass sie die Finger von mir lassen soll. Also, was willst du von mir?«

»Sie hat dir doch eine Nachricht hinterlassen, oder? Warum rufst du nicht zurück, wenn dir jemand auf die Mailbox spricht, dass er etwas Wichtiges mit dir besprechen muss?«

Alex schob kämpferisch das Kinn nach vorn, und in diesem Moment spiegelten sich die Züge ihres gemeinsamen Vaters in seinem Gesicht. Es war schon eine Weile her, dass Ian so deutlich an seine Blutsbande zwischen ihnen erinnert worden war, und es tat verdammt weh.

»Könnt ihr mir vielleicht erklären, was zum Geier hier los ist?«, mischte sich Robert Dare ein.

Alex straffte die Schultern. »Riley hat Ian Anfang der Woche angerufen, weil sie ihn um einen Gefallen bitten wollte. Er hat sie nicht zurückgerufen.«

»Ich hatte zu tun«, verteidigte sich Ian, von einer Mischung aus Schuldgefühlen und Besorgnis erfasst. »Wenn ich dich daran erinnern darf, sind wir mitten im Draft, und ich habe alle Hände voll zu tun damit, meine neue Mannschaft zusammenzustellen. Nicht, dass ich dir eine Erklärung schuldig wäre. Und außerdem hast du mir klipp und klar zu verstehen gegeben, dass ich mich gefälligst nicht an Riley ranmachen soll«, erinnerte er Alex. Es war schließlich nicht einzusehen, dass er die ganze Schuld allein auf sich nahm.

Alex fuhr sich frustriert mit den Fingern durch die Haare, eine Bewegung, bei der seine kräftigen Nackenmuskeln deutlich zutage traten. »Riley ist meine beste Freundin, und das schon seit unserer Kindheit.«

»Was wollte sie denn überhaupt von mir?« Ian beschloss, den Hinweis darauf, wie nah sich die beiden standen, einfach zu ignorieren. Okay, sie waren nur Freunde, aber trotzdem stand Alex zwischen ihm und der Frau, die er begehrte, und es fiel ihm nicht leicht, seine Eifersucht zu zügeln.

Alex war sichtlich hin- und hergerissen. »Das soll sie dir lieber selbst erzählen«, antwortete er schließlich zögernd. »Und außerdem ist es jetzt ohnehin zu spät.«

»Was zum Teufel soll das heißen?«, hakte Ian nach.

»Was ist denn mit Riley?«, wollte nun auch Robert wissen. »Das Mädel ist wie eine Tochter für mich.«

»Weil du noch nicht genug eigene Kinder hast, oder was?«, ätzte Ian.

Sein Vater wurde blass. »Sie hat als Kind quasi bei uns gewohnt. Wenn sie Probleme hat, will ich das wissen.«

»Du kennst doch Riley«, winkte Alex ab. »Sie tut immer so, als wäre alles bestens, auch wenn es ihr mal schlecht geht. Sie ist sehr unabhängig und stolz, wie du weißt, und du weißt auch, warum das so ist. Es hat sie bestimmt ganz schön viel Überwindung gekostet, *ihn* anzurufen«, schloss er und deutete mit dem Finger auf Ian.

Robert räusperte sich. »Also, wenn einer von uns ihr helfen kann …«

Alex hob abwehrend die Hand. »Lass gut sein. Sie verbittet sich jede Einmischung in ihre Angelegenheiten, das weiß ich aus Erfahrung.«

Dann fuhr er zu Ian gewandt fort: »Ich bin nur hier, weil ich sauer auf dich bin und weil du wissen sollst, dass du Scheiße gebaut hast. Aber inzwischen ist es wie gesagt zu spät. Jetzt ist nichts mehr zu machen.«

Seine Tirade hatte so viele Fragen aufgeworfen, dass Ian gar nicht wusste, welche er seinem Halbbruder zuerst stellen sollte. Immerhin hatte er erfahren, dass Riley eine stolze, unabhängige Frau war, die es sich nicht anmerken ließ, wenn es ihr dreckig ging. Und dass Alex und sein Vater den Grund dafür kannten, im Gegensatz zu ihm selbst.

Er hätte zu gern gewusst, was dahintersteckte. Er wollte sie verstehen, auch wenn er ihr zu diesem Zweck auf den Zahn fühlen musste, was ihr zweifellos gehörig gegen den Strich gehen würde. Dass es keinen Sinn hatte, seinen Halbbruder danach zu fragen, war ihm klar.

»Gib mir ihre Nummer, damit ich mich zumindest bei ihr entschuldigen kann«, sagte er zu Alex.

Dieser maß ihn mit einem finsteren Blick. »Den Teufel werde ich tun. Sie ist nicht mehr auf deine Hilfe angewiesen. Und sie kann weiß Gott darauf verzichten, die nächste Kerbe an deinem Bettpfosten zu sein.«

»Na, warte!« Ian packte Alex am Sakkoaufschlag.

Dieser schüttelte seine Hand ab. »Pfoten weg.«

»Gib mir einfach ihre verdammte Nummer.«

»Nur über meine Leiche. Und wenn du glaubst, dass sie im Telefonbuch steht, hast du dich leider getäuscht.«

Damit ließ er ihn stehen. Ian sah ihm kurz nach, dann drehte er sich wortlos um und wollte ebenfalls gehen.

Doch sein Vater hielt ihn zurück, indem er ihm ohne Vorwarnung eine Hand auf die Schulter legte, womit er bei Ian prompt eine Erinnerung an früher heraufbeschwor: Er musste ungefähr zehn gewesen sein, als ihm sein Vater, ehe er zu einer seiner zahlreichen Geschäftsreisen aufgebrochen war, wie jetzt die Hand auf die Schulter gelegt und gesagt hatte: »Pass mir gut auf deine Mutter und deine Geschwister auf, Sohnemann.«

Damals hatte Ian die Worte mit vor Stolz geschwellter Brust vernommen, hatte sich darüber gefreut, dass ihm sein Vater diese verantwortungsvolle Aufgabe übertragen hatte. Wenn er heute daran zurückdachte, kam ihm die Situation wie eine Farce vor, genau wie der Großteil seiner Kindheit. Kein zehnjähriger Junge konnte eine derartige Verantwortung übernehmen. Es war eine dieser Floskeln gewesen, mit der ein Vater seinem Sohn suggerieren wollte, er sei wichtig. Tatsächlich jedoch lastete die Verantwortung schon viel zu lange auf Ians Schultern.

Er stand stocksteif da und wartete ab, bis sein Vater geendet hatte. Er würde seine Hand nicht abschütteln, denn er wollte sich keine Blöße geben, indem er sich anmerken ließ, was in ihm vorging.

»Du musst nicht für meine Vergehen büßen, mein Sohn. Ihr seid Brüder, du und Alex. Warum verhaltet ihr euch nicht auch so? Warum könnt ihr nicht zumindest Freunde sein?«

Ian begann zu schwitzen. Plötzlich kam es ihm so vor, als wäre sein Sakko geschrumpft. »Aus welchem Teil der Unterhaltung von gerade eben schließt du, dass wir das sein wollen?«

»Ihr seid beide Männer mit einem riesengroßen Ego.

Keiner von euch ist gewillt, den ersten Schritt zu tun. Aber du bist der Ältere. Ich weiß, du bist nicht gewillt, mir eine zweite Chance zu geben, aber du solltest deinen Halbgeschwistern zumindest eine *erste* Chance geben. Ihr gehört alle zu meiner Familie.«

Ian hob eine Hand, um seine pochende Schläfe zu massieren, obwohl er seinem Vater nur ungern einen Blick hinter seine Fassade der Gelassenheit gewährte. »Ich bin für meine Mutter und meine Geschwister da, seit du uns einfach im Stich gelassen hast. Genügt das nicht?«

Er hatte sich bereits zum Gehen gewandt, da sagte sein Vater: »Also, falls ich dir je irgendwie unter die Arme greifen kann …«

Er fuhr herum. Robert hatte etwas, das Ian haben wollte – und falls er es wider Erwarten nicht haben sollte, dann konnte er es zumindest besorgen.

»Das könntest du tatsächlich.«

»Wie denn?« Robert musterte ihn mit einem hoffnungsvollen Blick.

»Ich muss mich irgendwie mit Riley in Verbindung setzen und brauche eine Telefonnummer oder Adresse. Kannst du mir irgendetwas in dieser Richtung beschaffen?«

Robert wirkte flüchtig enttäuscht, doch er hatte sich schnell wieder im Griff. »Okay, du bekommst ihre Nummer, aber du musst im Gegenzug auch etwas für mich tun.«

Berechnender Hurensohn, dachte Ian. »Nämlich?«, fragte er genervt.

»Setz ein Zeichen, indem du Sienna und ihre Brüder zum Mittag- oder Abendessen einlädst.« Robert musterte ihn, gespannt auf seine Reaktion.

Statt einer Antwort knirschte Ian bloß mit den Zähnen.

»Es liegt dir wohl nicht so viel daran, dich bei Riley zu entschuldigen, wie?«

»Doch.«

Die Frage war nur: War es ihm so wichtig, Riley Taylor zu kontaktieren, dass er bereit war, dafür seinen Halbgeschwistern ein Friedensangebot zu unterbreiten?

Er dachte an ihre blauen Augen und rief sich ihren fruchtigen Duft in Erinnerung, der ihn total aus der Bahn geworfen hatte und von dem er seither ständig fantasierte. Die Vorstellung, dass sich seinetwegen Kummer in diesen Augen spiegelte, bereitete ihm ein geradezu körperliches Unbehagen. Wenn sie seinetwegen tatsächlich Ärger bekommen hatte, dann musste er Wiedergutmachung leisten. Aber zuerst musste er wissen, was zum Geier er eigentlich angerichtet hatte, indem er sie nicht zurückgerufen hatte.

Kein Zweifel, sie war das Opfer wert.

»Also gut, ich lade Sienna zum Mittagessen ein«, brummte Ian.

Robert musterte ihn mit schmalen Augen. »Das ist immerhin ein Anfang.«

Sollte sich Ian je gefragt haben, von wem er seinen Geschäftssinn geerbt hatte, dann hatte ihm sein Vater gerade die Antwort geliefert. »Und Alex und Jason ebenfalls.«

Robert nickte sichtlich erfreut. »Gut. Savannah hat Rileys Kontaktdaten in ihrem Handy gespeichert. Ich lasse sie dir nachher zukommen.«

»Gut.« Ian dachte nicht daran, sich dafür zu bedanken, schließlich hatte sein Vater ihn eiskalt erpresst, um seinen Willen durchzusetzen.

Hm. Wie es aussah, musste er also demnächst seine erweiterte Familie zum Essen einladen. Und das alles nur wegen Riley Taylor.

3

Riley hielt vor dem Tor zu Alex' Anwesen auf Star Island und tippte den Sicherheitscode in die Anlage. Das Tor öffnete sich, und sie folgte der langen Auffahrt zu seinem Haus. Sein herrschaftliches Domizil war nicht zu vergleichen mit der kleinen Wohnung in Miami, in der Riley lebte, aber sie war an den feudalen Lebensstil ihres besten Freundes gewöhnt. Neben der Villa hier besaß er noch ein Luxusapartment in Tampa, in dem er während der Spielsaison wohnte. Er brauchte seine Privatsphäre, und die hatte er hier, in dieser entlegenen Ecke von Florida, wo er dank der Umzäunung und des Wachhäuschens am Tor vor den neugierigen Blicken seiner Fans geschützt war. Sie stellte ihren Wagen auf einem der Gästeparkplätze in der Einfahrt ab, und ein paar Minuten später saß sie auch schon mit Alex auf dem Fußboden seiner »Neandertalerhöhle«, wie er sein Wohnzimmer nannte, und verputzte mit ihm die Pizza, die er sich hatte liefern lassen.

»Danke, dass ich mich bei dir ausweinen darf. Du bist wirklich ein treuer Freund.«

Er bedachte sie mit seinem »Das ist nicht dein Ernst, oder?«-Blick. »Du würdest dasselbe für mich tun.«

Riley streckte die Beine lang aus und lehnte sich an die hinter ihr stehende Couch. »Ich kann es noch gar nicht fassen. Ich habe mir für diese Firma echt den Arsch aufgerissen, habe jahrelang geschuftet wie eine Irre, und am Ende hing im Grunde alles von einer Aussage ab, die reine Spekulation meinerseits war.«

Sie griff nach ihrer Limo. Bier war tabu, sie musste noch nach Hause fahren.

»Du findest bestimmt bald etwas Neues«, versicherte ihr Alex in dem Versuch, sie etwas aufzumuntern. »Du hast Talent und kannst einen erstklassigen Lebenslauf vorweisen.«

Sie lächelte. Auf seine Unterstützung konnte sie eben immer zählen. »Ich muss mich nur ein Weilchen im Selbstmitleid suhlen, und dann werde ich mich wieder aufrappeln und weitermachen.«

»Davon gehe ich aus. Du gibst nie auf, nicht einmal, wenn es hart auf hart kommt.«

»Du sagst es.« Und daran würde sich auch nichts ändern. Sie hatte sich geschworen, nie so zu werden wie ihre Mutter, die widerstandslos zugelassen hatte, dass man sie behandelte wie einen Fußabstreifer.

»Ich könnte mich ein bisschen umhören und die Werbetrommel für dich rühren, zum Beispiel bei …«

»Nein, danke. Ehrlich. Ich schaffe das schon allein.«

Alex runzelte die Stirn. »Und trotzdem hattest du kein Problem damit, *ihn* um Hilfe zu bitten.«

Riley zuckte die Achseln. Sie konnte sich selbst nicht erklären, warum sie Ians Namen benutzt hatte in dem Versuch, ihren Job zu retten.

»Naja, lassen wir das. Du warst verzweifelt. Ich verstehe dich.« Genau das hatte er schon gesagt, als sie ihm neulich gestanden hatte, was sie getan hatte. Er hatte sie in den Arm genommen und getröstet. Sie war so wütend auf sich selbst gewesen, und seine nachsichtige Reaktion hatte alles nur noch schlimmer gemacht.

Wenn Alex wollte, konnte er durchaus vernünftig sein und seine Eifersucht auf Ian und die Verbitterung darüber, wie er mit ihm umging, außen vor lassen.

Alex nahm einen großen Schluck Bier. »Er hätte dich wenigstens zurückrufen können.«

»Naja, vielleicht war es besser so. Du weißt, wie sehr ich es hasse, wenn ich andere um Hilfe bitten muss. Auf diese Weise bin ich ihm zumindest nichts schuldig.«

Alex grunzte halb belustigt, halb verärgert. »Ja, dein bester Freund, der Millionen verdient, weiß aus Erfahrung, wie sehr du es hasst, jemanden um Unterstützung zu bitten oder Hilfe anzunehmen.«

Riley zuckte die Achseln. Ihr war durchaus bewusst, dass ihm ihre winzige Einzimmerwohnung ein Dorn im Auge war, zumal es in ihrem Wohnblock keinen Portier gab. Für Alex war sie wie eine Schwester, und er drängte sie immer wieder, in ein nobleres Viertel zu ziehen. Aber sie fühlte sich wohl in ihrer Wohnung und wollte von ihrem eigenen Gehalt leben. Sie hatte stets den Drang verspürt zu beweisen, dass sie auf eigenen Beinen stehen konnte, dass sie etwas wert war, ganz gleich, was ihr Vater sagte.

»Deine Sturheit nervt echt tierisch«, sagte er.

»Na, wenigstens weißt du, dass ich dich um deinetwillen mag.«

»Ja, das weiß ich, Süße.« Er prostete ihr mit der Flasche zu und kam dann noch einmal auf das ursprüngliche Gesprächsthema zurück. »Ich kann noch immer nicht fassen, dass sich dieses Aas nicht bei dir gemeldet hat. Ist ja nicht so, als hätte *ich* ihn um einen Rückruf gebeten«, knurrte er.

Das überraschte Riley allerdings auch, zumal man bei ihrem Kuss förmlich hatte hören können, wie es knisterte. Interessierte es Ian denn gar nicht, was sie von ihm gewollt hatte? Sie wäre wohl persönlich gekränkt gewesen, wenn sie sich nicht solche Sorgen um ihre Zukunft und ihre Karriere gemacht hätte.

»Ich hätte ihn heute deswegen beinahe vermöbelt«, bemerkte Alex.

Riley verschluckte sich prompt an ihrer Limo. »Was? Wo seid ihr euch denn begegnet?« Sie hustete und setzte sich aufrecht hin.

»Ich bin in das Hotel gefahren, in dem der Draft stattfindet. Ich wollte ihm einfach mal sagen, was für ein egoistisches Arschloch er ist.«

»Alex!« Riley schloss die Augen und ließ sich stöhnend wieder nach hinten sinken. »Hättest du die Angelegenheit nicht einfach auf sich beruhen lassen können?« Es war ihr schon peinlich genug, dass Ian ihren Anruf einfach ignoriert hatte. Da konnte sie weiß Gott darauf verzichten, dass ihn Alex deswegen zur Rede stellte.

»Nein. Es war hoch an der Zeit, dass ihm mal jemand ordentlich die Meiung geigt. Aber keine Sorge, Dad war dabei, deshalb haben wir uns nicht geprügelt.«

Sie funkelte ihn über den Couchtisch hinweg erbost an.

»Und ich habe ihm auch nicht erzählt, dass du deine Stelle verloren hast.«

Sie atmete hörbar aus. »Na, wenigstens hast du mir das erspart.«

Er grinste. »Hab ich erwähnt, dass heute Abend ein paar von meinen Teamkollegen zum Pokerspielen vorbeikommen? Du kannst uns gern Gesellschaft leisten, wenn dir danach ist. Wie du weißt, stehst du bei den Jungs hoch im Kurs.«

Riley stöhnte und verzog das Gesicht. »Nein, danke.« Sie war jetzt nicht in Stimmung für den kruden Humor einer Horde Footballspieler.

Er erhob sich und klappte die Schachtel zu. Riley rappelte sich ebenfalls auf und sammelte die leeren Flaschen ein. Nach all den Jahren der Freundschaft bedurfte das gemeinsame Aufräumen keiner großen Worte. »Danke fürs Zuhören«, sagte sie erneut.

»Immer gerne, Süße.« Er streckte den Arm nach ihr aus, um ihr die Haare zu zerzausen, aber sie hatte es bereits vorausgesehen und konnte noch rechtzeitig ausweichen.

Als sie zu Hause ankam, war sie vollkommen erschöpft. Es war auch nicht sonderlich hilfreich gewesen, dass sie sich auf der Heimfahrt schon mal Gedanken über ihre Optionen gemacht hatte. Im Grunde genommen konnte sie nur eines tun: sich bei sämtlichen großen Sportartikelherstellern bewerben; wenn es sein musste, auch in diversen Nachbarstaaten. Bei der Vorstellung, wieder ganz von vorn anfangen zu müssen, sich beweisen zu müssen und sich noch einmal von der untersten Sprosse der Karriereleiter nach oben zu arbeiten, wurde ihr schlecht.

Sie liebte Miami und wollte weder ihre Stiefmutter noch Alex und ihre anderen Freunde zurücklassen. Aber noch war ja nicht aller Tage Abend – es gab diverse kleinere Betriebe vor Ort, die sie anschreiben konnte. Und erst, wenn sie wirklich gar nicht mehr weiterwusste, würde sie sich an Alex wenden. Sonst machte er sich bloß Sorgen und bestand darauf, ihr bei der Suche behilflich zu sein. Natürlich würden die Leute für einen Superstar wie Alex Dare – und für seine beste Freundin – alle Hebel in Bewegung setzen, aber Riley war wild entschlossen, es erst einmal im Alleingang zu versuchen.

Sie schloss die Haustür auf und erklomm die Treppe zu ihrer Wohnung in der ersten Etage, wo zu ihrer Verblüffung jemand neben ihrer Tür an der Wand lehnte. Selbst im Halbdunkel erkannte sie gleich Ian Dares hoch aufragende Gestalt, sein dunkles Haar und seine attraktiven Gesichtszüge. Ihr Herz schlug vor Aufregung unwillkürlich schneller, doch Riley war auf der Hut.

»Na, endlich«, sagte er, als hätte er schon eine ganze Weile auf sie gewartet.

Sie atmete einmal tief durch. »Was willst du hier?«

Er stieß sich von der Wand ab und kam auf sie zu. »Ist dir klar, dass hier jeder ungehindert reinspazieren kann? Ich hab mich einfach an zwei junge Leute drangehängt, die viel zu sehr damit beschäftigt waren, sich zu begrapschen, als dass sie darauf geachtet hätten, wer hinter ihnen noch zur Tür reinkommt.«

Diesen Vortrag kannte Riley bereits in- und auswendig, denn auch Alex und ihre Stiefmutter hielten ihn ihr mit schöner Regelmäßigkeit. »Dieses Haus ist total sicher. Außerdem bin ich vorsichtig und habe immer Pfefferspray dabei. Und du hast meine Frage noch nicht beantwortet.«

Ian fuhr sich mit den Fingern durch die Haare, darum bemüht, der Entrüstung Herr zu werden, die ihn erfasst hatte, als er das Gebäude betreten hatte, das Rileys Beteuerungen zum Trotz alles andere als sicher auf ihn wirkte.

Jedenfalls nicht sicher genug für eine schöne Frau, die so volle Brüste und kurvige Hüften hatte wie Riley Taylor, ganz zu schweigen von ihrer wilden Lockenmähne, dem kurzen Jeansrock und dem ärmellosen schwarzen Top, das so knapp saß, dass zwischen dem Saum und dem Rockbund ein Streifen nackter Haut zu sehen war.

Es kostete ihn all seine Kraft, die Kontrolle über seine Libido wiederzuerlangen, denn am liebsten hätte er Riley gleich hier an Ort und Stelle gevögelt, in jeder nur erdenklichen Stellung. »Ich weiß, ich habe mich nicht gemeldet, aber jetzt bin ich hier.«

Sie sah ihm fest in die Augen. »Jetzt kann ich auf deine Hilfe verzichten. Es ist zu spät. Geh nach Hause.«

Er musterte sie mit schmalen Augen. »Genau das hat Alex auch behauptet, aber er wollte partout nicht ins Detail gehen. Ich konnte dich nicht zurückrufen, weil ich die ganze Woche damit beschäftigt war, die neue Mannschaft zusammenzustellen.«

Sie hob eine Augenbraue. »Erzähl keinen Mist. Es gibt bestimmt eine ganze Menge Gründe, warum du nicht zurückgerufen hast, und der Wichtigste ist zweifellos, dass du Alex hasst.«

»Ich hasse ihn nicht.« Ian ballte die Hände zu Fäusten, streckte die Finger wieder aus. Er versuchte, sich auf das Wesentliche zu konzentrieren. »Riley, du hast mich angerufen. Sag mir einfach, warum.«

»Das ist inzwischen egal.«

Mit dem Schlüssel in der Hand ging sie an ihm vorbei, um die Tür aufzusperren. »Ich bin bereits entlassen worden.« Sie trat ein und knallte ihm die Tür vor der Nase zu.

Zurück blieb nur ihr verlockender Duft.

»Verfluchte Scheiße.« Ian hämmerte an die Tür.

Keine Reaktion. Er versuchte es noch einmal.

Und ein drittes Mal.

Tja, wenn es sein musste, würde er hier die ganze Nacht ausharren und sie abpassen, wenn sie morgen früh das Haus verließ. Da er darauf denkbar wenig Lust hatte, klopfte er erneut.

Und hielt mitten in der Bewegung inne, als sie plötzlich doch die Tür aufriss.

»Meinetwegen, komm rein.« Sie beäugte ihn misstrauisch, mit schmalen Augen.

Er trat ein und war, sobald er sich in ihrer kleinen Wohnung befand, sogleich wieder eingehüllt in ihren köstlichen Duft. Sein bestes Stück reagierte umgehend, und eine Begierde, die nur sie in ihm zu wecken vermochte, erfüllte ihn. Er sah sich um, wohl wissend, dass sein Verlangen im Moment auf wenig Gegenliebe stoßen würden. Die Einrichtung bestand aus einer eklektischen Mischung an Möbelstücken, die bunt getünchten Wände schafften eine gemütliche Atmosphäre. Sie hatte das Beste aus der winzigen Wohnung herausgeholt; man fühlte sich hier wirklich wie zu Hause.

»Willst du etwas trinken?«, fragte sie ihn.

»Nein. Ich will lediglich wissen, was passiert ist.«

Sie atmete tief durch, wobei sich unter dem dünnen Stoff ihres Oberteils ihr Busen hob und senkte. Ian streifte ihr Dekolleté mit einem flüchtigen Blick. Er wagte es nicht, genauer hinzusehen, denn es juckte ihn auch so schon in den Fingern, die Hände unter ihre Brüste zu legen und zu testen, wie schwer sie waren. Und wenn er sie erst einmal berührt hatte, würde er garantiert nicht mehr die Finger von ihr lassen können. Ihm fiel auf, dass sie einen silbernen Zehenring trug und sich die Zehennägel leuchtend orange lackiert hatte. Wahnsinn, sogar ihre Füße waren sexy.

»Ich war Vertriebsleiterin bei Blunt Sporting Goods«, sagte sie, ohne zu ahnen, was ihm durch den Kopf ging. »Die Firma wurde kürzlich verkauft, und der neue Boss ist ein totaler Vollidiot. Er hat sofort angefangen, Leute zu entlassen. Ich habe ihm eine kleine Notlüge aufgetischt – indem ich behauptet habe, ich hätte Kontakt zu dir und könnte deine Mannschaft möglicherweise mit ein paar Sportartikeln ausstatten. Er hat mir ein Ultimatum gestellt – bis Freitag sollte ich ihm handfeste Ergebnisse vorlegen. Ich habe dich angerufen, du hast dich nicht gemeldet, der Fall ist erledigt.« Sie ging zur Tür und öffnete sie, als könnte sie es kaum erwarten, ihn loszuwerden.

Er starrte sie verdattert an. »Das hast du echt zu ihm gesagt, obwohl wir uns erst seit Samstag kannten?«

Sie schob das Kinn nach vorn. »Ganz recht.«

»Nachdem wir uns geküsst haben.«

»Mhm.« Sie lief feuerrot an.

»Nachdem du einfach davonstolziert bist, ohne mich auch nur eines weiteren Blickes zu würdigen.«

Sie blinzelte. »Ich habe durchaus noch mal zu dir zurückgeschaut«, sagte sie leise.

Er hob eine Augenbraue. »Also, du hast ja echt Nerven.«

»Ja, das hör ich öfter«, sagte sie breit grinsend.

Jetzt schmunzelte er ebenfalls.

Dann wurde sie auf einen Schlag wieder ernst, und der kurze Augenblick der Nähe war jäh vorbei. »So, jetzt weißt du Bescheid. Zeit für einen Abgang.« Sie deutete mit dem Kopf in Richtung Tür.

Jep, sie hatte ihren Stolz. Tonnenweise, wie es aussah. Es behagte ihr gar nicht, dass er nun um ihre Entlassung wusste. Tja, das respektierte er zwar, aber er dachte nicht im Traum daran, einfach zu gehen.

Schweigend schüttelte er den Kopf, um ihr zu signalisieren, dass er zu bleiben gedachte. Er hatte bereits

Schuldgefühle gehabt, als er von Alex erfahren hatte, dass er Riley Schwierigkeiten eingebrockt hatte, und nun, da er Bescheid wusste, plagte ihn das schlechte Gewissen umso mehr. Dass Alex so stinkwütend auf ihn gewesen war, zeigte, wie viel ihm an Riley lag. Auch das respektierte Ian, wenngleich es noch lange nicht hieß, dass er sich deswegen mit seinem Halbbruder anfreunden musste.

Doch vorerst hatte ihre Jobsituation oberste Priorität.

»Mir ist klar, dass du mich noch nicht kennst, aber du wirst mich kennenlernen. Du hast mich kontaktiert, und ich habe dir Ärger eingebrockt, weil ich dich nicht zurückgerufen habe, und das werde ich wiedergutmachen.«

Sie lehnte sich an die Tür, die noch immer offen stand. »Das geht nicht. Wir wissen doch beide, dass du einen Vertrag mit deinem derzeitigen Lieferanten hast. Ich hätte eben mein großes Maul nicht so weit aufreißen sollen.«

Ihr war also durchaus klar, wie in dieser Branche der Hase lief. Er hatte trotzdem Gewissensbisse. »Das vielleicht nicht, aber ich hätte dir ein paar Namen von Leuten nennen können, mit denen du möglicherweise ins Geschäft gekommen wärst.«

»Tja, das werden wir wohl nie erfahren, oder?«

»Nein.«

Sie gab sich tough und unbekümmert, aber sie konnte ihn nicht täuschen.

Sie wohnte hier, in diesem Haus, in diesem reichlich heruntergekommenen Viertel, weil sie sich nichts anderes leisten konnte. Ian hatte ein bisschen Ahnung vom Immobilienmarkt und konnte sich ungefähr ausrechnen, wie viel sie verdient haben musste. Gut, sie hatte vermutlich ein bisschen Geld auf der hohen Kante, aber sie konnte es sich bestimmt nicht leisten, längere Zeit arbeitslos zu sein. Also hatte sie Panik bekommen und ihn angerufen. Und deshalb stand er in ihrer Schuld.

Aber das war nicht der Grund dafür, dass er noch immer hier war. Er wollte ihr helfen. Wie es aussah, war sie nicht gewillt, Hilfe von Alex anzunehmen, aber Ian würde sich verdammt noch mal nicht von ihr abwimmeln lassen.

»Und, was hast du jetzt vor?«, fragte er.

Sie schien begriffen zu haben, dass er nicht vorhatte, allzu bald zu gehen, denn sie schloss in Zeitlupe die Tür. »Naja, Bewerbungen rausschicken, wie man das eben so macht, wenn man auf der Suche nach Arbeit ist«, sagte sie, als wäre die Frage total bescheuert.

»Du könntest für mich arbeiten.«

Sie wurde blass. »Du bietest mir eine Stelle an? Bei Miami Thunder?«

Er nickte.

»Und in welchem Bereich?«

Falls sie Zweifel an dem Angebot hatte, ließ sie es sich nicht anmerken. Bei der Vorstellung, sie künftig tagtäglich zu sehen, beschleunigte sich sein Puls. »Das wird sich zeigen. Ich weiß, dass wir ein paar offene Stellen haben. Wir können ja mal ausloten, welche für dich am geeignetsten ist.«

Sie schluckte schwer und schwieg einen Moment lang. Mittlerweile hatten ihre Wangen wieder Farbe angenommen. »Ich würde also nicht direkt für dich arbeiten.«

Interessant. Der Gedanke schien sie nervös zu machen. Das war gut, denn es ließ darauf schließen, dass auch sie nicht immun war, wenngleich sie eine Mauer zwischen ihnen errichtet hatte.

»Nein, du würdest nicht direkt für mich arbeiten, und das ist wohl auch besser so.«

Sie zog die Nase kraus, und er verspürte den Drang, eine Hand an ihre Wange zu schmiegen und ihre weiche Haut zu streicheln.

»Ach, ja? Und warum?«, wollte sie wissen.

Er trat einen Schritt näher, und da sie nicht zurückwich gleich noch einen zweiten. Jetzt waren sie nur noch Zentimeter voneinander entfernt. »Weil ich gedenke, dich näher kennenzulernen, Riley. Und ich halte nichts davon, Berufliches und Privates zu vermischen.«

Sie schnappte nach Luft, blieb aber, wo sie war. In ihren großen blauen Augen spiegelte sich eine Mischung aus Neugier und offensichtlicher Begierde. Er hätte nichts lieber getan, als sie noch einmal zu küssen und sich in ihrem warmen, weichen Mund zu verlieren, nur um sie dann an die Wand zu drücken und seinen Schwanz in ihrer heißen, feuchten Spalte zu versenken …

Mist.

Widerstrebend riss er sich von ihrem Anblick los und rief sich in Erinnerung, dass er gut daran tat, einen

Gang zurückzuschalten. Noch hatte sie nicht eingewilligt, für Thunder zu arbeiten. Und die Suche nach einem neuen Job hatte im Augenblick oberste Priorität für sie – und damit auch für ihn.

Es kostete ihn einige Mühe, aber er straffte die Schultern und trat einen Schritt zurück. »Komm morgen früh zum Stadion und frag nach Olivia Dare. Meine Schwester wird sich überlegen, welche Position für dich am ehesten passt.«

Riley verschränkte die Arme vor der Brust. In ihrer defensiven Körperhaltung spiegelten sich für Ian die Umstände ihrer Vergangenheit, um die Alex wusste. »Ich will keine Almosen.«

Umstände, über die man Bescheid wissen musste, wenn man diese komplizierte Frau verstehen wollte. Und er würde erst ruhen, wenn er sie in- und auswendig kannte.

»Von Almosen kann keine Rede sein. Ich bin dir etwas schuldig, weil ich dich nicht zurückgerufen habe. Und es handelt sich hier auch keineswegs um Protektion, Vetternwirtschaft oder welche Ausdrücke auch immer dir sonst noch dafür einfallen.«

Sie schürzte nachdenklich die Lippen.

Sein Blick blieb an ihrem Mund hängen, und der Drang sie zu küssen war schier überwältigend, aber er hielt sich zurück. »Du warst bereit, mich anzurufen und mich zu fragen, ob ich mit dir Geschäfte machen will. Betrachte mein Angebot einfach als eine ähnliche Gelegenheit. Und falls du deine Arbeit nicht zu unserer Zufriedenheit erledigst, wirst du vor die Tür gesetzt, genau wie jeder andere auch«, sagte er mit schonungsloser Offenheit. Wenn sie nicht die gewünschte Leistung erbrachte, musste er sie eben leider entlassen.

»Also, was sagst du?«

Während sie überlegte, malte er sich aus, was er gern alles mit ihr anstellen würde. Sie schwieg so lange, bis Ian schon die Hoffnung aufgegeben hatte, dass sie sein Angebot annehmen würde.

»Also gut, ich komme morgen zum Stadion«, sagte sie schließlich und streckte ihm die Hand hin.

Na endlich, dachte er und ergriff sie. Sobald sich ihre Finger berührt hatten, war ihm, als hätte man ihm einen Stromschlag verpasst.

Sie schnappte kaum merklich nach Luft, als hätte sie es auch gespürt.

Er hob die freie Hand und strich mit dem Daumen über ihre Unterlippe. Sie öffnete überrascht den Mund, und er konnte das Gefühl ihres warmen Atems auf seinen Fingern bis hinunter zwischen die Beine spüren.

»Du bringst mich ganz schön aus dem Tritt«, murmelte er und ließ die Finger über ihr Kinn und ihre Wange wandern, streichelte ihre weiche Haut, während sie das Gesicht an seine Hand schmiegte.

Sie schluckte hörbar. »Du mich auch«, sagte sie und sah ihn dabei mit halb geschlossenen Augen unverwandt an.

Ein süßes Geständnis, aber ihre Küsse waren noch viel süßer, wie er erneut feststellen durfte, als er nun die Lippen auf ihren Mund drückte. Er küsste sie erst auf den einen, dann auf den anderen Mundwinkel, genoss es, sie zu necken und ihrem Körper damit ein Schaudern zu entlocken, das ihn mit Genugtuung erfüllte.

Sie schlang ihm die Arme um die Taille, und als er sanft an ihrer Unterlippe zu knabbern begann, bohrten sich ihre Fingerspitzen in sein Fleisch.

Diese besitzergreifende Geste erregte ihn nur noch zusätzlich. »Ich will dich, Riley. Ich will spüren, wie ich dich ausfülle, heiß und hart«, murmelte er und saugte wie zum Beweis an ihrer Unterlippe.

Sie stöhnte auf und drängte sich an ihn. Er umarmte sie und vertiefte den Kuss, und sie parierte die Vorstöße seiner Zunge und stöhnte erneut, ein erregender Laut, der ihn bis ins Innerste erschütterte.

Irgendwie gelang es ihm schließlich, wieder etwas zur Besinnung zu kommen, und ganz allmählich drang ihm ins Bewusstsein, dass es wohl besser war, die Notbremse zu ziehen, wenngleich sie im Augenblick mehr als willig erscheinen mochte. Er wollte nicht riskieren, dass sie kalte Füße bekam, bevor sich eine Gelegenheit ergab auszuloten, wie gut sie im Bett zueinander passten.

Und deshalb ließ er von ihr ab, ehe er von seinen Trieben übermannt wurde und gleich hier im Flur über sie herfiel, sie im Stehen nahm, an die Wand gelehnt. Und dann noch mal auf ihrer Couch oder in ihrem Bett. Er legte ihr die Arme auf die Schultern, küsste sie zärtlich auf die Wange, wünschte ihr eine gute Nacht und ging.

Er hatte sie dazu gebracht, sich morgen auf sein Territorium zu wagen. Das musste vorerst genügen.

4

Mit einem reichlich flauen Gefühl im Magen fuhr Riley tags darauf zum Stadion. Kein Wunder, sie hatte vor Nervosität keinen Bissen heruntergebracht. Aber es war nicht nur die Hoffnung auf einen neuen Job, die ihr Herzklopfen bescherte, und es lag auch nicht an dem Kuss von gestern Abend, den sie sich immer wieder in Erinnerung rief.

Nein, es war Ian selbst, der sie nervös machte. Wie ein Bulldozer hatte er sich einen Weg in ihr Leben gebahnt. Eigentlich fand sie Männer, die derart selbstbewusst und dominant auftraten wie er und so genau wussten, was sie wollten, kein bisschen anziehend, und im Normalfall hätte sie wohl die Flucht ergriffen oder zumindest Widerstand geleistet. Aber irgendwie hatte er es geschafft, seine kompromisslose Art und Weise, sich durchzusetzen, mit logischen Argumenten zu untermauern, sodass sie gar nicht dazu gekommen war, sich irgendwelche Gegenargumente zu überlegen und sich hatte breitschlagen lassen, sein Angebot anzunehmen.

Und dann hatte er ihr mit einem einfachen Kuss schier den Atem geraubt. Er hatte sich Zeit gelassen, hatte sie gekostet, geneckt und erregt und sie mit seinem Angriff auf all ihre Sinne an den Rand des Wahnsinns getrieben. Sie schauderte jetzt noch, wenn sie an seine Worte dachte. *Ich will dich, Riley. Ich will spüren, wie ich dich ausfülle, heiß und hart.* Genau das wollte sie auch.

Wenn er ihr die Kleider vom Leib gerissen und noch im Flur über sie hergefallen wäre, hätte sie es zweifellos nur zu bereitwillig geschehen lassen. Stattdessen war er einfach gegangen, hatte sie mit einem Gefühl der Leere zwischen den Beinen zurückgelassen. Noch jetzt spürte sie das Ziehen tief in ihrem Inneren und musste die Schenkel zusammenpressen, um gegen die Lust anzukämpfen, die in ihr erwacht war.

Sie atmete einmal tief durch und folgte den Wegweisern zum Stadion, wo sie vor der Schranke am Pförtnerhäuschen hielt und einem Uniformierten ihren Führerschein reichte. Er warf einen Blick auf seine Liste, dann gab er ihr eine Parkkarte, sagte ihr, wo sie den Wagen abstellen sollte, und öffnete ihr mit einem freundlichen Lächeln die Schranke. Ein paar Minuten später marschierte Riley über den großen Parkplatz Richtung Eingang.

Es war ein sonniger Tag im Mai, und die vom Asphalt aufsteigende Hitze sorgte dafür, dass sie bereits durchgeschwitzt war, als sie am Eingang angelangt war. Tja, das war eben einer der großen Nachteile, wenn man in Florida lebte. Sie legte einen kurzen Zwischenstopp auf der Toilette ein, um sich Gesicht und Hals abzutupfen und ihr Make-up aufzufrischen. Und zwar nicht etwa, weil die Möglichkeit bestand, dass ihr Ian begegnen würde. Jedenfalls versuchte sie sich das einzureden. Sie atmete ein paarmal tief durch, um sich zu sammeln, und sobald sie sich wieder einigermaßen gefasst hatte, machte sie sich auf den Weg zu Olivia.

Sie öffnete die Tür und kollidierte prompt mit einem muskulösen männlichen Körper. Er war umgeben von demselben unverkennbaren Duft, der seit gestern auch in ihrer kleinen Wohnung hing und der Grund dafür gewesen war, dass sie sich die halbe Nacht schlaflos im Bett herumgewälzt hatte.

»Ian«, keuchte sie atemlos und hätte sich am liebsten auf die Zunge gebissen.

Er hatte sie an der Taille gepackt, damit sie nicht das Gleichgewicht verlor. »Das wird ja allmählich zur Gewohnheit«, stellte er belustigt fest.

»Tut mir leid.« Sie biss sich verlegen auf die Unterlippe.

Er verfolgte es mit einem lasziven Blick. »Mir nicht.«

Eigentlich tat es Riley genauso wenig leid, aber das musste sie ihm ja nicht auf die Nase binden.

»Ich hatte schon überlegt, ob ich mich auf die Suche nach dir machen soll, weil ich nicht sicher war, ob wir uns zufällig begegnen würden«, sagte er. »Aber wie es scheint, ist das Glück auf meiner Seite.«

Sie lächelte und entspannte sich etwas. »Es tut gut, ein vertrautes Gesicht zu sehen.«

»Freust du dich auf das Vorstellungsgespräch?«

»Schon, aber ich bin nervös«, gab sie zu.

Er lachte. »Das ist doch normal. Aber meine Schwester ist nett. Du wirst sehen, es wird alles halb so wild. Komm mit, ich bringe dich zu ihr.«

»Danke. Das ist sicher besser, als wenn ich hier planlos durch die Korridore wandere.«

Er legte ihr galant eine Hand auf den Rücken und führte sie den Korridor entlang. Die leichte Berührung löste regelrechte Hitzewallungen bei Riley aus und sorgte dafür, dass das Verlangen, das sie gestern nur mühsam in den Griff bekommen hatte, erneut in ihr aufwallte.

Im Aufzug stand er ihr gegenüber und musterte sie ungeniert. In seinen grauen Augen spiegelte sich die pure Lust.

Riley versuchte, sich abzulenken, indem sie ihn ebenfalls betrachtete. Seine Arbeitskluft bestand aus einem Hemd mit dunkelblauem Vichykaro und weißem Kragen, einer himmelblauen Krawatte, die den Blaustich seiner Iris betonte, und einem perfekt geschnittenen Anzug, der seine breiten Schultern akzentuierte. Sie fragte sich unwillkürlich, wie seine nackte Brust aussehen mochte und ob er wohl ein richtiges Sixpack hatte. Und wie er schmecken würde, wenn sie ihm mit der Zunge über die Brust und den Bauch leckte bis hinunter zu …

Ping! Die Aufzugtüren öffneten sich, sie hatten die erste Etage erreicht.

»Nach dir«, sagte er und bedeutete ihr vorauszugehen. Ganz der Gentleman, hätte man annehmen können, wäre da nicht sein vielsagendes Grinsen gewesen.

Riley war sich sicher, dass man ihr deutlich ansehen konnte, wie erregt sie war. Kein schönes Gefühl, wenn man dabei die diversen Büros der Chefetage passieren musste. An den Wänden hingen überdimensionale Porträtfotos der besten Thunder-Spieler in voller Montur.

»Hast du Alex erzählt, dass du heute hier ein Vorstellungsgespräch hast?«, fragte Ian, der nicht zu ahnen schien, was ihr durch den Kopf ging.

»Noch nicht.« Sie hatte es in Erwägung gezogen, dann aber beschlossen, noch zu warten. »Ich dachte, ich erzähle es ihm erst, wenn alles in trockenen Tüchern ist.«

»Du fürchtest doch nicht etwa, dass er ausflippen könnte, wenn er hört, dass du für die Konkurrenz arbeitest?«

»Wenn ich für *dich* arbeite, meinst du?«

Ian zuckte die Achseln. »Das auch.«

Natürlich war ihr dieser Gedanke ebenfalls schon durch den Kopf gegangen, und natürlich hatte sie sich gefragt, ob sie tatsächlich zum Stadion fahren sollte, wie sie es mit Ian vereinbart hatte.

Am Ende hatte sie dieser Gelegenheit, so einfach an einen neuen Job zu kommen, nicht widerstehen können. Genauso wenig wie Ian selbst. »Alex will nur mein Bestes, was auch immer das sein mag.« Aber er würde garantiert nicht begeistert sein.

Und wenn ihr bester Freund wüsste, dass sie Ian noch einmal geküsst hatte und dass dieser ganz offensichtlich plante, mit ihr ins Bett zu gehen, stand womöglich ihre langjährige Freundschaft auf dem Spiel. Also hatte sie vorerst den Mund gehalten.

»Wir sind da.« Ian hielt vor einer geschlossenen Holztür. An der Wand daneben hing ein Messingschild, in das Olivias Name eingraviert war.

Er klopfte einmal und öffnete die Tür.

»Immer herein mit euch!«

»Da sind wir.« Ian legte Riley erneut eine Hand auf den Rücken und schob sie vor sich in das Büro.

Seine Finger fühlten sich angenehm warm an. Zu angenehm.

Riley trat unauffällig einen Schritt zur Seite, schon, weil seine Schwester anwesend war.

»Olivia, das ist Riley Taylor. Ich hab dir vorhin von ihr erzählt.«

Seine Schwester erhob sich und kam hinter ihrem Schreibtisch hervor. Sie war hoch aufgeschossen wie ihr Bruder und schlank wie ein Model, rein optisch also genau das Gegenteil von Riley, die wohl neidisch gewesen wäre, wenn sie sich nicht längst mit ihrer zierlichen, vollbusigen Statur abgefunden hätte.

»Schön, dass du da bist.« Olivia streckte ihr die Hand hin.

Riley ergriff sie dankbar. »Die Freude ist ganz meinerseits.«

»Ich war ganz begeistert, als Ian mir erzählt hat, dass du bei uns anfängst und ich mir überlegen soll, wo wir dich am besten einsetzen können. Ehrlich gesagt benötigen wir dringend jemanden für die PR und unser internes Reisebüro. Der Mitarbeiter, der die Reisen für das Team organisiert, hat Gürtelrose; wer weiß, wie lange der ausfällt. Wir könnten also gut ein bisschen

Unterstützung brauchen, bis alle Flüge und Unterkünfte für die kommende Saison gebucht sind. Und sobald wir das Schlimmste hinter uns haben, überlegen wir uns, wo wir dich anschließend auf Dauer einsetzen können. Ich hoffe, das geht für dich in Ordnung?« Olivia holte tief Luft nach diesem Redeschwall.

»Klar«, sagte Riley lächelnd. Sie war froh, wenn sie sich nützlich machen konnte und von Olivia nicht als eine Belastung empfunden wurde, die ihr Ian aufgebürdet hatte. »Ich schätze, das sollte ich hinbekommen. Bis dato war ich Vertriebsleiterin bei einem Sportartikelhersteller, sprich, ich bin es gewohnt, Termine zu koordinieren und mich mit allerlei Schwierigkeiten auseinanderzusetzen.«

»Ich wusste doch, dass ihr zwei euch auf Anhieb verstehen würdet«, stellte Ian erfreut fest. »Tja, dann lass ich euch mal allein.« Er war schon an der Tür, drehte sich aber noch einmal um. »Ach, Olivia, könntest du mir einen Gefallen tun und Tyler, Scott und Avery für Sonntagnachmittag zu mir einladen? Dann vergnügen wir uns ein bisschen am Pool und essen zusammen zu Abend.«

Seine Schwester nickte. »Klar.«

»Und setz Sienna noch auf die Gästeliste.«

Sienna? Alex' Schwester? Riley fuhr herum und starrte ihn an. Sie wusste um die angespannte Beziehung zwischen Ian und der anderen Seite der Familie.

»Wow, was ist passiert? Ist die Hölle zugefroren?«, fragte Olivia.

Ian presste die Lippen zusammen. »Das nicht, aber

ich habe einen Pakt mit dem Teufel geschlossen.« Er sah von seiner Schwester zu Riley und grinste, als sich ihre Blicke kreuzten. »Aber das war es wert.«

Riley schauderte unter seinem begehrlichen Blick, und Olivia musterte ihren Bruder mit schmalen Augen. Ihr entging nicht, dass er Riley ungeniert zuzwinkerte.

Diese fragte sich unwillkürlich, was das wohl für ein Deal gewesen sein mochte und was zum Henker sie damit zu tun hatte.

»So, so, du schließt einen Pakt mit dem Teufel, und ich darf dann für dich die Drecksarbeit erledigen, wie?«, fragte Olivia.

Ian grinste nur. Mit diesem Grinsen hatte er es bestimmt schon unzählige Male geschafft, seinen Willen durchzusetzen.

»Soweit ich mich erinnere, war ich am Samstag auf einer Party, weil mich meine Schwestern angefleht haben hinzukommen.«

Olivia hob resigniert die Hände. »Okay, okay, ich mach ja schon. Ich schreib es mir gleich auf meine To-do-Liste.« Sie schnappte sich einen Zettel und notierte sich etwas.

»Und vergiss Alex und Jason nicht«, sagte Ian und verschwand, ehe Olivia nachhaken konnte.

»Pfff! Brüder können echt solche Nervensägen sein!«, knurrte sie und setzte sich wieder hinter ihren Schreibtisch.

Riley lachte. »Das kann ich leider nicht beurteilen, denn ich bin ein Einzelkind.«

»Tja, mein ältester Bruder kann einen ganz schön herumkommandieren, wie du vielleicht schon am eigenen Leib erfahren hast.«

»Er kann sehr … überzeugend sein.«

»Und du bist sehr diplomatisch. Na, egal. Nimm doch kurz Platz, ich kümmere mich gleich um dich.« Sie deutete auf den Stuhl, der vor ihrem Schreibtisch stand.

Nachdem Riley ein paar Stunden später der Personalabteilung einen Besuch abgestattet und die nötigen Formulare ausgefüllt hatte, war sie ganz offiziell bei Miami Thunder angestellt. Neben einem Arbeitsplatz in einem kleinen Nebenbüro hatte man ihr einen Computer und ein Passwort für das EDV-System sowie ihre eigene Instant Message-ID zugeteilt.

Nun hatte sie also alles, was das Herz einer arbeitswilligen jungen Frau begehrte, und vor allem hatte sie nicht – wie befürchtet – das Gefühl, dass man ihr eine Sonderbehandlung zukommen ließ.

Sie wollte gerade Feierabend machen und sich vom System abmelden, da blinkte auf ihrem Bildschirm eine Nachricht auf.

Ian: Hast du Hunger?
Sie lachte und tippte: Immer.
Ian: Gut, ich komme dich abholen. Wir gehen essen.
Sie zog die Nase kraus in Anbetracht seines Befehlstons.
Riley: Du fragst mich ja gar nicht, ob ich das will.
Ian: Stimmt. Du hast Hunger, ich habe Hunger, also gehen wir zusammen essen.

Tja, da war sie, seine überhebliche Seite. In ihrer vollen Pracht. Sie schluckte schwer. Es behagte ihr gar nicht, so herumkommandiert zu werden.

Riley: Ich wollte eigentlich zu Hause essen. Ich hatte einen anstrengenden Tag.

Kurz darauf betrat er ohne Vorwarnung ihr Büro. Er trug das Sakko über dem Arm und hatte den Krawattenknoten gelöst und die obersten Hemdknöpfe geöffnet, was ihr einen verlockenden Blick auf seine äußerst appetitliche, gebräunte Brust gewährte. Er sah geradezu verboten gut aus.

»Können wir gehen?«, fragte er.

»Ich habe nicht Ja gesagt. Ich fahre nach Hause.«

Er runzelte die Stirn. »Du musst doch auch etwas essen, oder?«

»Das schon, aber …«

»Dann lass uns gehen.«

Sie wollte Einwände erheben, aber ehe sie es sich versah, hatte er ihr auch schon die Hand auf den Rücken gelegt und sie aus dem Gebäude geführt. Der Parkplatz hatte sich geleert, die meisten Autos waren verschwunden. Ian steuerte auf einen schwarzen Porsche zu, der gleich neben dem Eingang stand. Auf einem Schild an der Wand hinter dem Wagen prangte sein Name.

»Ähm, mein Auto steht da drüben«, sagte Riley und deutete mit dem Daumen über ihre Schulter.

Ian runzelte die Stirn. Daran hatte er wohl nicht gedacht. »Lass es hier. Wir können uns hinterher immer noch überlegen, wie wir das Problem lösen.«

»Aber …«

Er hatte bereits den Knopf an der Fernbedienung seines Autoschlüssels betätigt. Ein Piepsen ertönte, die Türen wurden entriegelt, und ehe sie wusste, wie ihr geschah, hatte Ian sie auch schon auf den Beifahrersitz verfrachtet und angeschnallt. Er verstand sich wirklich hervorragend darauf, seinen Kopf durchzusetzen. Wobei sie zugegebenermaßen nur recht halbherzig protestiert hatte. Sie fand es zwar nicht gerade prickelnd, dass er sich einfach so über ihre Wünsche hinwegsetzte, aber sie brannte darauf, Zeit mit ihm zu verbringen.

Hier, in der Enge seines Sportflitzers, betörte sogleich der Duft seines Rasierwassers ihre Sinne. Ian fuhr mit ihr zu einem seiner Lieblingsrestaurants, einem Italiener. Der Besitzer kannte seinen Namen und wuselte ständig um sie herum, um sicherzugehen, dass Ian mit dem Essen und dem Service zufrieden war.

Zu ihrer Überraschung verging die Zeit dank der angeregten Unterhaltung, durchsetzt von spielerischem Geplänkel, wie im Flug. Ian war ein angenehmer Gesprächspartner, der an allem, was sie zu sagen hatte, Interesse zeigte. Er stellte ihr eine Menge Fragen über ihr Leben, wenn auch keine übermäßig persönlichen. Riley ging davon aus, dass er einfach versuchte, die Zeit sinnvoll zu nutzen. Sie tat dasselbe und fand es schön, nach und nach mehr über ihn zu erfahren.

So ging es die ganze Woche über weiter. Jeden Abend holte er sie ab und führte sie zum Essen aus. Er ließ sich nicht abwimmeln, und irgendwann sah sie ein, dass Widerstand zwecklos war und gab auf. Im Grunde fand sie seine Hartnäckigkeit sogar irgendwie liebenswert. Er zeigte ihr sein Interesse ganz offen und ungeniert, und sie reagierte darauf, weil sie gar nicht anders konnte. Obwohl er sich mit seiner Verführung viel Zeit ließ und sie dabei nach allen Regeln der Kunst verwöhnte, bestand kein Zweifel daran, auf welches Ziel er hinarbeitete.

Er berührte sie häufig, was für Riley anfangs neu war, doch sie gewöhnte sich rasch daran und sehnte sich mit der Zeit sogar richtiggehend danach. Er achtete stets darauf, dass sie einen Tisch mit Sitzbank bekamen, und beim Essen saß er ihr nicht gegenüber, sondern neben ihr, den Arm über die Rücklehne drapiert, damit er mit ihren Haaren spielen konnte. Wenn er sanft an ihren Locken zog, war ihr, als könnte sie es bis ins tiefste Innere spüren, und dann musste sie sehr an sich halten, um ihn nicht gleich am Tisch zu vernaschen. Vor allem, weil er jeden Abend ausgiebig mit ihr knutschte und sie dabei in einen Zustand höchster Erregung versetzte, nur um sie danach zu Hause abzuliefern, obwohl sie sich nach mehr sehnte. Viel mehr. Genau das war vermutlich auch seine Absicht, und es funktionierte ganz hervorragend.

Kein Wunder also, dass sie es kaum erwarten konnte, endlich mit ihm ins Bett zu gehen.

Wenn sie zur Abwechslung mal nicht von Ian abgelenkt oder mit Beschlag belegt war, dachte sie an Alex. Sie wollte oder vielmehr musste mit ihm reden und sicherstellen, dass er ihre neue Anstellung und ihr Verhältnis – oder wie auch immer man es nennen mochte – mit seinem Halbbruder nicht als Treuebruch interpretierte. Sie konnte und wollte ihre Gefühle für Ian nicht kontrollieren. Allerdings befand sich Alex zur Zeit in LA auf PR-Tour, und Riley hatte keine Lust, das alles am Telefon abzuhandeln. Sein Flug zurück ging Freitagnacht, und am Samstag würde sie reinen Tisch machen. Das war eine legitime Ausrede, und sie war froh, dass sie das Gespräch, vor dem ihr schon ziemlich graute, noch ein paar Tage hinausschieben konnte.

Gegen Ende der Woche war sie im Grunde zu allem bereit und wünschte schon fast, Ian würde endlich zum nächsten Schritt übergehen. Er hielt vor dem Prime 112, einem der exklusiveren Steak-Restaurants in Miami, und übergab dem jungen Mann vom Parkservice den Schlüssel seines Porsche.

Die Dame am Empfangstresen begrüßte sie mit einem freundlichen Lächeln. »Mr. Dare, wie schön, dass Sie uns mal wieder beehren. Der übliche Tisch?«

Ian nickte. »Ja, danke, Maria.«

Er hatte einen Tisch mit Aussicht reserviert, an dem sie trotzdem einigermaßen ungestört waren. In dem Lokal gab es zwar keine Sitzbänke, aber Ian nahm trotzdem neben und nicht gegenüber von Riley Platz, nachdem er ihr den Stuhl zurechtgerückt hatte.

Riley war noch nie im Prime 112 gewesen. »Bist du ein Steak-Fan?«, fragte sie, sobald sie saßen.

»Ich komme wegen der Burger her«, sagte er, ohne einen Blick in die Speisekarte zu werfen.

Riley schlug die große Mappe mit Ledereinband auf, und schon während sie die Auswahl an Speisen überflog, lief ihr das Wasser im Mund zusammen. »Du meine Güte, dreißig Dollar für einen Burger?«, rutschte es ihr heraus.

»Tja, etwas Besseres als Kobe-Rind gibt es eben nicht.«

Ach, nee. Sie verschränkte die Arme vor der Brust und nickte. »Dann nehme ich auch so einen.« Warum auch nicht? Wenn er schon bereit war, so unglaublich viel Geld dafür hinzublättern …

»Bestell, worauf du Lust hast. Du musst keinen Burger nehmen, nur weil ich einen esse. Oder weil du glaubst, dass das eines der weniger teuren Gerichte ist.«

Riley umklammerte die Speisekarte. »Ich mag Hamburger«, sagte sie und errötete, weil er sie durchschaut hatte.

»Gut. Meine Geschwister haben für Sonntag zugesagt. Da gibt es dann auch ein paar Burger von hier.«

»Das werden sie bestimmt zu schätzen wissen.«

»Und was ist mit dir?«

Sie sah ihn an. »Ich werde nicht mit von der Partie sein.«

Er legte seine große Hand auf die ihre, und Riley war fast überrascht, dass keine Funken zu sehen waren, so sehr knisterte es bei der Berührung.

»Doch, das wirst du.«

Okay, es war hoch an der Zeit, ein paar Kleinigkeiten zu klären. »Hör mal, nur weil ich die ganze Woche zu allem Ja und Amen gesagt habe und wir jeden Abend zusammen essen waren, bedeutet das noch lange nicht, dass ich jedes Mal springen werde, wenn du mit den

Fingern schnippst«, sagte sie mit einem nachdrücklichen Blick in seine Augen, um ihm zu signalisieren, dass es ihr ernst war.

Ian war sowohl beruflich als auch privat daran gewöhnt, dass alle nach seiner Pfeife tanzten, aber ihm war der unnachgiebige Unterton in ihrer Stimme nicht entgangen. Sie meinte es ernst, das war sonnenklar. Normalerweise setzte er sich in solchen Fällen einfach über den Willen seines Gegenübers hinweg, aber sie waren schließlich keine Kontrahenten. Er wollte wissen, wie sie tickte.

Sie war anders als alle Frauen, die er sonst kannte. Sie war unabhängig, und sie hatte Mumm. Lauter Eigenschaften, die er zu schätzen wusste, weil es nicht viele Frauen gab, die es wagten, sich seinem Willen zu widersetzen. Eigentlich fielen ihm da nur seine Schwestern ein. Was bedeutete, dass er seine Taktik ändern musste, um ans Ziel zu gelangen. Zu seiner eigenen Verblüffung vollzog er eine Kehrtwende.

»Okay, lass mich noch mal von vorne anfangen. Also: Würdest du am Sonntag zum Essen zu mir kommen?« Er rutschte näher und strich über ihren Handrücken. Seine Fingerspitzen fühlten sich leicht rau an. »Bitte.«

Sie schluckte, und er beobachtete fasziniert, wie sich die Muskeln an ihrem zarten Hals bewegten.

»Meinst du nicht, ihr solltet lieber unter euch sein, wenn du dich das erste Mal mit deinen Halbgeschwistern triffst?«, fragte sie.

Er stöhnte auf. Sie hatte völlig recht. »Vermutlich schon, ja, aber ich weiß ehrlich gesagt nicht, ob ich es allein schaffe.« Damit hatte er durch die Blume zugegeben, dass er sie brauchte. Sie wäre der ideale Puffer. »Ich wüsste es wirklich sehr zu schätzen, wenn du kommst«, sagte er, darum bemüht, sich einen letzten Rest Würde zu bewahren.

Sie biss sich auf die Unterlippe und schien zu überlegen. »Ich fürchte, das würde bloß zu Spannungen zwischen dir und Alex führen, und natürlich auch zwischen Alex und mir. Ich hab ihm noch nicht von meinem neuen Job erzählt.«

Ian verzog das Gesicht. Es nervte ihn tierisch, dass ihm Alex womöglich im Weg stehen konnte, aber er musste den Tatsachen ins Auge blicken: Sein Halbbruder war lange vor ihm in Rileys Leben getreten. Was bedeutete, dass Ian würde zurückstecken müssen, auch wenn ihm das gegen den Strich ging.

»Okay, dann sprich mit Alex und sag mir Bescheid, ob du kommst.« Damit gestand er ihr mehr Entscheidungsfreiheit zu, als ihm lieb war.

»Ich …«

Sie wurde vom Ober unterbrochen, der eben an den Tisch getreten war. »Was möchten die Herrschaften trinken?«

»Wir sind noch nicht so weit«, schnarrte Ian, ohne ihn anzusehen. Wenn er den Blickkontakt zu Riley verlor, würde sie womöglich den Rückzug antreten und Nein sagen.

Der Kellner verdrückte sich hastig wieder.

Riley rutschte näher, und Ian stieg ihr Duft in die Nase und versetzte seine ohnehin bereits geweckten

Sinne in Alarmbereitschaft. »Gut, ich rede mit Alex, aber dafür musst du mir etwas verraten.«

Er hob belustigt eine Augenbraue. Sieh an, sie verstand sich ja genauso gut aufs Verhandeln wie er. »Was denn?«

»Als du deiner Schwester neulich aufgetragen hast, deine Halbgeschwister einzuladen, hast du erwähnt, dass du einen Pakt mit dem Teufel geschlossen hast, und dann hast du mich angesehen und gesagt, das war es dir wert. Was hast du damit gemeint?«

Hm, dieser Frau entging ja wirklich gar nichts. »Alex wollte mir deine Kontaktdaten nicht verraten. Also musste ich meinen Vater darum bitten, und er hat mir im Gegenzug gewisse ... Bedingungen gestellt.«

Sie legte den Kopf schief. »Nämlich?«

»Ich musste mich bereit erklären, einen Schritt auf meine Halbgeschwister zuzugehen, wenn er mir deine Adresse und deine Telefonnummer besorgt.«

Sie blinzelte, und ihre Miene wurde weich. »Das hast du für mich getan?«

»Ich wollte mich dafür entschuldigen, dass ich nicht zurückgerufen habe. Und ich wollte wissen, was Alex gemeint hatte, als er behauptet hatte, es wäre zu spät, ich könnte dir nicht mehr helfen.«

Sie spitzte die Lippen und atmete langsam aus.

Ian hatte sich die ganze Woche über bewusst zurückgehalten, hatte den Plan beherzigt, den er sich zurechtgelegt hatte und sich Zeit gelassen, aber jetzt konnte er sich nur noch mit Mühe zurückhalten. Er wollte ihre Lippen kosten, wollte ihre feuchte, warme Mundhöhle erkunden. Die vergangenen paar Tage hatte er immer wieder einen Ständer bekommen allein bei dem Gedanken daran, dass sie sich im selben Gebäude befand wie er. Er sehnte sich danach, mit ihr zu schlafen, und hatte zu Hause regelmäßig Hand an sich legen müssen. Wenn er sie in sein Bett locken wollte, musste er sich an seinen Vorsatz halten und durfte sie zu nichts drängen, das war ihm klar, aber es fiel ihm alles andere als leicht. Er war, wer er war, und konnte seine Bedürfnisse nur bis zu einem gewissen Grad unterdrücken. Doch ihrer Miene nach zu urteilen machte es sich wohl allmählich bezahlt, dass er sich in Geduld geübt hatte.

»Also, wie du weißt, gibt es zwischen den beiden Familien meines Vaters massive Spannungen. Ich hatte gehofft, du könntest am Sonntag kommen, um die Stimmung etwas aufzulockern. Schließlich bist du mit Alex befreundet, und wir zwei sind inzwischen …« Vorsicht, mahnte er sich selbst. Sie lächelte. »Wir zwei sind was?«

»Wir zwei sind uns inzwischen ja schon recht nahegekommen.« Direkt, aber nicht so freimütig, dass sie gleich die Flucht ergreifen würde. Ian fand, dass er das ziemlich elegant hingebogen hatte.

Sie lachte, und ihm wurde ganz warm ums Herz. »So, so. Wir gehen ein paarmal miteinander essen, und du betrachtest uns quasi schon als Paar, oder wie?«

»So richtig vielleicht noch nicht, aber bis zum erweiterten Familiendinner am Sonntag werden wir eines sein.«

*

Eine Woche lang hatte Ian sie jetzt täglich zum Essen ausgeführt und danach mit seinen erotischen Küssen betört. Eine Woche lang war Riley seiner dominanten Persönlichkeit ausgesetzt gewesen, wobei er jedoch stets einen gewissen Respektabstand eingehalten hatte. Und mittlerweile war sie zu dem Schluss gekommen, dass sie besser die Finger von ihm lassen sollte. Er war gefährlich. Gefährlich und unglaublich attraktiv.

Während sie schweigend ihren Kaffee tranken, beobachtete sie ihn verstohlen und verglich ihn mit den Männern, mit denen sie bislang liiert gewesen war. Ihre letzte Beziehung war schon eine ganze Weile her, und kein Mann hatte je eine so starke Anziehungskraft auf sie ausgeübt wie Ian. Wohl, weil Riley normalerweise auf brave, berechenbare Männer stand. Ihre Vorsicht bei der Partnerwahl hatte gute Gründe – sie war im Umfeld eines Tyrannen aufgewachsen, der andauernd seinen Willen durchsetzte, ohne sich um die destruktiven emotionalen Kräfte zu scheren, die dabei auf seine Mitmenschen einwirkten. Gegen abgebrühte, hartgesottene Kerle, die stets das Kommando übernahmen, war sie also immun.

Dann sollte sie auch gegen Ian und seinen Charme immun sein.

War sie aber nicht.

Und sie fragte sich, wie charismatisch wohl ihr Vater auf ihre Stiefmutter gewirkt haben mochte, ehe sie ihn geheiratet und – zu spät – von seiner dunklen Seite kennengelernt hatte. Hm. Nein, in puncto Charme konnte es Douglas Taylor nicht im Entferntesten mit Ian Dare aufnehmen. Ihr Vater hatte sich gut darauf verstanden, seine negativen Eigenschaften zu verbergen, aber liebenswert hatte er sich nie verhalten. Und die Bezeichnung »charmant« hätte auch ihre Stiefmutter Melissa niemals verwendet, um ihn zu beschreiben. Sie hatte ihn während seines Krankenhausaufenthaltes kennengelernt und sich zugegebenermaßen von seinem attraktiven Aussehen blenden und von seiner Hilfsbedürftigkeit erweichen lassen – eine Schwäche, die sie nach der Scheidung besser im Griff gehabt hatte.

Eigentlich war es ganz schön beleidigend, Ian im selben Atemzug wie ihren Vater zu nennen. Das hatte Ian nicht verdient. Aber deswegen war er noch lange nicht *ungefährlich*.

Ganz gleich, wie heftig ihr Herz auch pochte, wenn er in der Nähe war, ganz gleich, wie feucht ihr Höschen wurde, wenn er ihr seine ganze Aufmerksamkeit schenkte ... es war alles einerlei, dachte sie und versuchte sich verzweifelt in Erinnerung zu rufen, warum sie ihn auf Abstand halten musste. Alex hatte bereits angedeutet, dass Ian einen ziemlichen Verschleiß hatte, was Frauen anging. Wenn das nicht genügte, um sie abzuschrecken, was dann? Tja, irgendwie hatte es den Anschein, als würde sie auf verlorenem Posten kämpfen, wenn es darum ging, Ian nicht zu verfallen.

»Worüber denkst du denn so angestrengt nach?«, erkundigte sich Ian beim Dessert.

»Über dich«, gab sie offen zu. Es war wohl das Beste, wenn sie nicht lange um den heißen Brei herumredete.

Er hob eine Augenbraue, sichtlich verblüfft von ihrer Unverblümtheit.

»Ich musste gerade daran denken, dass du ganz schön herrisch bist.«

»Weil ich darauf bestanden habe, dass du statt den warmen Schokoladen-Cookies das französische Vanilleeis mit Oreos bestellst?«, fragte er amüsiert.

Riley musste grinsen. »Du weißt schon, was ich meine.«

»Ich werde mich nicht für das entschuldigen, was ich bin.« Er nahm ihre zarte Hand und verschränkte die Finger mit den ihren. »Aber für dich bin ich bereit, meine ... Impulse im Zaum zu halten.«

Ihr Herz setzte einen Takt aus.

»Allerdings erwarte ich, dass du bei bestimmten Gelegenheiten, an bestimmten Orten, deine Hemmungen über Bord wirfst und es einfach genießt«, fügte er mit samtiger Stimme hinzu, und es bestand kein Zweifel daran, worauf er anspielte.

»Und was wären das für Orte?«, hakte sie nach, um ganz sicherzugehen.

»Ich erwarte von dir, dass du im Bett mir die Zügel überlässt und tust, was ich sage, ohne Wenn und Aber.« Er hob ihre Hand zum Mund und drückte ihr mit offenen Lippen einen heißen Kuss auf die Innenfläche. »Ich verspreche dir, du wirst nicht enttäuscht sein.«

Sie atmete hörbar aus. Ihr schwindelte, wobei sie nicht wusste, ob es an seinen Worten lag oder daran, dass seine seidene Zungenspitze über ihre Haut glitt.

Gott, sie sehnte sich danach, Ian genau so zu erleben – dominanter denn je. Bei der Vorstellung, sich ihm zu unterwerfen, zuzulassen, dass er über ihre Lust bestimmte, begann das Blut in ihren Adern zu kochen, und ihr Widerstand gegen ihn schmolz dahin wie Schnee in der Sonne.

Sie schluckte schwer. »Ich …«

»Ja?«

Seine hypnotisierenden Augen ruhten auf ihr, sein Blick versprach ihr erotische Genüsse, von denen sie bislang nur geträumt hatte. »Ich will … Ich meine, ich brauche …« Sie hatte keine Ahnung, was sie sagen wollte. All ihre Gedanken kreisten nur noch um das Pochen zwischen ihren Oberschenkeln.

Innerhalb von Sekunden hatte er sie dazu gebracht, dass sie alles andere ausblendete und nur noch an eines dachte: an Sex mit ihm. Sie versuchte sich auszumalen, wie es wohl sein würde, wenn er tief in sie hineinglitt und ihrem ausgehungerten Körper multiple Orgasmen bescherte.

Lieber Himmel, der Mann war gut. Und absolut unwiderstehlich.

»Also, du kommst jetzt mit zu mir nach Hause«, sagte er. War das nun eine Feststellung oder eine Frage gewesen? Sie wusste es nicht, und es war ihr auch egal.

5

Hinterher konnte sich Riley an die Fahrt zu dem Wohnkomplex, in dem Ian lebte, kaum noch erinnern. Sie zitterte bereits vor Verlangen, als sie in eine Einfahrt einbogen und ein Schild mit der Aufschrift Ritz Condominiums passierten. Es wunderte sie nicht, dass er sich ein Domizil gesucht hatte, in dem man sämtliche Annehmlichkeiten eines Hotels genoss und trotzdem seine Privatsphäre hatte.

Er stellte den Wagen ab und kam auf die Beifahrerseite, um ihr beim Aussteigen zu helfen. Auf dem Weg in die Lobby ging er so dicht neben ihr, dass sie eingehüllt war in seinen berauschenden, männlichen Duft, und die Wärme, die er verströmte, ließ nicht nur ihre Körpertemperatur ansteigen, sondern intensivierte auch die freudige Erregung und das Verlangen, das in ihrem Inneren pulsierte.

Sie fuhren mit dem Aufzug, und Riley zuckte zusammen, als sich die Türen in der obersten Etage mit einem »Pling!« öffneten. Wenn man aus dem Lift trat, befand man sich bereits mitten in Ians Wohnung. Die Türen glitten hinter ihnen zu, aber noch ehe Riley eine Gelegenheit bekam, ihre Umgebung richtig wahrzunehmen, hatte Ian sie auch schon an die Wand gedrückt und küsste sie.

Sein Mund war hart und fordernd. Er holte sich einfach, was er haben wollte, und Riley nahm bereitwillig, was er zu geben hatte. Er verstand sich wirklich meisterhaft aufs Küssen, erkundete erst mit der Zungenspitze ihre Lippen und bahnte sich dann einen Weg ins Innere. Riley schlang ihm die Arme um den Hals und öffnete bereitwillig den Mund, um ihm Einlass zu gewähren. Kaum hatten sich ihre Zungen berührt, schauderte er und gab ein Stöhnen von sich, das ihr verriet, welche Wirkung sie auf ihn ausübte. Es erregte sie, dass sie die Fähigkeit besaß, diesen Mann, der sonst so beherrscht war, derartige Laute zu entlocken. Doch sobald sie ihm mit den Fingern durch die Haare fuhr, unterbrach er den Kuss.

Sie spähte blinzelnd zu ihm hoch und fragte sich, ob ihr die Enttäuschung wohl anzusehen war.

Seine Pupillen waren groß und dunkel. »Ich will sehen, wie du kommst.«

Sie seufzte erleichtert auf und schaffte es mit letzter Kraft zu nicken. Genau das wollte sie auch. Er erwartete doch nicht ernsthaft, dass sie sich wehren würde, oder?

»Das geht aber nur, wenn du mich nicht berührst.« Damit nahm er erst ihre linke, dann die rechte Hand und drückte sie flach an die Wand. »Also, schön stillhalten«, knurrte er leise. Sein Tonfall ließ sie schaudern vor Erregung.

Sie nickte und schluckte schwer, und das Herz schlug ihr bis zum Hals.

Ganz gemächlich begann er, sie zu entkleiden, öffnete Knopf für Knopf ihre Bluse und starrte sie dabei unverwandt an. Seine großen, gebräunten Hände bildeten einen erotischen Kontrast zur weichen Seide des Kleidungsstücks, und Riley spürte, wie die Anspannung ihre Nippel hart und groß werden ließ.

»Ich kann's kaum noch erwarten, dich endlich nackt zu sehen«, sagte er mit tiefer Stimme und strich ihr den seidigen Stoff von den Schultern.

Mit einem kaum hörbaren Rascheln glitt die Bluse zu Boden. Nun stand Riley in ihrem Spitzen-BH und einem schwarzen Bleistiftrock vor ihm. Er starrte sie an, ließ den glühenden Blick über ihre vollen Brüste gleiten, die ein ganzes Stück größer waren als das, was die meisten Männer als Idealmaß betrachteten, jedenfalls soweit Riley informiert war.

Ihr Geschlecht zog sich zusammen, und ihr Slip wurde feucht.

»Du bist echt verdammt heiß«, murmelte er, ohne auch nur eine Sekunde den Blick von ihr abzuwenden.

Es kam ihr seltsam vor, so halbnackt vor ihm zu stehen, die Hände an die Wand gepresst, darauf wartend, dass er den nächsten Schritt tat. Der Drang, aktiv zu werden, ihn zu berühren, ihn auszuziehen, damit sie seinen atemberaubenden Körper sehen konnte, war schier übermächtig.

Doch als sie die Hand heben wollte, kamen ihr wieder seine Worte in den Sinn. *Ich erwarte von dir, dass du im Bett mir die Zügel überlässt und tust, was ich sage, ohne Wenn und Aber.*

Also hielt sie still, damit er sich an ihr sattsehen konnte, verfolgte, wie sich seine Pupillen weiteten und die Beule in seiner Hose größer wurde. Und das alles nur ihretwegen. Es war diese Erkenntnis, die es ihr ermöglichte, weiterhin bewegungslos stehen zu bleiben.

»Wie schmeckst du, Riley?«, fragte er. Seine Stimme war rau. Sexy. »Schmeckst du süß? Ich versuche schon die ganze Zeit, es mir vorzustellen.«

Sie öffnete den Mund, brachte aber kein Wort heraus. Vermutlich erwartete er ohnehin keine Antwort, und sie hätte ihm auch keine geben können.

Er streckte die Hand aus und schob die Finger in ein Körbchen ihres BHs, kniff sie kurz in den Nippel und begann dann, ihre Brust zu massieren. Es fühlte sich so gut an, dass Riley unwillkürlich den Rücken durchstreckte und den Busen in seine glühende Hand schmiegte.

Ihr war, als würde er mit jeder seiner Berührungen ihre Haut versengen, und als er sie erneut in die Brustwarze kniff, begann ihr Geschlecht wieder vor Erregung zu kribbeln, und noch mehr Feuchtigkeit benetzte ihren Slip. Ihr Atem ging stoßweise, und sie wand sich und presste die Oberschenkel zusammen, darum bemüht, das schmerzende Gefühl der Leere zwischen ihren Beinen zu kompensieren, das er so mühelos in ihr hervorrief.

»Hör auf«, sagte er scharf, und sie erstarrte, obwohl das Pulsieren in ihrer Klitoris noch intensiver wurde. »Ich hab gesagt, du sollst dich nicht bewegen. Wenn du kommst, sollst du wissen, dass ich es bin, der dafür verantwortlich ist.«

Ein Stöhnen entrang sich ihrer Kehle, und sie errötete vor Verlegenheit.

»Du bist so verflucht perfekt«, murmelte er, dann widmete er sich der anderen Brust mit derselben Aufmerksamkeit, rollte die Knospe zwischen Daumen und Zeigefinger und verfolgte ihr Mienenspiel, während ihre Hüften zuckten.

»Ich schätze, es ist an der Zeit, dass ich herausfinde, wie du schmeckst.« Er beugte den Kopf und nahm den erigierten Nippel in den Mund.

Riley sah prompt die Sterne und stieß einen Laut hervor, der selbst für ihre Ohren fremd klang. »Bitte, Ian«, flehte sie und umklammerte mit einer Hand seinen Arm.

»Nimm die Hand runter«, fauchte er, und sie gehorchte augenblicklich.

Dabei verzehrte sie sich danach, ihn zu berühren und hoffte inständig, er würde es ihr später erlauben. Im Moment begnügte er sich damit, ihre Brüste zu liebkosen, und sie wusste bereits, dass sie alles tun würde, was er von ihr verlangte, wenn er ihr nur endlich den Orgasmus bescherte, den sie so dringend brauchte.

»Braves Mädchen«, sagte er und knöpfte sich wieder die andere Brust vor. »Ist es das, was du willst?« Damit begann er zärtlich an der Knospe zu knabbern.

Ein heftiges Schaudern ging durch Rileys Körper. Ein Wunder, dass sie sich überhaupt noch auf den Beinen halten konnte.

»Heiliger Strohsack«, murmelte sie, und er schnaubte belustigt und fing an, ihre Brustwarze mit der Zunge zu umkreisen.

»Und?«, presste sie nach einer Weile hervor.

Er legte ihr eine Hand auf die Wange, und die sanfte, federleichte Berührung raubte ihr schier den Atem.

»Was, und?« hakte Ian nach, überrascht von ihrem zögerlichen Tonfall.

Sie schluckte, und beim Anblick der Muskeln an ihrem Hals hätte er ihr dort am liebsten einen Knutschfleck verpasst, sie quasi als die Seine markiert, damit alle Welt wusste, dass sie vergeben war. Irgendetwas an dieser Frau weckte seinen Beschützerinstinkt. Sie präsentierte sich gern als stolze, starke, unabhängige Frau, aber tief in ihrem Inneren schlummerte eine Unschuld, die das perfekte Gegenstück zu seiner abgeklärten Arroganz war.

Als er vorhin erwähnt hatte, dass sie im Bett ihm die Führung überlassen sollte, hatte sie die blauen Augen aufgerissen, und ihre Pupillen hatten sich geweitet. Wie es aussah, brannte in ihrem Inneren ein ähnlich heftiges Verlangen wie das, das durch seine Adern floss. Er hatte bereits geahnt, dass sie die ideale Gegenspielerin für ihn und seine subtile Sehnsucht nach Kontrolle sein würde.

Und er hatte sich nicht getäuscht, das spürte er instinktiv, wenn er in ihr von der dunklen, schulterlangen Lockenmähne umrahmtes Gesicht blickte. Ihre Lippen waren feucht vom Knutschen, die Augen vor Staunen weit aufgerissen.

»Du kannst mich alles fragen«, versicherte er ihr.

»Schmecke ich so gut wie du erwartet hast?«

Bei ihrer Frage bekam er prompt weiche Knie. Er

schlang die Arme um sie, hob sie hoch und trug sie ins Schlafzimmer, wo er sie mitten auf seinem großen Doppelbett deponierte.

Er rollte sich über sie, die Ellbogen rechts und links von ihrem Kopf aufgestützt, und gab ihr einen heißen, harten Kuss. »Du.« Er küsste sie erneut, noch leidenschaftlicher diesmal. »Schmeckst.« Er schob die Zunge zwischen ihre Lippen und erkundete genüsslich ihre heiße, feuchte Mundhöhle. »Einfach verdammt lecker.«

Sie schlang ihm stöhnend die Arme um den Hals und zog ihn an sich. Normalerweise hätte er sich in dieser Situation von ihr losgemacht, wäre etwas auf Distanz gegangen, aber dafür fühlte es sich zu schön an. Also erwiderte er den Kuss und ließ die Finger derweil in ihren Rockbund und weiter in ihren Slip wandern. Schon bald schob sie ihn von sich, um sich hastig der störenden Kleidungsstücke zu entledigen.

Und dann war sie nackt, und er kam sich vor wie im Paradies. Er beugte sich zu ihrer zart beflaumten, vor Erregung feucht glänzenden Möse hinunter und inhalierte ihren warmen, weiblichen Duft.

Verlangen erfasste seinen gesamten Körper, sein Schwanz wurde noch härter. Noch nie hatte ihn eine Frau derart angetörnt.

»Ich will …« Er brach ab und schluckte hinunter, was ihm auf der Zunge gelegen hatte. So weit kam es noch, dass er offen zugab, was er empfand.

Sie lächelte ihn an, und in ihrer Miene spiegelte sich Verständnis.

»Bedien dich.« Sie hob den Unterleib an.

Ihre Reaktion machte ihn sprachlos, und er gestattete sich den Luxus, kurz mit den Fingerspitzen über ihre zarten Falten zu streichen, ehe er sie kostete. Dann begann er, ihr geschwollenes Fleisch gemächlich mit der Zunge zu erkunden. Kaum hatte er sich einen ersten Eindruck von ihrem Geschmack verschafft, konnte er gar nicht genug davon bekommen. Mit akribischer Gewissenhaftigkeit leckte und neckte er sie, erst die haarlosen äußeren Liebeslippen, dann die vor Erregung glitschigen inneren, immer darauf bedacht, ihre Lust noch weiter anzufachen.

Sie stöhnte und wand sich unter ihm, bis er sie mit beiden Händen auf das Bett drückte, damit sie stillhielt. Dann machte er weiter, erregte sie noch mehr, indem er einen Finger in ihr nasses Geschlecht tauchte und sie innerlich stimulierte.

»Ian!«, keuchte sie, und im selben Moment hatte er die richtige Stelle gefunden.

Die Ekstase ließ ihren gesamten Körper beben, und als er dann auch noch die Zunge fest auf ihren Kitzler presste, schrie sie auf und kam. Vom Orgasmus gebeutelt drückte sie den Rücken durch und schob ihm ihr Becken entgegen, um seinen Mund noch deutlicher an sich zu spüren.

Ian registrierte das heftige Pochen seines besten Stückes und fürchtete, den Verstand zu verlieren, wenn er nicht sofort aus seiner Anzughose schlüpfte, zumal Riley ihre Lust so ungeniert herausgeschrien hatte, während er sie zum Höhepunkt gebracht und dafür gesorgt hatte, dass er sich möglichst lange hinzog. Selbst, als es vorbei war und ihre Erregung allmählich abklang, hörte er nicht auf, sie zu lecken und zu liebkosen.

Als er sich schließlich doch von ihr löste, bemerkte er, dass seine Daumen dunkle Abdrücke auf ihren blassen Oberschenkeln hinterlassen hatten. Es war zwar total krank, aber irgendwie erfüllte ihn der Anblick, das Bewusstsein, dass er ihr quasi seinen Stempel aufgedrückt hatte, mit Genugtuung.

Er erhob sich und schälte sich rasch aus den Kleidern. Sakko, Hemd, Hose, Boxershorts landeten auf dem Boden, seine Krawatte warf er auf das Bett, zusammen mit einem Kondom, das er der Nachttischschublade entnommen hatte. Dann legte er eine Hand um seine Erektion, bewegte sie daran auf und ab und fragte sich, wie zum Geier er es schaffen sollte, Riley langsam und zärtlich zu nehmen. Er atmete tief durch in dem Bestreben, seine Sehnsucht nach ihr zu zügeln, denn sie war so stark, dass er befürchtete, sie womöglich niemals stillen zu können.

Was er Riley natürlich auf gar keinen Fall auf die Nase binden durfte. Er hätte sich jetzt zu gern auf sie gelegt, um vorsichtig in sie einzudringen und sie ganz gemächlich zu lieben, bis sie seinen Namen stöhnte, sich an ihn klammerte und ihm mit den Fingernägeln den Rücken zerkratzte, der Blick vor Lust verschleiert. Aber das würde er nicht tun. Auf gar keinen Fall. Denn er wusste, wie hoch der Preis für diese Art von Vertrauen war.

Sein Blick fiel auf seine Krawatte, die ihm jetzt sehr gelegen kam. Er würde schon dafür sorgen, dass Riley jede Sekunde genoss. Und er selbst ebenfalls.

*

Beim Anblick von Ians Erektion stieß Riley unwillkürlich ein leises Seufzen hervor, und es war ihr egal, wenn er sich darauf etwas einbildete. Schließlich war er nur ihretwegen so groß und dick, und außerdem hatte er ihr gerade den tollsten Orgasmus ihres Lebens beschert. Bislang hatte noch nie ein Mann an ihre Bedürfnisse gedacht, ehe er sich um seine eigenen kümmerte. Keiner ihrer Bettgenossen hatte sich je die Zeit genommen, dafür zu sorgen, dass sie zuerst kam. *Schon deshalb sollte ich ihn mir unbedingt warmhalten*, dachte sie. Wobei ihr sonnenklar war, dass sie sich diesbezüglich keinerlei Hoffnungen machen durfte.

Bloß nicht anfangen zu träumen jetzt.

Aber fantastischer Sex mit Ian? *Davon* wollte sie mehr.

Er stand neben dem Bett und betrachtete sie mit einem gierigen Blick, während die Hand an seinem prallen Schaft auf und ab glitt, immer wieder, von der Wurzel bis zur Spitze.

Sie schluckte schwer. Plötzlich war sie nervös, aber das würde sie sich natürlich nicht anmerken lassen. »Was ist, kommst du wieder zu mir ins Bett oder willst du die ganze Nacht da stehen bleiben?«, fragte sie ihn.

Ein sexy Grinsen huschte über sein Gesicht. »Keine Sorge, ich komme.« Damit stürzte er sich auf sie wie ein Raubtier.

Als er seinen harten, durchtrainierten Körper an sie presste, streifte sein Brusthaar ihre empfindlichen Knospen, sein stahlhartes Sixpack schmiegte sich verführerisch an ihren weichen Bauch, und seine gewaltige Erektion reizte ihr Geschlecht, sodass ihre Lust prompt neu erwachte, obwohl sie doch gerade erst gekommen war.

Sie erwartete nicht noch einen Orgasmus und war vollauf zufrieden mit dem, den sie soeben erlebt hatte, denn er war wirklich spektakulär und intensiv gewesen. Trotzdem hob sie unwillkürlich die Hüften an bei der Vorstellung, ihn in sich aufzunehmen und zu spüren, wie er tief in sie glitt, und sie mit seinem harten, dicken Glied ausfüllte.

Er nahm die stumme Einladung jedoch nicht an, sondern verharrte reglos über ihr. Die Arme rechts und links von ihrem Kopf aufgestützt, sah er auf sie hinunter, und die Erregung spiegelte sich deutlich sichtbar in seinen grauen Augen.

»Du wolltest doch wissen, ob du gut schmeckst …«, sagte er und brach damit das sexuell aufgeheizte Schweigen, das schon seit ein paar Minuten zwischen ihnen herrschte.

Sie nickte wie in Zeitlupe.

»Überzeug dich selbst davon.«

Damit küsste er sie, und sie riss überrascht die Augen auf, als sich seine Zunge zwischen ihre Lippen schob und gemächlich um die ihre kreiste. Er schmeckte nach

Ian, köstlich, männlich, mit einem Hauch Riley. Sie ließ die einzigartige Geschmackskomposition auf sich wirken, während ihre Zungen einander umspielten. Es war ein sehr sinnlicher Kuss, unmissverständlich dem Akt nachempfunden, nach dem sie sich bereits so sehr verzehrte. Etwas derart Erotisches hatte sie noch nie erlebt.

Ihr gesamter Körper kribbelte vor Verlangen. Sie schlang Ian die Beine um die Hüften, um ihn besser zu spüren, und stöhnte auf, als er sich aufrichtete und sein Geschlecht an ihrem rieb. Dann griff er auf einmal nach ihren Handgelenken, und ehe sie wusste, wie ihr geschah, hatte er sie auch schon mit seiner Krawatte ans Bettgestell gefesselt.

»Hey, was …?«

Er betrachtete sie, als wollte er sie gleich mit Haut und Haaren verschlingen wie ein leckeres Gericht.

Riley zerrte an der Krawatte, versuchte, sich loszureißen. Keine Chance. »Ian!«, krächzte sie mit zitternder Stimme, und auch ihr Körper bebte.

Von ihren bisherigen Bettgenossen war keiner auf die Idee gekommen, sie beim Sex zu fesseln. Sie hatten es noch nicht einmal angeregt.

»Entspann dich und hör auf rumzuzappeln«, befahl er ruhig. »Halt einfach still.« So was in der Richtung hatte er vorhin auch schon gesagt.

Riley versuchte zu schlucken, aber ihre Kehle war wie ausgetrocknet. Eigentlich hätte sie jetzt Angst haben müssen. Stattdessen fand sie die Situation erregend, genau wie vorhin, als er sie gezwungen hatte, die Hände an die Wand zu pressen und sich nicht zu bewegen. Sie verspürte ein heftiges Ziehen zwischen den Oberschenkeln, und ihr Liebessaft begann erneut zu fließen.

Verwirrt runzelte sie die Stirn und versuchte, die Reaktion ihres Körpers zu verstehen. Sie fand Bondage also erotisch?

»Es nennt sich Submission«, erklärte er, als hätte er ihre Gedanken gelesen. »Es gefällt dir, dich mir zu unterwerfen.«

»So ein Unsinn.«

Ian hob eine Augenbraue. »Dein Körper lügt nicht, Süße.« Dann schob er einen Finger in ihre glitschige Spalte, und ihre inneren Muskeln zogen sich zusammen, versuchten, ihn festzuhalten, ihn tiefer in sich hineinzuziehen.

Er grinste.

Sie stöhnte, konnte es kaum noch erwarten, dass er endlich die Leere in ihrem Inneren füllte.

»So, nachdem wir das geklärt haben …« Er rollte sich über sie und rieb seine Männlichkeit an ihrem empfindlichen Kitzler.

Riley schauderte und bäumte sich auf, versuchte instinktiv, sich loszureißen, um seine breiten Schultern zu packen und ihn an sich zu pressen, doch die Krawatte, mit der er sie festgebunden hatte, verhinderte es. Und wieder fand sie diesen Umstand seltsam erregend.

Nein, dachte sie, sprach es aber nicht aus. Er wollte es so, und sie würde es versuchen, weil sie verstehen wollte, warum er so scharf darauf war, Macht über sie auszuüben.

Doch sie konnte sich nicht konzentrieren, konnte an nichts anderes denken als an die köstliche Reibung seiner Erektion an ihrer Klitoris, vor und zurück, auf und nieder, immer fester, bis sie die Hüften zu kreisen begann, sodass die Eichel wieder und wieder über ihr Geschlecht glitt. Sein Rhythmus und der Druck, den er auf ihre empfindliche Knospe ausübte, taten schon bald ihre Wirkung, und sie spürte ein vertrautes Kribbeln tief in ihrem Inneren.

Sie brauchte mehr – mehr als die kreisförmigen Bewegungen seiner Hüften, seinen an ihre Möse gepressten Schwanz.

Sie brauchte ihn in sich, jetzt gleich.

»Ian, bitte!«, wimmerte sie und hob die Hüften an, aber er dachte gar nicht daran, ihr Flehen zu erhören.

»So ist es gut, Süße. Lass dich gehen. Komm. Für mich«, murmelte er. Seine tiefe Stimme klang unglaublich sexy und betörend. »Spürst du, wie ich meinen harten Schwanz an deine süße Pussy drücke?«

Sie zitterte, doch die Zuckungen, die sonst vom nahenden Orgasmus kündeten, ließen noch auf sich warten. Also warf sie erneut die Hüften hoch, stemmte ihm das Becken entgegen, ein stummes Betteln um Erlösung. Er presste sich an sie, einmal, zweimal, traf genau die richtige Stelle, und da explodierte sie mit einem Schrei und ihr Körper wurde von einer nie da gewesenen Ekstase geschüttelt. Es wäre perfekt gewesen, hätte sie Ian dabei in sich spüren können. Sie brauchte ihn, genau dort …

Und dann war er plötzlich ganz weg.

»Nein!« Sie wand sich hilflos auf dem Bett, versuchte, sich loszureißen, war wütend, weil er mit ihr spielte. Erst als sie das Knistern einer Kondomverpackung vernahm, schloss sie erleichtert die Augen. Na, endlich.

»Ganz ruhig.« Er strich ihr über die Wange, und Riley schmiegte das Gesicht in seine Handfläche, dankbar für jede Art der Zuwendung.

Sie zwang sich, die Augen zu öffnen und stellte fest, dass er sie mit einem wohlwollenden Blick betrachtete. »Braves Mädchen«, sagte er. »Sieh mich an. Ich möchte, dass du weißt, wer dir Lust bereitet.«

»Ich glaube, das wüsste ich auch mit geschlossenen Augen«, versicherte sie ihm. Ihre raue Stimme klang fremd, auch für sie selbst.

Er grinste und kniff sie in eine Brustwarze, und sie bäumte sich erneut unter ihm auf.

»Wenn du das nächste Mal kommst, werde ich in dir sein«, prophezeite er und ging über ihr in Stellung, ohne den Blickkontakt abreißen zu lassen.

Und dann drang er bis zum Anschlag in sie ein, und Riley sah die Sterne und spürte, wie ihr Tränen in die Augen stiegen. Das war ihr noch nie passiert, und es wunderte sie nicht nur, es jagte ihr auch Angst ein. Ihre Gefühle jagten ihr Angst ein, auch wenn sie es sich selbst nicht eingestehen wollte, und Ian noch viel weniger. Indem er sie schon so oft zum Höhepunkt gebracht hatte, war es ihm offenbar gelungen, den emotionalen Schutzwall zum Einstürzen zu bringen, den sie um ihr Herz errichtet hatte. Und mal ganz abgesehen davon war sein bestes Stück ziemlich groß, und es war lange her, seit sie zuletzt mit einem Mann geschlafen hatte. Kein Wunder also, das sie den Tränen nah war.

»Mist.« Ian erstarrte. Der Glanz in ihren Augen war ihm also nicht entgangen. Er wollte sich aus ihr zurückziehen, doch sie spannte sämtliche Muskeln an, um ihn daran zu hindern.

»Nicht«, sagte sie mit weit aufgerissenen Augen.

»Ich habe dir wehgetan.« Und das war nun wirklich ganz und gar nicht seine Absicht gewesen.

Sie schüttelte den Kopf. »Es ist bloß schon eine Weile her, dass ich … Ich muss bloß ein paarmal tief durchatmen und mich an dich gewöhnen. Du bist recht groß.« Sie wandte den Kopf zur Seite.

Bei ihrem Geständnis erfüllte ihn ein geradezu lächerlicher Stolz. Er legte ihr eine Hand auf die Wange und drehte ihren Kopf wieder in die Mitte, sodass sie ihn ansehen musste. »Und warum hast du mir das nicht gesagt?«

»Wie, hätte ich etwa die Stimmung verderben und dich in die Flucht schlagen sollen, bevor wir zum richtig guten Teil kommen?«, fragte sie leichthin.

»War es bisher etwa nicht gut?« Er hielt ganz still, musterte sie eingehend, abwartend.

Sie verdrehte die Augen und lachte. Das war neu für ihn – dass eine Frau lachte, während er in ihr war, hart und prall. Und dass er ebenfalls schmunzeln musste.

»Nein, Ian, es war nicht gut, es war spektakulär«, sagte sie, und dann hob sie mit einem leisen Stöhnen das Becken an, um ihn noch tiefer in sich aufzunehmen.

Sie war noch immer heiß und feucht, und inzwischen wohl auch mehr als bereit für ihn. Er beugte den Kopf über ihren Busen und nahm eine ihrer großen Knospen in den Mund, leckte und reizte sie, bis sich Riley wimmernd unter ihm wand.

»O, Gott, ich glaube, ich ko…« Sie stöhnte laut auf und presste sich an ihn, von einem Orgasmus geschüttelt, den er nur durch das Saugen an ihrer Brust ausgelöst hatte.

Jetzt war sie noch nasser – und definitiv bereit, ihn ganz in sich aufzunehmen. Ian schob die Hüften nach vorn und begann kräftig in sie zu stoßen. Sie wand sich so heftig unter ihm, als wäre sie soeben erneut im Begriff zu kommen. Vielleicht waren das aber auch bloß die Nachwehen des Höhepunkts von gerade eben.

Er wusste nur, dass er noch nie eine Frau so heftig begehrt hatte, mit dieser fast schon an Verzweiflung grenzenden Inbrunst. Er musste sie haben, musste sie besitzen, mit Haut und Haaren. Immer wieder trieb er seinen Schwanz in ihr warmes Fleisch, zog sich nur kurz aus ihr zurück, um noch tiefer in sie einzudringen.

»Ian!«

Seinen Namen aus ihrem Mund zu hören, stachelte seine Erregung noch zusätzlich an.

Er nahm sie mit an Grobheit grenzender Leidenschaft, überwältigt von Lust, Verlangen und einem Gefühl, das er nicht näher analysieren wollte. Und sie ließ es geschehen, mehr noch, sie hob die Hüften an und parierte jeden einzelnen seiner Stöße. Es dauerte nicht lange – er war schon die ganze Zeit kurz vor dem Orgasmus gewesen, nachdem er ihr schon dreimal dabei zugesehen hatte, wie sie gekommen war. Seine Hoden zogen sich zusammen, und dann explodierte er – unerwartet und so heftig wie noch nie zuvor. Trotzdem hörte er nicht auf, in sie zu stoßen, wieder und wieder, bis er mit seinen Kräften total am Ende war und in seinem Kopf völlige Leere herrschte.

Erst dann ließ er sich auf sie sinken. Er war schweißgebadet, und auch Riley fühlte sich feucht unter ihm an. Außer ihren keuchenden Atemzügen war nichts zu hören.

Sobald er sich wieder einigermaßen im Griff hatte, wurde ihm bewusst, wie rücksichtslos er sich verhalten hatte. Er hatte sie wie von Sinnen gevögelt und kein einziges Mal gefragt, ob sie auch keine Schmerzen hatte.

Jetzt hätte er sich dafür ohrfeigen können. Er tastete nach der Krawatte, löste den Knoten, um ihre Arme zu befreien und massierte sie behutsam. »Alles okay?«, presste er hervor.

»Mmm.« Mehr sagte sie nicht.

Er sorgte dafür, dass sie bequem dalag und die Arme etwas entspannen konnte, ehe er sich von hinten an sie schmiegte und sie an seinen glühenden Körper drückte. Normalerweise war er kein großer Fan der Löffelchenstellung, aber die Frauen, mit denen er sonst ins Bett ging, wussten, dass er die Nacht nicht bei ihnen verbrachte, und Riley war die Erste, die er mit zu sich nach Hause genommen hatte.

Die Zeit verging, und ihr Atem ging gleichmäßiger. Es fühlte sich schön an, sie so im Arm zu halten. Bei der Erkenntnis begann sein Herz schneller zu schlagen. Es war riskant, jemanden, der nicht zum engsten Familienkreis gehörte, so nah an sich heranzulassen. Von der Welt da draußen wurde man viel zu oft enttäuscht. Selbst sein eigener Vater hatte ihn enttäuscht, verdammt noch mal.

Aber er konnte nicht anders – er brauchte sie, im Augenblick zumindest. Und deshalb musste er sicherstellen, dass sie nicht aufwachte und sich daran erinnerte, wie er sie gefesselt und auch sonst reichlich hart angefasst hatte, denn dann wurde sie womöglich sauer. Vermutlich war es das Beste, wenn er jetzt gleich zu eruieren versuchte, was sie von der ganzen Angelegenheit hielt.

»Riley?«

»Ich bin müde«, murmelte sie und kuschelte sich noch fester an ihn. Statt auf Abstand zu gehen, drückte sie ihre weiblichen Rundungen an ihn und sorgte auf diese Weise dafür, dass sein bestes Stück gleich wieder hart wurde. Ian begann, von Hundert rückwärts zu zählen. Er sollte versuchen zu schlafen, genau wie sie es offenbar bereits tat, denn ihr Atem ging langsam und gleichmäßig.

Ian stöhnte leise und stellte sich auf eine lange, schlaflose Nacht ein.

6

Tags darauf wurde Riley von der Sonne wachgekitzelt. Das war ungewohnt für sie, denn zu Hause schloss sie stets die Jalousien, ehe sie ins Bett ging. Sie blinzelte und registrierte, dass sie nackt war und sich ein harter Körper von hinten an sie schmiegte. Prompt kehrten die Erinnerungen an sämtliche erotische Details der vergangenen Nacht zu ihr zurück. Als starke, unabhängige Frau sollte sie eigentlich entsetzt sein, weil sich Ian ihr gegenüber so dominant verhalten hatte. Er hatte ihr ja sogar vorgeschrieben, wann sie kommen sollte! Trotzdem verspürte sie schon bei dem Gedanken daran ein Pulsieren in der Körpermitte.

Sie drehte sich auf den Rücken, weil sie ihn sehen wollte. Während sie sein attraktives Gesicht betrachtete, das im Schlaf bedeutend entspannter als sonst wirkte, fragte sie sich, warum er wohl den Drang verspürte, alles und jeden in seinem Umfeld unter Kontrolle zu haben, sogar beim Sex. Und sie fragte sich auch, warum sie es so genoss, sich ihm zu unterwerfen. Sie drehte sich wieder um, rutschte ganz nah an ihn heran und rieb den Hintern an seiner heißen, prallen Männlichkeit.

Dann wartete sie einen Augenblick gespannt ab, doch er wachte nicht auf. *Hervorragend*, dachte sie grinsend und beschloss, den Umstand, dass er so tief schlief, zu ihren Gunsten zu nutzen und zur Abwechslung mal ihre eigene dominante Seite auszuleben.

Vorsichtig schob sie die Bettdecke beiseite, robbte ein Stück nach unten und legte die Hand auf seinen bereits erigierten, pulsierenden Penis. Wie dick er war, und wie herrlich glatt er sich anfühlte! Obwohl es vermutlich ratsam gewesen wäre, sich davon zu überzeugen, dass Ian noch schlief, konnte sie sich vom Anblick ihrer zierlichen Hand an diesem Prachtstück gar nicht losreißen.

Behutsam ließ sie die Finger daran auf- und abgleiten, von der Spitze bis zur Wurzel und wieder zurück. Schon bald glitzerte der erste Lusttropfen auf der Eichel, und als sie den Kopf darüber beugte, um ihn abzulecken, zuckte Ian reflexartig zusammen. Sie stülpte die Lippen über sein bestes Stück, wohl wissend, dass er gut ausgestattet war, denn sie spürte den Beweis dafür noch immer zwischen den Oberschenkeln.

Ihn oral zu befriedigen würde zweifellos eine Herausforderung werden. Eine, die sie jedoch nur zu gern annahm. Entschlossen leckte sie ein paarmal an dem langen Schaft, um ihn anzufeuchten, dann nahm sie erneut die Finger zu Hilfe. Der Rhythmus, mit dem sie ihn massierte, schien ihm zu gefallen, denn Ian ließ ein tiefes, erregtes Stöhnen vernehmen.

Sie schielte zu ihm hoch, ohne seinen Schwanz aus dem Mund zu nehmen. Er hatte sich zwei Kissen unter den Kopf geschoben und beobachtete sie mit glänzenden Augen. Sie schauderte unter seinem erotisch aufgeladenen Blick und machte sich wieder ans Werk, kitzelte ihn ein wenig mit der Zunge, leckte über die runde Eichel und nahm ihn dann so weit es ging in sich auf.

Er hob die Hüften an und schob ihr sein Glied noch tiefer in den Mund, bis ganz hinten in die Kehle, sodass sie kurz einen Würgereiz verspürte, doch sie schaffte es, durch die Nase zu atmen und ließ sich nicht beirren. Es überraschte sie nicht weiter, als er anfing, sich rhythmisch zu bewegen. Dabei gab er tiefe, erotische Laute von sich, die sie unglaublich antörten.

Als sie es schließlich nicht mehr aushielt, schob sie sich die freie Hand zwischen die Beine und begann ihr nasses Fleisch zu streicheln. Sie hätte sich zu gern selbst zum Orgasmus gebracht, doch hätte sie dafür weit mehr Druck auf ihre Klitoris ausüben müssen, und dazu war sie in dieser Stellung nicht in der Lage. Ian wirkte ähnlich ungeduldig, seine Bewegungen wurden eckiger, energischer. Gut so. Er sollte sich in ihren Mund ergießen, wenn er kam. Was für eine unglaubliche Genugtuung, dafür zu sorgen, dass dieser Mann, der über so viel Selbstdisziplin verfügte, sich ganz und gar gehen ließ. Sie presste den Finger noch fester auf ihren Kitzler.

Da richtete er sich ohne Vorwarnung auf, drehte sie blitzschnell auf den Rücken und rollte sich über sie. Seine Frisur war zerzaust, die unrasierten Wangen verliehen ihm ein verwegenes Aussehen. So wirkte er noch unwiderstehlicher. Und an ihrem Bauch pulsierte seine heiße, feuchte Erektion.

»Was machst du da?«, fragte er schroff.

»Kannst du dir das nicht denken? Und ich hatte angenommen, du wärst weitaus erfahrener als ich«, entgegnete sie keck. Sie konnte eben nicht mehr warten.

Seine Pupillen weiteten sich. »Sehr witzig.«

»Lass mich weitermachen.«

»Nicht, wenn du dich selbst zum Höhepunkt bringst. Deine Orgasmen gehören mir.« Bei seinen Worten wurden ihre Nippel hart, und Feuchtigkeit sammelte sich zwischen ihren Beinen. Sie unterdrückte ein Stöhnen. »Und, was schlägst du vor?«, fragte sie. Sie dachte ja nicht im Traum daran zurückzustecken, nur weil er meinte, er müsste ihr Vorschriften machen.

Ein Grinsen huschte über sein Gesicht, und ehe sie wusste, wie ihr geschah, hatte er sie auch schon auf die Seite gerollt und sich umgedreht, sodass er mit dem Kopf nach unten im Bett lag, den Ellbogen aufgestützt, sozusagen auf Augenhöhe mit ihrer Pussy. Sein Gemächt war nur Zentimeter von ihrem Gesicht entfernt.

»Huch!« Diese Stellung war so … intim.

Doch ihr blieb keine Zeit, sich darüber den Kopf zu zerbrechen, denn er reckte den Kopf nach vorn und vergrub das Gesicht zwischen ihren Oberschenkeln. Sie schauderte und schob ihm den Unterleib entgegen. Als hätte er ihre Gedanken gelesen, packte er ihre Hüfte, machte sich über ihre Klitoris her, als wäre sie die köstlichste Süßspeise der Welt. Sein Atem war warm und seine vorwitzige Zunge sehr geschickt, und Riley hatte das Gefühl, sie könnte jeden Moment den Verstand verlieren.

Es wäre ein Leichtes gewesen, einfach die Augen zu schließen und sich verwöhnen zu lassen, aber das wollte sie nicht. Sie hatte den Spieß umdrehen und endlich auch einmal die Rolle des dominanten Parts übernehmen wollen, und sie würde nicht eher ruhen, bis Ian seine Selbstbeherrschung, an die er sich mit aller Macht klammerte, wenigstens einen kurzen Moment lang aufgab. Erst dann würde sie sich zurücklehnen und genießen.

Dann mal los. Sie öffnete den Mund, um sich seine Erektion erneut einzuverleiben, so tief es ging, und begann mit aller Kraft zu saugen, wild entschlossen, ihm genauso viel Lust zu bereiten wie er ihr.

Mittlerweile war er dazu übergegangen, ihre Klitoris wechselweise mit Zähnen und Zunge zu bearbeiten und heftig daran zu saugen. Mit fast schon grobem Griff umklammerte er Rileys unruhig zuckende Hüften, damit sie stillhielt, während er die Zunge in sie stieß und so den Geschlechtsakt imitierte.

Zugleich schob er ihr immer wieder seinen Schaft in den Mund. Sie stöhnte, mit unerwarteten Folgen, denn Ian zuckte zusammen und sein Schwanz wurde noch härter, noch dicker. Erst als er seinerseits aufstöhnte, konnte sie seine Reaktion nachvollziehen, denn nun spürte auch sie die durch den Laut ausgelösten Vibrationen bis ins tiefste Innerste.

Plötzlich war ihr, als würde ihr gesamter Körper in Flammen stehen. Sie zitterte und ächzte gedämpft, seinen immer noch praller werdenden Schaft im Mund. Schon stand ihr Orgasmus unmittelbar bevor. Ian saugte ein letztes Mal an ihrem Kitzler, und sie explodierte abrupt. Im selben Augenblick ergoss er sich in ihren Mund, und sie schluckte gierig und spürte, wie sein heißes Sperma ihre Kehle hinunterlief.

*

Heiliger Strohsack. Ian hatte soeben eine Art außersinnliche Erfahrung gemacht, dank einer sexy Sirene, die wusste, was sie wollte und sich geweigert hatte, sich artig auf den Rücken zu legen und die Beine breit zu machen, damit er es ihr besorgen konnte. Sie hatte sich durchgesetzt, hatte ihr Recht eingefordert, und er hatte es genossen. Mindestens ebenso sehr, wie er die Nacht mit ihr genossen hatte. Es war schön gewesen, sie in den Armen zu halten und morgens beim Aufwachen ihre Lippen um seinen Schwanz zu spüren. Herrje. Er war im Begriff, sich in sie zu verlieben. Das war ihm noch nie passiert, und es jagte ihm eine Heidenangst ein. Es behagte ihm gar nicht, wenn ein anderer Mensch so viel Macht über ihn und seine Gefühle hatte.

Denk nicht so viel nach, schalt er sich selbst. *Es war bloß eine Nacht mit einer Wahnsinnsfrau.*

Er rutschte nach oben ans Kopfende des Bettes. Riley blieb noch eine Weile quer über das Bett ausgestreckt liegen, das Gesicht unter ihren Locken verborgen. Er strich ein paar Strähnen beiseite.

»Ich glaube, ich bin gestorben und geradewegs im Paradies gelandet«, murmelte sie mit geschlossenen Augen.

Ian lachte. »Das höre ich gerne.«

Der Anblick ihrer weiblichen Hüften und ihrer perfekt gerundeten Pobacken entlockte ihm ein Lächeln.

»Los, komm mit, Süße. Zeit für eine Dusche.«

»Ich kann mich nicht bewegen.«

Er ging ins Bad, nahm zwei Frotteetücher aus einem Regal und drehte das Wasser auf, damit es warm wurde. Dann kehrte er zum Bett zurück.

»Ich warte«, sagte er, etwas nachdrücklicher diesmal.

Da sie keine Anstalten machte, sich zu erheben, überlegte er kurz und klatschte ihr dann mit der flachen Hand auf den Hintern.

»Hey!« Sie hob den Kopf und maß ihn mit einem strengen Blick, doch in ihren blauen Augen war keine Spur Verärgerung auszumachen, nur Leidenschaft und Erregung.

Interessant. Das würde er sich merken, fürs nächste Mal.

»Los, mitkommen.« Er hob sie hoch und trug sie ins Bad, das sich bereits mit Dampfschwaden füllte.

Natürlich dauerte das Duschen bedeutend länger als eine kurze Katzenwäsche. Es war der denkwürdigste Morgen, den Ian seit Langem erlebt hatte.

*

Normalerweise vermied es Riley, direkt ins Büro zu fahren, nachdem sie die Nacht bei einem Mann verbracht hatte. Das war bislang auch nicht weiter schwer gewesen, da sie noch nicht allzu viele Beziehungen gehabt hatte, und für One-Night-Stands war sie nicht der Typ. Jetzt musste sie noch einmal die Klamotten von gestern anziehen und Ian bitten, sie zum Stadion zu fahren, wo ihr Auto stand. Sie wollte nur noch eines: den Morgen hinter sich bringen, ohne dass er übermäßig peinlich für sie wurde.

Plötzlich wurden ihr sämtliche Details der vergangenen Nacht noch einmal deutlich bewusst, und jetzt, bei Tageslicht besehen, wusste sie nicht so recht, wie sie Ian gegenübertreten sollte. Wo war die Unerschrockenheit hin, die sie vorhin empfunden hatte, als sie sicher und geborgen in seinen Armen aufgewacht war? Sie hatte sich in Luft aufgelöst, denn Riley hatte keine Ahnung, wie es nun weitergehen würde.

Als sie aus dem Bad kam, war das Schlafzimmer leer. Ian hatte sich vorhin entschuldigt, um einen geschäftlichen Anruf entgegenzunehmen, und wie es aussah, telefonierte er noch. Sie hätte gern nachgesehen, ob sie irgendwelche Anrufe verpasst hatte, aber ihr Handy lag in Ians Auto, genau wie ihre Handtasche.

Sie ignorierte ihren knurrenden Magen, schnappte sich ihren Slip, drehte ihn um und stieg hinein. Mist. Ihr BH und ihr Top waren irgendwo draußen im Flur. Sie verschränkte die Arme vor der Brust und stöhnte. Auf gar keinen Fall würde sie halb nackt durch Ians riesige Wohnung spazieren. Am besten wickelte sie sich wohl in ein Badetuch. Sie drehte sich um und erblickte zu ihrer Überraschung auf dem Bett ein frisches, noch zusammengelegtes T-Shirt, das Ian offenbar für sie hergerichtet hatte. Erleichtert zog sie es sich über. Es war ihr viel zu groß und reichte ihr fast bis zu den Knien.

Riley faltete ihren Rock zusammen, klemmte ihn unter den Arm und ging in den Flur. Auf dem Weg zum offenen Wohn- und Essbereich passierte sie zwei geschlossene Türen – weitere Schlafzimmer, wie sie annahm. Sie folgte Ians Stimme, die gedämpft an ihr Ohr drang, und fand ihn schließlich vor einer Fensterfront, die vom Boden bis zur Decke reichte und den Blick auf das Meer eröffnete.

Er hatte sich mit einem Arm am Glas abgestützt. Hach, dieser unglaubliche Oberkörper, nackt bis hinunter zum tief sitzenden Bund seiner dunkelblauen Jogginghose … Er sah wirklich zum Anbeißen aus.

Beim Anblick seines muskulösen Rückens und seiner durchtrainierten Arme musste sie ein Stöhnen unterdrücken, was ihr leider nicht ganz gelang. Prompt drehte er sich um und musterte sie mit einem stählernen Blick, der aber offenbar der Person am anderen Ende der Leitung galt. »Kümmere dich einfach darum«, presste er hervor und legte auf.

Als er auf sie zuging, wurde seine Miene weich. »Hast du Hunger?«, erkundigte er sich.

Sie schluckte schwer. »Keine Sorge, ich brauche kein Frühstück. Es wäre mir lieber, wenn du mich gleich zurück zum Stadion bringst, da steht nämlich noch mein Wagen, wie du dich bestimmt erinnerst.«

Ian nickte. Das hatte er nicht vergessen. Und es war unschwer zu erkennen, dass sie im Begriff war, den Rückzug anzutreten. Normalerweise war er derjenige, der die Beine in die Hand nahm, und es ging ihm gehörig gegen den Strich, dass sie es so eilig hatte, von hier fortzukommen.

Nicht, wenn ihr die Realität schon bald genügend Gründe für einen Rückzug liefern würde. Ehe es so weit kam, musste er sie schleunigst wieder aus ihrem emotionalen Schneckenhaus hervorlocken.

»Das beantwortet nicht meine Frage«, rügte er sie. »Ich habe dich gefragt, ob du Hunger hast.«

Ihr Magen gab ein lautes Knurren von sich, und sie lief feuerrot an.

Ian lachte. »Dachte ich's mir doch.«

Dann schlang er ihr einen Arm um die Taille und führte sie in Richtung Küche, wobei er sich ihrer üppigen Kurven unter dem T-Shirt und der Tatsache, dass sie keinen BH trug, nur allzu deutlich bewusst war. Er hatte ihre Klamotten nämlich vorhin höchstpersönlich in einer Tüte verstaut, damit sie auch nichts vergaß.

»Das Frühstück steht schon bereit.«

Sie musterte ihn argwöhnisch, als wüsste sie auf einmal nicht mehr so recht, was sie von ihm halten sollte. Ihm ging es ja nicht anders. Die meisten Frauen, mit denen er geschlafen hatte, waren äußerst anhänglich gewesen und hatten gehofft, dass sein Interesse an ihnen von Dauer sein würde. Er hatte den Verdacht, dass es vor allem sein Vermögen war, das sie an ihm gereizt hatte, denn normalerweise war er am Morgen danach alles andere als freundlich, und in den Genuss eines Frühstücks war definitiv noch keine seiner Eroberungen gekommen.

»Setz dich.« Er legte Riley eine Hand auf den Rücken und schob sie sanft, aber nachdrücklich zur Essecke, wo allerlei vom Zimmerservice gelieferte Köstlichkeiten standen.

Sie gehorchte und nahm Platz, wobei sie den reich gedeckten Tisch in Augenschein nahm. »Ich wusste nicht, was du normalerweise morgens isst, also habe ich einfach eine kleine Auswahl bestellt, während du im Bad warst«, erklärte er. »Ich dachte, wenn es hier schon einen Zimmerservice gibt, dann sollst du auch etwas davon haben.«

»Danke.« Sie griff nach einem Bagel und bestrich ihn mit Frischkäse. Das Obst beachtete sie gar nicht.

Er grinste. »Du stehst also auf Kohlenhydrate.«

»Ich habe ja auch ganz schön viele Kalorien verbrannt.« Wieder lief sie rot an. »Ich kann auch unterwegs essen, wenn du schon losmusst.«

Zufrieden stellte er fest, dass ihr Atem schneller ging und ihre Wangen sich noch mehr röteten, als er mit dem Stuhl etwas näher an sie heran rückte. Er konnte einfach nicht genug von ihr bekommen, und es tat gut zu wissen, dass das auf Gegenseitigkeit beruhte.

Trotzdem wirkte sie plötzlich angespannt und gehemmt, und er wollte wissen, warum. »Hast du es eilig, hier wegzukommen?«, fragte er.

»Nein, es ist bloß … Ich … Ich weiß einfach nicht, wie man so was macht.« Sie wandte den Blick ab und nahm einen großen Bissen von ihrem Bagel.

»Was meinst du mit ›so was‹?«

Sie kaute und schluckte. »Ich gehe normalerweise

nicht mit Männern ins Bett, mit denen ich keine Beziehung habe.«

Ach, daher wehte der Wind. »Und?« Sie sollte fortfahren, ohne dass er seinen Senf dazugab. Er wollte hören, wie sie die Situation einschätzte, weil er nämlich selbst nicht so recht wusste, was das genau war, das sich da gerade zwischen ihnen entwickelte.

Wieder biss sie von ihrem Bagel ab, wobei sie es tunlichst vermied, Ian anzusehen. Nachdem sie ausgiebig gekaut und geschluckt hatte, spülte sie mit einem großen Schluck Orangensaft nach.

Ian wartete ab.

»Alex hat gesagt, du wechselst die Frauen wie andere Leute die Unterwäsche«, bekannte sie schließlich.

Ian schob das Kinn nach vorn. Er hätte seinen Halbbruder am liebsten einen Kopf kürzer gemacht. Dieser Mistkerl – was bildete er sich ein, bei Riley mit seinen Ansichten über ihn hausieren zu gehen?

»Das entsprach durchaus den Tatsachen«, gab er dennoch zu.

Sie legte den halb gegessenen Bagel ab. »Tja, danke für deine Aufrichtigkeit. Können wir jetzt fahren?«

Er schüttelte den Kopf und musste unwillkürlich grinsen. »Riley, Riley, Riley. Ich sagte, das *entsprach* den Tatsachen. Hat irgendetwas an meinem Verhalten gestern Abend oder heute früh bei dir den Verdacht aufkeimen lassen, dass ich schon mit dir fertig bin?«

Damit streckte er die Hand aus, um ihr einen Klecks Frischkäse vom Mundwinkel zu wischen. Mit großen Augen verfolgte sie, wie er sich den Finger in den

Mund steckte und ihn ableckte. Das Verlangen war ihr deutlich anzusehen, was zur Folge hatte, dass sein bestes Stück schon wieder anschwoll.

»So, du bist also noch nicht mit mir fertig?« Sie knüllte die Serviette zusammen, die sie sich über den Schoß gebreitet hatte.

»Noch lange nicht.«

Sie blickte durch ihre dichten, dunklen Wimpern zu ihm hoch, und er konnte förmlich sehen, wie sich die Zahnräder in ihrem Kopf drehten, während sie sich zurechtlegte, was sie als Nächstes sagen sollte.

»Ich möchte ein paar Regeln aufstellen.«

Er hob eine Augenbraue, wider Willen belustigt. »Da bin ich ja mal gespannt.«

Riley atmete einmal tief durch und straffte die Schultern. »Es ist okay für mich, wenn du das, was zwischen uns ist, nicht als Beziehung bezeichnen willst, aber solange etwas zwischen uns beiden läuft, lässt du dich nicht mit anderen Frauen ein.«

Ian hatte nie behauptet, dass er das, was zwischen ihnen war, nicht als Beziehung bezeichnen wollte. Er wusste ja noch nicht einmal, was genau eine »Beziehung« so alles umfasste, aber er hatte das Gefühl, dass er mit diesem Geständnis nicht gerade Eindruck schinden würde.

Das T-Shirt, das sie trug, war nach oben gerutscht, und er legte eine Hand auf ihren nackten Oberschenkel. »Wir wissen beide, dass ich keine Zeit hatte, mich mit anderen Frauen zu verabreden, seit wir uns nähergekommen sind. Und es wird dich bestimmt freuen zu hören, dass ich auch gar nicht das Bedürfnis danach verspürt habe. Also, meinetwegen, keine anderen Frauen.« Er ließ die Hand höher wandern, streichelte mit dem Daumen ihre zarte Haut.

»Gut.« Ihre Stimme klang heiser.

»Und jetzt möchte ich eine Bedingung stellen.« Ian legte ihr einen Finger unter das Kinn und hob ihren Kopf an. »Keine anderen Männer für dich.«

»Abgemacht.« Sie grinste schelmisch, und da wusste er, dass er sie wieder am Haken hatte.

Die emotionale Distanz zwischen ihnen war wie weggewischt.

Er beugte sich nach vorn und hauchte ihr einen Kuss auf die Lippen. Sie schmeckte nach Riley, dank des Orangensafts mit einer leichten Zitrusnote.

Sie stöhnte und erwiderte den Kuss, unterbrach ihn aber bald. »Ich habe noch eine Bedingung, und die ist nicht verhandelbar.«

»Nämlich?«, fragte Ian schmunzelnd. Er fand das Ganze höchst amüsant.

»Ich muss es Alex sagen, und zwar auf meine Weise. Er wird nicht begeistert sein, aber ich will, dass er es versteht. Ich brauche seinen Rückhalt. Er ist mein bester Freund.«

Ian kniff die Augen zu und stöhnte – aber nicht etwa, weil er etwas dagegen einzuwenden gehabt hätte. Der Grund war viel ernster. »Ich fürchte, da könnte es Probleme geben.«

Sie lehnte sich zurück und straffte die Schultern. »Ich sagte, diese Bedingung ist nicht verhandelbar. Alex ist nicht nur mein bester Freund, er ist für mich praktisch ein Familienmitglied.« Ihr ganzer Körper zitterte. »Er war sehr lange der einzige Mensch, der für mich da war und mich beschützt hat.« Sie verzog das Gesicht, als wäre es ihr unangenehm, dass sie so viel von sich preisgegeben hatte.

Aber sie hatte es getan und damit Ians Neugier geweckt. Alex hatte sie beschützt? Vor wem? Das klang ganz danach, als würde eine ernste Geschichte dahinterstecken, und er wollte mehr erfahren, sofern ihm genügend Zeit dafür blieb.

»Ich will damit nur Folgendes sagen: Wenn du mir in diesem Punkt nicht entgegenkommen kannst, dann …«

»Das würde ich ja liebend gern, aber es ist bereits zu spät. Bei dem Anruf vorhin ging es genau um dieses Thema.«

Er angelte sich sein iPhone von der Anrichte und öffnete eine E-Mail, die er kurz vorher erhalten hatte. Sie enthielt einen Link zu einem recht bekannten Sport-Blog, und als er die entsprechende Seite öffnete, erschien auf dem Display ein Foto, das sie beide beim Verlassen des Restaurants gestern Abend zeigte.

Auf dem Bild hielten sie sich an den Händen, und Rileys Wangen waren gerötet. Es ließ keinen Zweifel daran aufkommen, dass sie zusammen waren. Oder dass sich zumindest etwas zwischen ihnen anbahnte.

Riley nahm ihm das Telefon aus der Hand und starrte entgeistert auf das Foto. »O, Gott.« Dann sprang sie auf.

»Mein Handy. Ich brauche sofort mein Handy. Es liegt unten in deinem Wagen.« Sie hastete in Richtung

Tür, blieb noch einmal stehen und wirbelte herum. »Warum hast du mir das nicht gleich erzählt?«

»Ich habe selbst erst vor zehn Minuten davon erfahren und wollte erst einmal überprüfen, wie weit sich die Nachricht schon verbreitet hat.«

»Und?«, fragte Riley.

»Halb Miami weiß bereits Bescheid. Jedenfalls ist es schon auf allen hiesigen Sport-Blogs.«

Sie schnitt eine Grimasse. »Und, was schreiben die so?«

»Tut das irgendetwas zur Sache?«

Doch sein Ablenkungsmanöver lief ins Leere. Riley musterte ihn argwöhnisch. »Die Tatsache, dass du mich das fragst, verrät mir schon, wie die Antwort lautet.« Ihr Tonfall war kühl.

Ian sah ihr in die Augen. »Ian Dare, Präsident von Miami Thunder, und seine neueste Eroberung. Wie stehen die Chancen, dass diese Liaison das Wochenende überlebt?«

»Na, toll«, knurrte Riley.

Er weigerte sich, sie wegen einer Angelegenheit zu verlieren, die sich seiner Kontrolle entzog. »Das Einzige, worauf es ankommt, ist das, was zwischen uns ist, und darüber haben wir ja gerade geredet. Also, zerbrich dir deswegen nicht weiter den Kopf.«

»Es geht mir nicht um mich oder uns, sondern um Alex.« In ihrer Miene spiegelte sich Panik. »Ich muss ihn sofort anrufen.«

Natürlich, dachte er höhnisch, schluckte es aber wohlweislich hinunter. »Nimm mein Handy.«

Da sie noch zögerte, sagte er: »Das geht schneller, als wenn wir erst warten, bis der Angestellte vom Parkservice mit meinem Wagen vorfährt.«

Riley schluckte. »Okay, danke.« Sie wählte und wartete ab.

Ian erhob sich und entfernte sich ein paar Schritte, konnte sich aber nicht dazu durchringen, sie allein zu lassen, damit sie ungestört telefonieren konnte. Er hasste es, wenn er nicht im Bilde war – und was Alex und Riley anging, war er nicht nur nicht im Bilde, er tappte komplett im Dunkeln. Ein Gedanke, der ihm ein fast schon körperliches Unbehagen verursachte.

»Hi, ich bin's«, sagte sie.

»Verflucht, Riley, ich versuche schon die ganze Nacht, dich zu erreichen, und dann wache ich heute früh auf, und was sehe ich gleich als Erstes? Dieses Foto von dir und Ian!«

Ian ballte die Fäuste. Selbst aus ein paar Metern Entfernung konnte er Alex' Stimme klar und deutlich hören.

»Ich wollte abwarten, bis du wieder da bist, damit ich es dir persönlich sagen kann.« Sie sah zu Ian, dann wandte sie sich ab. »Er hat mir einen Job bei Miami Thunder angeboten.«

»Ach, und das gibt ihm das Recht, dich zu ficken, oder wie?«, brüllte Alex.

»So ist es nicht!«, echauffierte sie sich lautstark.

Von wegen, dachte Ian.

»Du bist wieder zurück aus L. A., oder?«, fragte sie.

Wie auch immer Alex' Antwort lautete, er hatte die Stimme ein wenig gesenkt, sodass Ian nicht mehr verstehen konnte, was er sagte.

»Okay. Wir sehen uns dann heute Nachmittag. Wäre schön, wenn du dich bis dahin wieder beruhigen könntest.« Sie schwieg, dann schloss sie mit: »Ich hab dich lieb. Bye.«

Ian hätte am liebsten irgendetwas kaputtgeschlagen, aber er beherrschte sich und wartete ab, bis sie sich zu ihm umdrehte. Als sie es schließlich tat, wirkte sie bedrückt.

Mist.

»So sehr hasst er mich?«, fragte er.

Riley schüttelte den Kopf. »Was auch immer er gesagt haben mag, es geht nicht nur um dich. Es geht um ihn und mich; darum, dass ich ihm das von uns die ganze Woche verschwiegen habe.«

»Du hast gesagt, er ist für dich praktisch ein Familienmitglied.«

Sie sah ihn mit großen, glasigen Augen an. »Das ist er. Ich habe nur Alex und meine Stiefmutter.«

Das war ja eine kurze Liste. Eine, auf der Ian künftig auch vertreten sein wollte. Es tat nichts zur Sache, dass sie sich kaum kannten – das wenige, das er bislang von ihr wusste, hatte ihm bereits hinlänglich vor Augen geführt, dass sie etwas Besonderes war. Sie war die Richtige für ihn. Ohne sie war sein Leben leer. Es hatte noch nie jemanden gegeben, für den er so starke Gefühle hegte wie für sie, mal abgesehen von seiner Familie, für die er alles getan hätte. Zugegeben, sie waren noch gar nicht offiziell zusammen, aber er wollte sie trotzdem nicht gleich wieder verlieren.

»Was ist mit deinen Eltern?«

Sie schluckte. »Meine Mom ist gestorben, als ich sechzehn war. Und mein Vater … Naja, ich habe keine wie auch immer geartete Beziehung zu ihm. Ich rede noch nicht einmal über ihn. Nie.«

Hm. Das musste er dann wohl akzeptieren. Vorläufig jedenfalls.

»Kannst du mich jetzt bitte zum Stadion fahren?«, bat sie.

»Klar.« Ian sah ohnehin keine Möglichkeit, die Situation noch zu retten. Der Morgen hatte eine unerwartete und äußerst unerquickliche Wendung genommen.

Jetzt hieß es für ihn erst einmal abwarten, bis sie sich wieder mit Alex versöhnt hatte. Und daher war es umso wichtiger, dass morgen, wenn seine Halbgeschwister zu ihm kamen, alles glatt lief.

7

Riley konnte es kaum erwarten, sich den Stress des Tages abzuwaschen. Sie schälte sich aus ihren Kleidern und stieg in die Dusche. Doch so angenehm sich der warme Wasserstrahl auch anfühlte, er konnte sie nicht für die Tatsache entschädigen, dass Alex Einwände gegen ihre Beziehung mit Ian hatte. Wobei die Bezeichnung »Einwände« ehrlich gesagt die Untertreibung des Jahrhunderts war. Natürlich würde ihr Alex nicht im Weg stehen, aber er konnte definitiv nicht behaupten, dass er sich für sie freute. Er vertraute seinem Halbbruder nicht, was sie durchaus nachvollziehen konnte.

Seit seiner Kindheit – seit er wusste, dass er einen großen Bruder hatte, war er erpicht darauf gewesen, Ian kennenzulernen. Er hatte sich einen Verbündeten gewünscht, weil er sich als der älteste Spross seiner Familie immer für seine Geschwister verantwortlich gefühlt hatte. Ian hatte an der Highschool Football gespielt, genau wie Alex. Ian hatte ein Stipendium für die University of Florida erhalten, genau wie Alex. Aber so viele Parallelen es in ihrer Biografie schon damals, in ihrer Jugend, gegeben hatte und auch heute noch gab,

Ian hatte Alex und seinen Geschwistern stets die kalte Schulter gezeigt.

Was ja auch irgendwie verständlich war. Von Robert Dares Affäre mit Alex' Mutter hatte Ians Familie erst erfahren, als Alex' Schwester Sienna als Kind an Leukämie erkrankt war. Sienna hatte eine Knochenmarktransplantation benötigt, und Robert war mit der Wahrheit herausgerückt in der Hoffnung, dass eines seiner anderen Kinder als Spender infrage kam. Tatsächlich hatte sich Avery als geeignet erwiesen, und im Rahmen der Behandlung hatten sich Avery, Olivia und Sienna angefreundet.

Traurigerweise hatte Savannah stets gewusst, dass Robert Dare mit einer anderen Frau verheiratet war und auch Kinder mit ihr hatte. Sie hatte es hingenommen, weil sein Herz ihr gehörte und seine Verbindung mit Emma St. Claire eine reine Vernunftehe gewesen war. Alex war zwar ein Unfall gewesen, aber er hatte die beiden zusammengeschweißt und den Grundstein für eine zweite Familie gebildet. Eine, mit der Robert Dare schon bald mehr Zeit verbrachte als mit seiner ersten.

Siennas Erkrankung war also im Grunde genommen eine Art Katalysator gewesen – der Auslöser dafür, dass Ians Familie zerbrochen war. Kein Wunder, dass Ian nichts mit den Kindern zu tun haben wollte, die sein Vater mit seiner Geliebten gezeugt hatte. Rational betrachtet hatte Alex sogar dafür Verständnis. Leider hatte sich das Verhältnis zwischen den beiden Brüdern mit den Jahren nicht gebessert. Statt über den Fehlern ihres

Vaters zu stehen, hatten sie ihren verbissenen Konkurrenzkampf immer mehr auf die Spitze getrieben, mit dem Resultat, dass Alex nun für die Tampa Breakers spielte und Ian bei Thunder im Vorstand war.

Und gerade jetzt, da Ian endlich beschlossen hatte, einen Schritt in Richtung Versöhnung zu wagen, stand Riley zwischen den beiden Männern. Was bedeutete, dass sie alles in ihrer Macht Stehende tun musste, damit Alex auf Ians Friedensangebot einging.

Schon deshalb würde sie Ians Einladung zum Dinner am Sonntagabend nicht annehmen. Es war bestimmt besser, wenn die Geschwister erst einmal unter sich waren. Und sie würde sich von Ian fernhalten, bis sich die Wogen zwischen ihm und Alex ein wenig geglättet hatten. Und bis dahin konnte sie nichts weiter tun als hoffen und beten, dass die beiden noch irgendwann lernen würden, miteinander auszukommen.

*

Riley hatte zwar geplant, am Sonntagabend zu Hause zu essen, doch als ihre Stiefmutter Melissa anrief und sagte, sie wolle sie zum Dinner ausführen, nahm sie die Einladung gerne an. Ihr war jede Ablenkung recht, sonst würde sie sich nur andauernd ausmalen, wie es wohl gerade bei Ian und seinen Halbgeschwistern lief. Ihre größte Sorge war, dass sich Ian und Alex entweder wie Luft behandeln oder total in die Haare kriegen würden, denn damit wäre dann nicht das Geringste erreicht.

Melissa holte sie ab und fuhr mit ihr zu Nobu, einem Sushirestaurant, das sich im Shore Club in der Collins Avenue befand. Riley hatte sich dem Anlass entsprechend schick gemacht – sie trug ein weißes Sommerkleid, flache, silberne Sandalen und dazu stylischen Modeschmuck.

Ihre Stiefmutter hatte kürzlich noch einmal geheiratet – einen Neurochirurgen, der am Medical Center der University of Miami arbeitete – und war erst vor ein paar Tagen aus den Flitterwochen zurückgekehrt. Ihre Haut hatte auf der Hochzeitreise reichlich Sonne abbekommen, und ihre blonden Haare waren noch heller als sonst. Sie wirkte fröhlich und entspannt und sah deutlich jünger aus als sie tatsächlich war, was bei ihr allerdings schon seit jeher der Fall gewesen war.

Ein Kellner führte sie zu einem Tisch in der Mitte des schummrig beleuchteten und mit bodenlangen weißen Vorhängen ausgestatteten Lokals.

»Na, wie geht's, *Mrs. Masterson*?«, erkundigte sich Riley. Sie konnte es sich nicht verkneifen, den neuen Nachnamen ihrer Stiefmutter besonders zu betonen.

»Hervorragend. Ich kann es nur jedem empfehlen«, erwiderte Melissa mit einem strahlenden Lächeln.

»Was? Die Flitterwochen oder die Eheschließung mit einem Arzt?«, witzelte Riley.

»Beides.« Melissa grinste. »Und wie geht es dir?«

»Bestens.« Riley zwang sich zu lächeln. Sie wollte ihre Stiefmutter nicht gleich mit ihren Problemen überfallen, zumal diese gerade einen so glücklichen, gelösten Eindruck machte.

Doch Melissa schob die Speisekarte beiseite, ohne auch nur einen Blick hinein geworfen zu haben. »Du konntest mich noch nie belügen, also fang bitte nicht jetzt damit an. Ich sehe dir doch an, dass etwas nicht in Ordnung ist. Was ist los? Warum wirkst du so angespannt?«

»Müssen wir gleich über mich reden? Ich würde viel lieber erst einmal von eurer Griechenland-Kreuzfahrt hören.«

Melissa schüttelte energisch den Kopf. »Das kann warten. Was ist passiert?«

Da Riley schwieg, setzte sie eine entschlossene Miene auf und sagte: »Wie wär's, wenn du mit dem Foto anfängst, das gestern im Internet die Runde gemacht hat?«

»Seit wann liest du Sport-Blogs?«

»Tu ich nicht. Ich weiß es von David.« Ihr zweiter Mann interessierte sich also für American Football. »Also, möchtest du mir vielleicht irgendetwas erzählen?«

Riley zog die Nase kraus. Aber Melissa war schon immer die perfekte Mischung aus Mutter und enger Freundin für sie gewesen. Es konnte nicht schaden, sich ihr anzuvertrauen. »Ich habe mit Alex' Halbbruder Ian geschlafen.«

»Das klingt nach Komplikationen.«

Riley nickte. »Alex war immer für mich da. Er ist beleidigt, weil ich neuerdings für Ian arbeite, und weil ich es ihm nicht persönlich gesagt habe.«

»Beleidigt oder eifersüchtig?«, hakte Melissa nach.

Der Kellner trat an ihren Tisch und erkundigte sich nach ihren Getränkewünschen.

»Ich nehme dasselbe wie du. Du bist hier die Shushi-Expertin.«

Sobald der Kellner die Bestellung aufgenommen und sich verzogen hatte, musterte Melissa ihre Stieftochter mit einem Blick, der keinen Zweifel daran aufkommen ließ, dass sie nicht gedachte, die Unterhaltung im Sand verlaufen zu lassen.

»Ich kann mir nicht vorstellen, dass Alex eifersüchtig ist. Wir sind nur Freunde, und etwas anderes kam auch gar nie infrage.«

Melissa legte den Kopf schief, das Kinn in die Hand gestützt. »Ich weiß nicht recht. Sein Beschützerinstinkt in Bezug auf dich ist ziemlich ausgeprägt, seit …«

»Eifersucht und Beschützerinstinkt sind zwei grundverschiedene Dinge. Er will bloß nicht, dass mir jemand wehtut.«

»Würde dir Ian denn wehtun?«

Tja, genau das war die große Frage.

Riley atmete hörbar aus. »Keine Ahnung. Sein Verhalten ist absolut widersprüchlich. Er kommandiert mich andauernd rum und erwartet absoluten Gehorsam von mir, und es bringt mich echt auf die Palme, wenn er zum Beispiel über meinen Kopf hinweg bestimmt, dass wir zusammen essen gehen …« Dass sich Ians Dominanz auch auf ihre Aktivitiäten im Schlafzimmer erstreckte, behielt sie lieber für sich.

»Aber?« Melissa konnte man wirklich nichts vormachen.

»Aber auf der anderen Seite vermittelt er mir das Gefühl von totaler Geborgenheit und … Sicherheit.« Riley wandte den Blick ab, unfähig, ihrer Stiefmutter in die Augen zu sehen.

Sie war die stärkste Frau, die Riley kannte, und in jeder Hinsicht ihr großes Vorbild. Melissa hatte sich von Rileys tyrannischem Vater nicht ins Bockshorn jagen lassen, sondern sich zur Wehr gesetzt, und sie hatte ihn stante pede verlassen, nachdem er die Hand gegen Riley erhoben hatte.

Riley hatte erst von Melissa gelernt, sich zu behaupten, denn ihre eigene Mutter war viel zu devot, schwach und anhänglich gewesen und hatte sich alles gefallen lassen. Ja, sie hatte Riley bedingungslos geliebt, und sie fehlte ihr nach wie vor, aber Riley war trotzdem froh, dass nach ihrem Tod die resolute Melissa in ihr Leben getreten und ihr mit gutem Beispiel vorangegangen war. Traurigerweise dachte Riley nicht sonderlich gern an ihre Mutter, denn die Gewalttätigkeit und Grausamkeit ihres chauvinistischen Vaters verdüsterten sämtliche Erinnerungen an sie. Riley schauderte bei dem Gedanken daran, mit welcher Demut ihre Mutter die Schikanen ihres Vaters hingenommen hatte. Mit jedem Jahr war sie noch unterwürfiger geworden.

Melissa ergriff ihre Hand. »Hallo, Erde an Riley! Hörst du mir überhaupt zu?«

Riley schüttelte den Kopf. »Entschuldige. Ich weiß, ich hatte dir versprochen, nicht mehr an früher zu denken.«

Melissas Lächeln erstarb. »Es hat überhaupt keinen

Sinn, auch nur einen Gedanken an deinen Dad zu verschwenden, Liebes. Du kannst ihn ohnehin nicht ändern.«

Riley schüttelte den Kopf. »Ich weiß. Ich habe eigentlich auch gar nicht an ihn gedacht, sondern nur daran, was für ein riesiges Glück ich hatte, dass er dich geheiratet hat.«

Melissa drückte ihre Hand. »Du bist das einzige Gute, das ich aus dieser Zeit mitgenommen habe. Du bist meine Tochter, Riley, und du kannst mit mir über absolut alles reden. Also, warum hast du Bedenken, was Ian angeht? Denn ich spüre, dass du welche hast und dass die nichts mit Alex zu tun haben.«

Riley musste lachen. Schon erstaunlich, wie gut ihre Stiefmutter sie kannte. »Dir entgeht echt nichts.«

Melissa zuckte bloß die Achseln und wartete ab.

»Ians Kontrollzwang jagt mir Angst ein. Ich bin total verknallt in ihn, aber … Naja, was, wenn ich irgendwann dahinterkomme, dass er ein Psychopath ist, genau wie mein Vater? Was, wenn es dann schon zu spät ist? Auf der anderen Seite habe ich ein schlechtes Gewissen, dass ich so über ihn denke. Ian würde niemals …« Riley verstummte abrupt und fächerte sich mit der Hand Luft zu. Nicht zu fassen, dass die Erinnerungen selbst nach all den Jahren noch so heftige Gefühle bei ihr auszulösen vermochten.

Wieder drückte Melissa ihre Hand. »Vertrau auf deinen Instinkt, Liebes. Genau das hätte ich damals auch tun sollen. Denn eigentlich wusste ich, was für ein Mensch dein Vater ist. Schon bevor ich mich auf ihn eingelassen hatte, war es mir klar, tief drin. Er hat mir nie das Gefühl von Sicherheit und Geborgenheit vermittelt. Verlass dich auf dein Bauchgefühl.«

Riley nickte. »Aber ich kann Alex und sein Bauchgefühl nicht einfach ausklammern. Er ist misstrauisch, und seine Ressentiments gegenüber Ian kommen bestimmt nicht von ungefähr.«

»Vergiss nicht, dass diese Ressentiments sehr persönlicher Natur sind und er womöglich gar nicht in der Lage ist, sich eine objektive Meinung zu bilden, was Ian angeht«, erinnerte Melissa sie. »Außerdem kann es nicht angehen, dass er dir vorschreibt, mit wem du dich abgibst und mit wem nicht, und es wäre nicht fair von ihm, seine Zuneigung zu dir davon abhängig zu machen.«

Riley blinzelte. »Du hast völlig recht, wie immer.«

»Tja, das lernt man in der Schule des Lebens, Liebes. Aber denk daran, es gibt immer ein Licht am Ende des Tunnels. In meinem Fall war es David.« Bei der Erwähnung ihres zweiten Ehemanns huschte ein strahlendes Lächeln über Melissas Gesicht.

Das war die ideale Überleitung zum Thema Flitterwochen. Riley hatte ohnehin die Nase voll vom Problemewälzen und ergriff die Gelegenheit beim Schopf, und diesmal ließ sich Melissa nicht lange bitten. Den Rest des Abends unterhielt sie ihre Stieftochter mit allerlei Anekdoten und Reiseberichten vom Island-Hopping in Griechenland, und Riley war ihr überaus dankbar dafür, dass sie sie auf andere Gedanken brachte.

*

Avery, Olivia, Scott und Tyler trafen schon etwas früher als zum vereinbarten Zeitpunkt ein, und Ian war seinen Geschwistern dankbar für ihre Unterstützung. Sie erwähnten es mit keinem Wort, aber ihnen allen war klar, dass heute so einiges schiefgehen konnte. Zum allerersten Mal würden sich alle acht Kinder von Robert Dare weitgehend ohne Außenstehende unter einem Dach versammeln.

Die Mädels hatten sich zwar mittlerweile angefreundet, aber die Jungs konnten einander nach wie vor nicht ausstehen. Trotzdem hatten alle seine Einladung angenommen.

»Super Idee, dir das Essen vom Prime 112 liefern zu lassen«, stellte Tyler fest, als er in die Küche kam. »Die haben echt die besten Burger, die ich kenne.« Interessiert beäugte er die Hamburger vom Kobe-Rind, die, nebst einer großen Schüssel Pommes, auf einer Wärmeplatte bereitstanden. Als er jedoch die Hand danach ausstreckte, verpasste ihm Olivia einen Klaps auf die Finger.

»Ty! Warte gefälligst, bis alle da sind!«, rügte sie ihn. Sie klang genau wie ihre Mutter.

»Spaßverderber«, brummte Tyler. »Also gut, dann gehe ich eben wieder rüber zu Scott und Avery und gucke Baseball.«

»Nimm dir doch ein Bier«, rief Ian ihm nach.

Olivia schüttelte lachend den Kopf. »Ich hatte mehr Widerstand erwartet. Männer und ihre Essgewohnheiten.«

»Naja, ich habe im Wohnzimmer eine Schüssel Chips

bereitgestellt. Im Übrigen ist Avery auch nicht viel besser.«

»Stimmt. Sie steht euch Jungs echt um nichts nach.«

»Tu doch nicht so, als wärst du total anders.«

Sie grinste. »Also, ich muss schon sagen, du hast hier ganz schön was aufgefahren.«

»Ich möchte eben ein guter Gastgeber sein.«

»Um eine gewisse Riley zu beeindrucken?« Olivia warf einen Blick über die Schulter, griff sich einen Burger und biss hinein, ehe Ian protestieren konnte.

Er verdrehte die Augen angesichts ihrer Dreistigkeit, hatte im Grunde aber schon damit gerechnet, dass sie das Thema zur Sprache bringen würde. Nun, er würde sich hüten, auf ihre Bemerkung über Riley einzugehen.

Er war mit Riley im Bett gewesen, und zwar nicht zum letzten Mal, wenn es nach ihm ging. Ja, verdammt noch mal, er wollte Riley beeindrucken. Aber um das zu bewerkstelligen, musste sie erst einmal auftauchen.

Er warf einen Blick auf seine Armbanduhr. Sie war spät dran, genau wie seine Halbgeschwister. Er hatte ein flaues Gefühl im Magen, das nichts mit Hunger zu tun hatte.

Missmutig gesellte er sich nach nebenan, um mit Scott, Tyler und Avery das Baseballspiel zu verfolgen. Eine halbe Stunde verging, und seine Gäste ließen noch immer auf sich warten. Allmählich wurde er sauer. Sie hätten wenigstens anrufen können.

Er erhob sich und trat zu der Fensterfront, von der aus man einen atemberaubenden Blick über Miami hatte. Sonst hatte diese Aussicht immer eine beruhigende Wirkung auf ihn, doch nicht so heute.

»Hey.«

Er fuhr herum. Avery war ihm gefolgt und schlang ihm die Arme um die Taille.

Er küsste sie auf die Stirn.

»Sie sind bestimmt bald da«, sagte sie.

Sie war seit jeher die Naivste von ihnen gewesen, und sie hatte ein Herz aus Gold, und genau deshalb liebte er sie so.

»Da wäre ich mir nicht so sicher. Ich habe den Eindruck, sie wollen ein Zeichen setzen, mir signalisieren, dass sie nichts mit mir zu schaffen haben wollen, und das ist ihnen auch gelungen.«

Avery schüttelte den Kopf. »Es ist ganz und gar untypisch für Sienna, einfach nicht aufzutauchen.«

»Hast du mit ihr geredet?«

»Nein. Ich hatte sie angerufen, weil ich mich so gefreut hatte, nachdem sie Olivia zugesagt hatte. Aber ich habe sie nicht erreicht, und sie hat mich nicht zurückgerufen. Was ebenfalls total untypisch für sie ist.«

»Da steckt bestimmt Alex dahinter«, knurrte Ian.

»Wie kommst du darauf?«

Ian atmete aus. »Er ist nicht gerade glücklich darüber, dass ich mit Riley angebandelt habe. Würde mich nicht überraschen, wenn er dafür gesorgt hätte, dass die anderen auch nicht kommen.«

»Sei nicht so ungeduldig. Alex ist kein schlechter Mensch, Ian. Er ist bloß …«

»Lass gut sein«, fiel er ihr ins Wort. Ja, er wusste,

Alex hatte es ebenfalls nicht leicht gehabt, aber was auch immer sie zur Verteidigung seines Halbbruders hatte vorbringen wollen, es interessierte ihn nicht.

Avery nickte und zuckte bedauernd die Achseln.

»Entschuldige. Ich wollte meine Wut nicht an dir auslassen. Geh ruhig wieder zu den anderen. Ich komme gleich nach.«

»Zumindest wir sind immer für dich da, vergiss das nie.« Sie umarmte ihn noch einmal.

»Danke.« Er drückte ihre Hand. Weil sie die Jüngste von ihnen war, nahm er sie oft nicht richtig ernst, aber sie war und blieb seine süße kleine Schwester mit dem großen Herzen.

Sie verschwand nach nebenan, und Ian drehte sich wieder zum Fenster um.

Die Zeit verstrich, und irgendwann war klar, dass seine Halbgeschwister nicht kommen würden. Je länger Ian darüber nachdachte, desto größer wurde seine Wut auf Alex. Zweifellos war er Schuld daran, dass das geplante gemeinsame Essen geplatzt war. Dieser Mistkerl war einfach sauer, weil sich Ian an Riley herangemacht hatte, und er hatte offenbar beschlossen, ihm das auf unmissverständliche Art und Weise kundzutun. Wobei Ian nicht ganz klar war, was Alex eigentlich gegen ihn hatte.

Er erinnerte sich noch allzu deutlich an die ersten paar Tage, nachdem er von der anderen Familie seines Vaters erfahren hatte. Er hatte damals den Drang verspürt, es mit eigenen Augen zu sehen, also hatte er sich den Wagen eines Freundes geliehen, damit er unerkannt blieb, und sich auf den Weg gemacht. Und nur zwei Autostunden später hatte er ihn gesehen, seinen alten Herrn. Für ihn, Ian, hatte er kaum je eine Stunde erübrigen können, aber mit seinem anderen Sohn hatte er dort im Vorgarten Football gespielt.

Seine Erinnerung daran war so klar, als wäre es gestern gewesen, und sie schürte seinen Frust. Er hatte sich total zum Affen gemacht, hatte teures Essen bestellt und Sienna, Alex und Jason zu sich nach Hause eingeladen, und sie ließen ihn beinhart auflaufen, ausgerechnet vor den Menschen, die er am allermeisten liebte.

Und als wäre das nicht schon schlimm genug, ließ ihn auch noch Riley im Stich. Wo zum Teufel steckte sie? Er hatte ihr doch klipp und klar gesagt, dass er sie dabeihaben wollte. Zum Glück hatte er ihr nicht gestanden, dass er sie brauchte, sonst wäre er sich noch dämlicher vorgekommen.

Wieder einmal hatte jemand eine Entscheidung zu seinen Ungunsten getroffen, wieder einmal musste er sich seinem Konkurrenten geschlagen geben.

*

Nachdem Melissa sie wieder nach Hause gefahren hatte, musste Riley immerzu an Ian und Alex denken. Sie beschloss, Alex anzurufen. Hoffentlich hatte er gute Neuigkeiten für sie. Es war höchste Zeit, dass die beiden das Kriegsbeil begruben.

Sie wählte seine Nummer, und er ging gleich beim ersten Klingeln ran. »Hi, Riley!«

Im Hintergrund hörte sie jemanden grölen. Sie runzelte die Stirn. »Was ist denn bei dir los?«

»Ich hab ein paar von den Jungs eingeladen.«

»Bist du schon so lange wieder von dem Essen bei Ian zurück?«

Er lachte höhnisch. »Machst du Witze? Warum hätte ich da hingehen sollen, nachdem er dich im wahrsten Sinne des Wortes aufs Kreuz gelegt hat?«

Riley verzog das Gesicht. »Du bist ja total betrunken.«

»Das könntest du auch im Nu sein, wenn du kommst und mit uns feierst.«

Sie kniff die Augen zu und stöhnte. Normalerweise war Alex verlässlich zur Stelle, wenn sie ihn brauchte, aber manchmal benahm er sich wie ein kleines Kind. Das mochte einerseits daran liegen, dass er als Footballstar Millionen verdiente, andererseits aber auch an seinen Eltern, die es bei der Erziehung zuweilen an der nötigen Strenge hatten fehlen lassen.

»Du hast Jahre auf eine Annäherung mit deinem Halbbruder gewartet«, erinnerte sie ihn. Vielleicht half es ja, wenn sie an seine Vernunft appellierte. »Warum kommst du ihm jetzt nicht auf halbem Weg entgegen?«

»Bin gleich wieder da, Jungs!«, rief er.

Er musste nach nebenan gegangen sein, denn die Hintergrundgeräusche waren jetzt nur noch gedämpft zu hören.

»Weil ich misstrauisch bin, was seine Motive angeht. Ich würde es ihm zutrauen, dass er dich bloß benutzt, um mir eins auszuwischen.«

Riley zog die Nase kraus. »Na, vielen Dank auch. Sehr schmeichelhaft.«

»Du weißt, was ich meine! Er hat dich verdammt noch mal nicht verdient, und ich trau ihm nicht über den Weg, und damit basta.«

Riley verdrehte die Augen. »Wie willst du wissen, ob du ihm über den Weg trauen kannst, obwohl ihr euch noch gar nicht richtig kennengelernt habt? Tu es wenigstens für mich, wenn du es schon nicht für dich selbst tun willst.«

Eine Weile herrschte Schweigen am anderen Ende der Leitung. Gut. Wie es schien, ließ er sich ihre Worte durch den Kopf gehen.

»Ich weiß nicht, ob ich das schaffe, Riley.«

Ihr Herz zog sich schmerzhaft zusammen.

Sie kannte Ian bislang zwar auch nur flüchtig, aber sie wollte ihn unbedingt näher kennenlernen, wenngleich ihr nicht ganz wohl bei der Sache war. Andererseits wollte sie auch Alex nicht verlieren. Ein Leben ohne ihn konnte sie sich beim besten Willen nicht vorstellen.

»Was ist mit Sienna und Jason, waren die wenigstens da?«, erkundigte sie sich. Sie hoffte es inständig, damit Ian sich nicht ganz umsonst so viel Mühe gemacht hatte.

Alex murmelte etwas Unverständliches.

»Was sagst du?«

»Nein, die sind auch nicht hingegangen.« Mittlerweile klang Alex ziemlich kleinlaut – vielleicht, weil ihm bewusst geworden war, wie sehr ihr die Angelegenheit am Herzen lag.

Riley hatte einen dicken Kloß im Hals und konnte sich nicht dazu durchringen, ihn zu fragen, ob seine Geschwister dem Essen bei Ian auf sein Betreiben hin ferngeblieben waren. Sie wollte es nicht wissen, wollte nicht noch einen Grund haben, von ihm enttäuscht zu sein.

»Okay, ruf mich morgen früh an, wenn du wieder nüchtern bist«, sagte sie, weil sie nicht die geringste Lust verspürte, noch länger mit ihm zu reden.

»Nun komm schon, Riley. Lass nicht zu, dass er zwischen uns steht.«

»Ich? Nein, mein Lieber, das hast du allein dir selbst zuzuschreiben. Gute Nacht.« Sie legte auf, ernüchtert, wütend und enttäuscht.

Sie hätte Alex umbringen können, und vor allem machte sie sich große Sorgen um Ian. Wie er die Abfuhr wohl verkraftet haben mochte? Eigentlich hatte sie sich ja von ihm fernhalten wollen, aber jetzt blieb ihr nichts anderes übrig, als zu ihm zu fahren und nach ihm zu sehen. Denn im Grunde genommen hatte er seine Halbgeschwister nur ihretwegen eingeladen.

*

Riley fuhr zu seinem Wohnkomplex, überließ ihren Wagen dem Parkservice und begab sich dann zu dem Empfangstresen im Foyer. Eigentlich wäre sie lieber ohne vorherige Anmeldung direkt zu ihm hinaufgefahren, aber ihr blieb nichts anderes übrig. Sie konnte nur hoffen, dass er sie auch empfangen würde.

»Riley Taylor«, sagte sie zu dem älteren Herrn hinter dem Tresen. »Ich möchte zu Ian Dare.«

Er tippte ihren Namen in den Computer. »Sie können einfach rauffahren, Miss Taylor. Sie stehen auf der Gästeliste.«

Riley hob überrascht eine Augenbraue. Hm. Er hatte sie wohl auf die Gästeliste gesetzt, weil er sie eingeladen hatte. Und sie hatte ihn ebenfalls versetzt, genau wie Alex und seine Geschwister. Natürlich hatte sie gehofft, dass Alex ihr Argument, es sei besser, wenn sie nicht dabei war, untermauern würde. Niemals hatte sie damit gerechnet, dass er dem Treffen fernbleiben und seine Geschwister ebenfalls davon abhalten würde.

Als sich die Aufzugtüren in Ians Wohnung öffneten, erwartete er sie bereits, die Arme vor der Brust verschränkt.

»Du kommst ein bisschen spät, findest du nicht?«, fragte er mit einem reichlich sarkastischen Unterton.

»Ich kann es dir erklären.«

»Lass gut sein«, winkte er ab.

»Ian!« Das musste Olivia gewesen sein, denn die Stimme kam Riley bekannt vor. Mist. Eigentlich war ja damit zu rechnen gewesen, dass er nicht allein sein würde.

Im selben Augenblick trat Olivia aus der Küche und eilte den Flur entlang. »Hallo, Riley«, begrüßte sie sie mit bekümmerter Miene.

»Was ist denn da draußen für ein Auflauf?«, tönte eine weitere Frauenstimme aus dem Wohnzimmer.

»Kommst du mal kurz, Avery? Ich möchte dir jemanden vorstellen. Scott und Tyler kannst du auch gleich mitbringen«, rief Olivia.

»Ihr könnt euch das Theater sparen, Riley wird gleich wieder gehen«, schnarrte Ian, was ihm einen strafenden Blick von Olivia eintrug.

Sogleich erschien eine junge Frau, die Olivia wie aus dem Gesicht geschnitten und mindestens genauso attraktiv war.

»Riley, das ist unsere Schwester Avery.«

Riley lächelte die junge Frau an.

»Hallo, Avery.«

»Tja, ich schätze, wir sollten uns schleunigst vom Acker machen«, sagte Olivia zu Avery und deutete mit dem Kopf auf Ian und Riley.

»Seh ich so aus, als wollte ich schon gehen?« Ein hoch aufgeschossener Adonis mit dunklen Haaren kam auf sie zu. Er hielt demonstrativ einen Burger in die Höhe. »Ich habe gerade erst angefangen.«

»Pack das Ding ein und nimm es mit«, befahl Avery, die gleich begriffen hatte, worauf Olivia hinauswollte.

Riley war ihnen dankbar für ihre Bemühungen, ihre Geschwister zum Aufbruch zu bewegen, damit sie mit Ian ungestört war.

Doch Ians Bruder dachte gar nicht daran, Averys Befehl Folge zu leisten. Er trat näher.

Sekunden später gesellte sich auch schon Ians nächster Bruder zu ihnen. Er hielt eine Dose Bier in der Hand. »Hab ich was verpasst?«, fragte er, worauf Olivia und Avery wie aus einem Munde aufstöhnten.

»Diese beiden Neandertaler sind unsere Brüder Scott und Tyler«, erklärte Olivia.

Riley betrachtete die beiden Männer. Sie sahen Ian ähnlich, wirkten dank ihrer freundlichen Miene und dem spitzbübischen Funkeln in ihren Augen auf den ersten Blick aber bedeutend unbeschwerter als er. Ian erweckte ja stets den Eindruck, als würde er total unter Strom stehen, selbst, wenn er eigentlich ganz locker und entspannt war. Seine Brüder hatten dunkle Haare wie er, doch ihre blauen Augen waren heller. Und auch sie waren umwerfend attraktiv. Die Eltern dieser fünf Geschwister durften mit Recht stolz auf sie sein. Jeder Spross ein Ausbund an Schönheit.

»Freut mich, euch kennenzulernen«, sagte sie.

»Tut uns echt leid, dass wir schon gehen müssen.« Olivia stieß einen ihrer Brüder mit dem Ellbogen an.

Dieser ignorierte es einfach. »Hi, Riley, ich bin Tyler, und ich freue mich immer, wenn mir mein Bruder eine von seinen …«

»Schnauze, Ty«, unterbrach Ian ihn in einem Tonfall, den Riley noch nie von ihm gehört hatte.

Scott grinste, unbeeindruckt von der Strenge seines Bruders. »Was hab ich euch gesagt? Mit der ist es ihm ernst.«

Riley spähte zu Ian, der zwar keine Miene verzog, doch davon ließ sich Riley nicht täuschen – seine gepresste Stimme vorhin hatte ihr verraten, wie es tatsächlich in ihm aussah.

»Ich entschuldige mich hochoffiziell für alle meine Brüder, die sich leider alle ziemlich idiotisch aufführen können«, schaltete sich Avery ein, die auf Riley ebenso sympathisch wirkte wie Olivia. »Schön, dich kennenzulernen, Riley, den etwas unerfreulichen Umständen zum Trotz.«

»Finde ich auch«, murmelte Riley.

Tyler trat zu ihr. Sein federnder Gang erinnerte sie mehr an Alex als an Ian. »Zu dumm, dass mir mein großer Bruder zuvorgekommen ist«, stellte er mit einem charmanten Lächeln fest.

Ian war sichtlich wenig angetan vom Süßholzgeraspel seines Bruders, obwohl er eigentlich sauer auf Riley war.

»Also, selbst wenn ich dich vor Ian kennengelernt hätte, ist er, glaube ich, eher mein Typ«, konterte sie, worauf Tyler schallend zu lachen begann. Scott stimmte mit ein. Dann warf er einen Blick über die Schulter zu Ian. »Die ist mir sympathisch.«

Riley setzte ein Lächeln auf, obwohl Ian nach wie vor eine reichlich grimmige Miene zur Schau stellte.

»So, kommt mit, Jungs«, befahl Avery ihren Brüdern. »Ich packe euch ein paar Burger zum Mitnehmen ein.«

Riley plauderte derweil mit Olivia und spürte die ganze Zeit Ians Blick auf sich ruhen. Bei der Vorstellung, gleich mit ihm allein zu sein, war ihr zwar etwas mulmig, aber sie wollte ihm zumindest erklären, warum sie erst jetzt kam.

Ein paar Minuten später scheuchten Avery und Olivia ihre beiden protestierenden, mit Fresstüten bepackten Brüder zur Tür hinaus.

Ehe sie zu ihren Geschwistern in den Aufzug trat, drehte sich Olivia noch einmal zu Riley um. »Er ist gekränkt«, sagte sie leise.

»Ich hatte keine Ahnung, dass sie nicht kommen würden«, flüsterte Riley.

Olivia betrachtete sie prüfend. »Ich würde dir gern glauben, schon deshalb, weil ich das Gefühl habe, dass du die Einzige bist, die jetzt zu ihm durchdringen kann.«

»Wie meinst du das? Ihr steht euch doch alle sehr nahe.«

Olivia legte die Stirn in Falten, doch ehe sie etwas erwidern konnte, bellte Ian: »Ich dachte, ihr wolltet gehen.«

Olivia trat noch einen Schritt näher. »Wenn du meinem Bruder das Herz brichst, muss ich dich leider feuern, und dann würde ich eine verdammt gute Assistentin verlieren.«

Riley fand es gut, dass sich Olivia um das Wohl ihres Bruders sorgte, genau wie sich Alex um ihr Wohl sorgte – und umgekehrt. Doch sie ging nicht weiter darauf ein, sondern sagte nur grinsend: »Ach, sieh an, ich bin also befördert worden?«

Olivia lachte. »Eigentlich bist du ja die Assistentin des Reisesekretariats, aber darüber reden wir am Montag.« Dann wurde ihre Miene wieder ernst. »Viel Glück mit Ian.« Damit drehte sie sich um und trat in den Aufzug.

Riley wartete ab, bis sich die Türen geschlossen hatten, ehe sie sich zu Ian umwandte.

Tja, jetzt war sie auf sich gestellt.

»Warum bist du hier?«, fragte Ian ohne Umschweife. Dass er sie dabei nicht ansah, tat ihr in der Seele weh.

Sie schluckte. »Um dir zu erklären, warum ich dich versetzt habe. Ich war wie gesagt überzeugt, dass es meinetwegen nur Unstimmigkeiten zwischen dir und Alex geben würde, deshalb bin ich nicht gekommen. Ich dachte, wenn ihr die Gelegenheit habt, euch ungestört kennenzulernen, macht es das für alle Beteiligten einfacher.«

»Tja, falsch gedacht«, ätzte er.

Und da verlor sie die Geduld. Sie baute sich vor ihm auf. »Woher sollte ich denn bitte schön wissen, dass Alex nicht aufkreuzen würde?«

»Ich hatte dich praktisch gebettelt zu kommen«, erinnerte er sie zähneknirschend.

»Und ich hatte dir versprochen, dass ich mit Alex reden würde, und das habe ich getan. Er war misstrauisch und verärgert, und deshalb bin ich davon ausgegangen, dass es besser laufen würde, wenn ich nicht dabei bin.«

»So kann man sich täuschen.«

»Ian, bitte.«

Warum wollte er sie bloß nicht verstehen? Sie legte ihm eine Hand auf den Arm in der Hoffnung, dass er seine abweisende Haltung dann aufgeben würde. Bei der Berührung war ihr, als stünden ihre Finger in Flammen.

Keine Reaktion. Als sie ratlos den Kopf zur Seite wandte, erblickte sie sich selbst im Spiegel, der neben ihnen an der Wand hing. Sie sah sich dort stehen, eine

Hand auf seinem Arm, sah, wie sie ihn um Verzeihung bat für etwas, das sie nicht absichtlich getan hatte, und da blitzte vor ihrem inneren Auge das Bild ihrer Mutter auf, die vor ihrem Vater auf dem Boden kniete und ihn um Nachsicht anflehte, weil er wegen irgendeiner Kleinigkeit, die seine Wut nicht im Geringsten rechtfertigte, explodiert war.

Es hatte stets das gleiche Ende genommen. Er hatte ausgeholt und sie geschlagen, mit einer solchen Wucht, dass sie quer über den Boden oder an die Wand gesegelt war.

Riley wurde übel, Panik stieg in ihr hoch. Hastig zog sie die Hand zurück. »Weißt du was, Ian? Du kannst mich mal!« Sie schauderte, wich einen Schritt zurück. »Ich werde den Teufel tun und mich bei dir entschuldigen, denn ich habe gar nichts falsch gemacht. Und da ich hier offenbar unerwünscht bin, kann ich ja jetzt gehen.«

Damit marschierte sie ohne einen Blick zurück zum Aufzug und drückte ein paarmal auf den Knopf, als würden sich die Türen dann schneller öffnen. »Nun mach schon«, murmelte sie, ohne auch nur einen Blick über die Schulter zu wagen.

8

Rileys Wutausbruch ließ Ian jäh zur Besinnung kommen. Als er sah, wie sie vor dem Aufzug stand und schon beinahe panisch immer wieder auf den Knopf hämmerte, löste sich der Zorn, der sich in den vergangenen Stunden in ihm aufgestaut hatte und den er niemals an ihr hätte auslassen dürfen, auf einen Schlag in Luft auf.

»Riley?«, sagte er beunruhigt und ging auf sie zu.

Sie ignorierte ihn.

Dann glitten auch schon die Türen auseinander, und er machte einen Satz nach vorn und packte sie um die Taille, ehe sie in den Aufzug steigen konnte.

»He! Lass mich gefälligst los!«, zeterte sie zappelnd und sich windend, aber er setzte sie erst ab, als sich die Türen wieder geschlossen hatten.

Sofort wirbelte sie herum und funkelte ihn bitterböse an.

»Was ist denn plötzlich in dich gefahren?«, fragte er.

»Das könnte ich dich genauso fragen! Ich bin hergekommen, weil ich mir Sorgen um dich gemacht habe, und du behandelst mich vor deiner Familie wie eine Persona non grata!«

Da musste er ihr allerdings Recht geben. Er war noch nie so wütend, so tief gekränkt gewesen. Warum eigentlich? Er konnte es sich selbst nicht so recht erklären. Wieso hatte er sich so darüber aufgeregt, dass ihn seine Halbgeschwister versetzt hatten, wo er sie doch gar nicht ausstehen konnte? Er hatte sie ja nur eingeladen, um an Rileys Kontaktdaten zu kommen. Tja, und ihr Nichterscheinen hatte er dann dahingehend interpretiert, dass sie sich für Alex und gegen ihn entschieden hatten. Er hatte sich in seine Wut hineingesteigert, um zu kaschieren, wie sehr sie ihn damit verletzt hatte.

Doch das erklärte noch lange nicht, warum sie auf einmal so ausgeflippt war. Okay, er war gemein zu ihr gewesen, aber ihre Reaktion war völlig überzogen gewesen. Nun, wenn er erfahren wollte, was dahintersteckte, würde er wohl als Erster einlenken müssen.

»Es tut mir leid«, sagte er.

Sie riss ungläubig die Augen auf.

Ian war in Anbetracht seiner Entschuldigung mindestens genauso verblüfft wie sie. Sonst kamen ihm die Worte »Es tut mir leid« prinzipiell nicht über die Lippen, weil er überzeugt war, sich damit in die Position des Schwächeren zu begeben. Wie es aussah, war er, wenn es um Riley ging, zu allem bereit.

Weil er etwas Abstand brauchte, ging er ins Wohnzimmer, schenkte sich an der komplett ausgestatteten Bar einen Drink ein und genehmigte sich einen großen Schluck. Während das hochprozentige Getränk seine wärmende Wirkung in seiner Kehle entfaltete, betrachtete er Riley nachdenklich. Erst jetzt fiel ihm auf, dass er sie seit ihrer Ankunft vorhin noch gar nicht richtig angesehen hatte.

Sie trug ein weißes Sommerkleid mit Spaghettiträgern, das sich an ihre Kurven schmiegte, und das offene Haar fiel ihr locker über Schultern und Rücken. Jetzt, da er wieder klar denken konnte, wollte er nur noch eines: vergessen, dass er sich von Alex hatte provozieren lassen. Er wollte die Finger in diesen herrlichen Locken vergraben, wollte Riley an sich ziehen, sich in ihrem warmen, weichen Körper verlieren und sie vergessen lassen, dass er sich so unmöglich aufgeführt hatte. Aber damit wären ihre Probleme natürlich nicht gelöst.

Sie hatten beide überreagiert. Seine eigene Reaktion auf sie konnte er verstehen, ihre Reaktion dagegen stellte ihn vor ein Rätsel.

»Alles okay?«, fragte er.

Riley stand in der gegenüberliegenden Ecke des Wohnzimmers und war noch immer vollauf damit beschäftigt, sich wieder etwas zu beruhigen. Sie atmete tief durch, nickte und rief sich in Erinnerung, dass das, was sie im Spiegel gesehen hatte, nichts mit der Wirklichkeit zu tun hatte. Sie hatte sich geschworen, niemals wie ihre Mutter zu werden, die sich alles von ihrem Ehemann hatte gefallen lassen, weil sie geglaubt hatte, sie könne ohne ihn nicht leben.

Im Geiste ging sie noch einmal die Ereignisse der letzten paar Minuten durch. Ja, Ian war kühl und abweisend gewesen, aber ausgeflippt war bloß sie. Ja, er hatte sie gepackt und daran gehindert, in den Lift zu steigen, aber er hatte sie losgelassen, sobald sie es ihm befohlen hatte.

Und er hatte sich entschuldigt.

Beides kannte sie von ihrem Vater nicht.

Rein rational wusste sie, dass es ganz normal war, sich zu streiten und wieder zu versöhnen. Genau das hatten sie getan. Sie hatten sich gestritten.

Sie schluckte schwer und ging zu ihm. »Mir ist noch nicht ganz klar, was das gerade war«, gestand sie, und das entsprach der Wahrheit.

Er musterte sie, und in seinen grauen Augen spiegelte sich die gleiche Verwirrung, die auch sie empfand. »Ich weiß es selber nicht.« Er deutete auf das Sofa, und sie setzten sich.

Eine Weile saßen sie schweigend da, nur Zentimeter voneinander entfernt. Dann ergriff Ian das Wort. »Ich habe mir jahrelang eingeredet, dass ich nichts mit ihnen zu tun haben will.«

Sie nickte nur, wollte ihn nicht unterbrechen. Es war ohnehin klar, dass er von seinen Halbgeschwistern sprach.

Mit unbeweglicher Miene fuhr er fort: »Als mein Vater versprach, mir deine Adresse und Telefonnummer zu beschaffen, wenn ich dafür ein Zeichen der Versöhnung setze, habe ich, ohne lange nachzudenken, eingewilligt. Ich habe mich von ihm bestechen lassen. Und seitdem frage ich mich, warum.«

»Vielleicht hast du ja insgeheim schon länger den Wunsch verspürt, dich ihnen anzunähern, und da kam dir dieser Deal gerade recht?«, mutmaßte Riley. Gut möglich, dass Ian im Grunde dasselbe wollte wie Alex.

Er atmete hörbar aus. »Vielleicht hast du recht, und genau das bereitet mir Kopfzerbrechen. Meine ablehnende Haltung bröckelt, und das ist mir nicht geheuer.« Er fuhr sich mit den Fingern durch sein kurzes Haar.

»Also, ich verstehe ja, dass du deinen Vater hasst, aber warum erstreckt sich dieses Gefühl auch auf deine Halbgeschwister?«, fragte sie zögernd. »Alex, Jason und Sienna sind doch genauso Opfer der Umstände wie du und deine Geschwister.«

»Weil er sich für sie entschieden hat«, stieß er hervor, und in seinen Worten schwang eine tiefe Gekränktheit mit. »Und bevor du noch etwas dazu sagst: Mir ist vollkommen klar, dass das nicht die rationalen Gedankengänge eines Erwachsenen sind.«

Sie rutschte näher und ergriff seine Hand. »Stimmt, es sind die Gefühle eines verletzten Kindes.«

»Ich war schon erwachsen, als ich von seiner Zweitfamilie erfahren habe.«

»Etwa achtzehn, stimmt's?«

Er nickte.

»Also, wenn du mich fragst, ist man mit achtzehn noch lange nicht erwachsen. Da steckt man doch mit einem Bein noch in der Kindheit. Deine Gefühle sind absolut legitim.« Er wandte den Blick ab, offenbar in dem Versuch, seine Gedanken zu sortieren.

»Geburtstage, Schulabschlussfeiern, ein gebrochener Arm, ein Blinddarmdurchbruch … Das hat mein Vater alles verpasst. Wir dachten immer, er würde bis zum Umfallen schuften. Was natürlich auch nicht rechtfertigt, dass er in unserem Leben so gut wie gar nicht präsent war. Aber wir konnten es zumindest nachvollziehen. Und ich habe ihn bewundert für seinen Fleiß, seine Arbeitsmoral. Er hat es ja getan, um für seine Familie zu sorgen. Für uns.«

Sie sah ihn förmlich vor sich, wie er früher gewesen sein musste; ein kleiner Junge, der seinen Vater vergötterte, und die Vorstellung nahm sie noch mehr für ihn ein.

»Tja, und dann hat sich herausgestellt, dass er zwar tatsächlich viel gearbeitet hat, aber er hat trotzdem bei seiner Zweitfamilie gelebt. Weil er Savannah geliebt hat, im Gegensatz zu meiner Mutter. Die Ehe mit ihr war von seinen Eltern arrangiert worden, aus rein geschäftlichen Gründen.« Sichtlich bewegt ließ er den Kopf auf die Rücklehne des Sofas sinken.

Riley seufzte und hätte ihn gern getröstet, aber sie wusste, Worte allein vermochten seine Wunden nicht zu heilen. Immerhin verstand sie ihn nun, nachdem er ihr einen Einblick in seine Vergangenheit gewährt hatte, etwas besser.

»Ist doch total nachvollziehbar, dass du deine Halbgeschwister einerseits nicht leiden kannst und dich andererseits danach sehnst, ein Teil ihrer Familie zu sein, zumal sich Olivia, Avery und Sienna so nahestehen.«

Er sah sie an, und wieder war ihr, als hätte sie anstelle des stets so selbstbeherrschten Mannes, den sie kannte, einen traurigen kleinen Jungen vor sich.

»Tja, das ist jetzt alles einerlei, weil Alex nämlich nichts mit mir zu tun haben will.«

»Das wird schon noch.« Jedenfalls hoffte sie das. Weil sie schreckliche Schuldgefühle hatte.

Doch weder ihr schlechtes Gewissen noch die Missbilligung ihres besten Freundes konnten etwas an ihren Gefühlen für Ian ändern, die mit jedem Tag stärker wurden. Die Tatsache, dass sie die Ehe ihrer Eltern mit ihrer eigenen Beziehung zu Ian verglich, beunruhigte sie zwar, aber die Wirklichkeit hatte nichts mit ihren Erinnerungen zu tun. Und dieses aufschlussreiche Gespräch gerade eben zeigte ihr, dass sie eines nie vergessen durfte: Ian war nicht ihr Vater, selbst wenn sie sich in seinem Beisein gelegentlich an Situationen von früher erinnert fühlte.

»Und wenn nicht?«, fragte Ian.

Riley wusste, was er eigentlich damit sagen wollte: Alex oder ich? Und sie wollte nicht zwischen ihm und Alex wählen müssen. Sie konnte es nicht. »Ich weiß nur, dass ich jetzt hier bei dir bin und *unbedingt* etwas mit dir zu tun haben will.« Damit rappelte sie sich auf und setzte sich rittlings auf ihn, sodass ihr Geschlecht an seine schwellende Erektion gepresst wurde.

Er stöhnte und schob das Becken nach vorn. »Ich weiß, was du vorhast.«

»Ach ja? Was denn?«

Er sah ihr mit unverhohlener Erregung in die Augen. »Ich habe dir mein Herz ausgeschüttet, und jetzt versuchst du, vom Thema abzulenken, damit du nicht das Gleiche tun musst.«

Damit hatte er den Nagel auf den Kopf getroffen, aber sie dachte nicht daran, das zuzugeben. »Heute geht es nicht um mich, sondern um dich.« Zumal sie überhaupt keine Lust hatte, von ihrer Kindheit zu erzählen, nachdem sie ihn gerade dazu gebracht hatte, die seine hinter sich zu lassen.

Inzwischen war er fast schon wieder ganz der Alte. »Das ist keine Antwort.« Er legte ihr die Hände auf die Hüften.

»Ich will jetzt nicht über meine Vergangenheit reden, okay?«

»So, so, dein Verhalten vorhin hat also irgendwie mit deiner Vergangenheit zu tun?«

Mist, jetzt hatte sie schon mehr als geplant von sich preisgegeben. Um auf andere Gedanken zu kommen, drückte sie das Becken nach unten und begann sich an seinem harten Schaft zu reiben. Sie stöhnte, von einem köstlichen Verlangen erfasst, das Wellen der Lust durch ihren Körper sandte – ein Vorgeschmack auf den Orgasmus, der bestimmt nicht lange auf sich warten lassen würde. Schon war ihr dünnes Spitzenhöschen feucht, und die Wärme zwischen ihren Schenkeln breitete sich aus bis in ihre Finger- und Zehenspitzen.

Ian vergrub die Finger in ihre Hüfte. »Ich werde dein Geheimnis schon noch lüften«, sagte er bestimmt. Es klang fast wie eine Warnung.

Meinetwegen, dachte sie, *aber nicht jetzt*. Sie hob die Hüfte gerade so weit an, dass sie die Hand in den elastischen Bund seiner Hose schieben und die Spitze seiner Erektion streicheln konnte.

Sein Gemächt zuckte bei der Berührung.

»Allzeit bereit, wie?«, stellte sie fest. Schon bei der Vorstellung wurde ihr ganz heiß.

Er zuckte die Achseln, als wäre der Umstand, dass er keine Unterwäsche trug, nicht weiter ungewöhnlich. »Ich schlafe ja auch nackt. Das macht manches im Leben bedeutend einfacher.«

»Mir ist das nur recht.« Sie schob die Hand etwas tiefer in seine Hose, damit sie seinen dicken, glatten Penis mit den Fingern umschließen konnte.

Er bäumte sich unter ihr auf, seine Pupillen weiteten sich, und sein bestes Stück wurde unter ihrem festen Griff noch härter. Ha, da ging sie hin, seine Selbstbeherrschung. Riley fand es höchst erregend zu spüren, dass sie so viel Macht über ihn hatte. Ihr schwindelte, und ihre Brüste bettelten förmlich darum, liebkost zu werden. Aber heute Abend wollte sie sich ganz auf ihn konzentrieren.

Sie wollte ihn von der Tatsache ablenken, dass ihn seine Halbgeschwister versetzt hatten, und dafür sorgen, dass er sich besser fühlte. Oder einfach, dass er überhaupt etwas fühlte.

Rasch schob sie sein T-Shirt nach oben und zog es ihm über den Kopf. Dann legte sie die Hände auf seine behaarte Brust, schmiegte sich an ihn und inhalierte seinen betörenden, männlichen Duft. Sie leckte sich über die Lippen, beugte den Kopf und begann, seine Brustwarzen zu küssen, erst die eine, dann die andere. Der salzige Geschmack brachte sie nur noch weiter in Fahrt. Sie wollte mehr.

Ian stöhnte, und ein Schaudern ging durch seinen Körper, was Riley nur noch zusätzlich anspornte. Selbstvergessen umkreiste sie mit der Zungenspitze seine erigierten Brustwarzen. Seine warme, behaarte Brust und sein unverwechselbarer Geschmack törnten sie unglaublich an. Sie setzte sich etwas anders hin, um sich erneut an ihm zu reiben, doch der Effekt war eher unbefriedigend. Ihr Verlangen wuchs.

Als sie, einer plötzlichen Eingebung folgend, mit den Zähnen an seiner Brustwarze zu knabbern begann, stöhnte er »Heiliger Strohsack« und krallte die Finger noch fester in ihr Fleisch.

So fest, dass es schon beinahe wehtat, was sie allerdings ziemlich heiß fand. Sie umklammerte seinen Schaft, ließ die Finger immer schneller daran auf- und abgleiten. Wieder zuckte Ian mit dem Becken, und die ersten Lusttropfen benetzten ihre Handfläche. Er ächzte, und da sie noch immer die Lippen an seine Brust gepresst hielt, konnte sie die Vibrationen spüren, die dabei durch seinen Körper gingen.

»Du fühlst dich echt gut an. So heiß und so dick … Als könntest du jeden Moment kommen.«

»Viel länger lasse ich dich auch nicht mehr mit mir spielen«, warnte er sie.

»O doch«, widersprach sie und drückte seinen Schwanz. »Willst du wissen, warum?« Sie sah ihm ins Gesicht.

»Ja.« In seiner Miene spiegelte sich eine Mischung aus Lust und Schmerz.

»Weil ich dich ganz höflich darum bitte.«

Er fuhr sich mit den Fingern durch die Haare – noch ein Zeichen dafür, dass es mit seiner Selbstbeherrschung nicht mehr allzu weit her war.

»Bitte, lass dich von mir verwöhnen. Es wird dir guttun.« Sie übersäte seine Brust und seinen Bauch mit hauchzarten Küssen und arbeitete sich dabei allmählich mit dem Mund nach unten vor.

»Bitte«, sagte sie noch einmal, rutschte zu Boden und schob die Finger in den Bund seiner Hose, um ihm das Kleidungsstück auszuziehen.

Sie sahen sich an, und die innere Zerrissenheit, die sich in seinem Gesicht widerspiegelte, hätte sie beinahe bewogen nachzugeben. Aber sie wollte unbedingt, dass ihr dieser unbezwingbare Hüne die Führung überließ, nur dieses eine Mal.

»Du hast eindeutig einen Kontrolltick«, stellte sie mit ernster Miene fest.

»Was du nicht sagst«, witzelte er.

Riley nickte. »Und nach allem, was ich gerade gehört habe, glaube ich zu verstehen, warum: Du hast alles, woran du geglaubt hast, verloren, und dann musstest du auch noch die Rolle des Familienoberhaupts übernehmen. Du denkst, wenn du die Kontrolle hast, kann dir niemand mehr wehtun.«

Er schauderte, was darauf schließen ließ, dass sie den Nagel auf den Kopf getroffen hatte. Sie wartete ab.

»Aber ich werde dir nicht wehtun«, schloss sie. »Vertrau mir einfach.«

Mit einem verhaltenen Fluch auf den Lippen erhob er sich, streifte – zu Rileys großer Freude und Erleichterung – die Hose ab und ließ sie auf den Boden fallen.

Nachdem er sich wieder hingesetzt hatte, kniete sie sich zwischen seine Beine und ließ die Hände an seinen Oberschenkeln entlang nach oben gleiten. Ihre Finger wirkten klein und zierlich, als sie sie um seinen Penis legte, der förmlich zu glühen schien und in den vergangenen paar Minuten offenbar noch einmal ein gutes Stück gewachsen war.

Doch das konnte sie nicht von ihrem Vorhaben abbringen. Sie leckte ein paarmal über den prallen Schaft, um ihn zu befeuchten, ehe sie ihn in den Mund nahm, soweit es ging. Er war so heiß, so groß … Blieb nur zu hoffen, dass sie auch wirklich in der Lage sein würde, es durchzuziehen.

Ian vergrub die Finger in ihren Locken. »O, Baby, du fühlst dich so gut an.«

Riley spürte, wie ihr Geschlecht noch feuchter wurde. Es machte sie unheimlich an, ihm einen zu blasen. Sie schloss die Lippen etwas fester um seinen Schwanz und begann zu saugen. Er war so riesig, dass ihr Tränen in die Augen schossen und sie die Hand zu Hilfe nehmen musste. Eine Weile war nur das schmatzende Geräusch ihrer Lippen zu hören, die an seinem glitschigen Schaft entlang auf und ab glitten, während sie den Kopf vor und zurück bewegte.

Er zerwühlte mit den Fingern ihre Haare, und ihr war, als könnte sie das Ziepen an der Kopfhaut bis hinunter zwischen die Beine spüren. Sie sehnte sich danach, ihre Klitoris zu reiben und sich selbst zum Höhepunkt zu bringen. Stöhnend nahm sie ihn noch tiefer in ihren Mund auf, bis sie unwillkürlich würgen musste, weil er mit der Eichel hinten anstieß. Sie ließ ihn los und gönnte sich, heftig nach Luft ringend, eine kurze Pause, ehe sie weitermachte.

Er ächzte und legte ihr eine Hand in den Nacken, um ihren Kopf festzuhalten, dann schob er ihr die Hüften entgegen und den Penis in ihren geöffneten Mund, vor, zurück, vor, zurück …

Wieder stöhnte sie auf und begann, mit den Fingern seinen Schaft zu massieren, immer noch schneller, noch kräftiger, überwältigt von dem Gefühl, dass er sie ganz und gar ausfüllte, bis er wie sie im Begriff war, die Kontrolle zu verlieren.

»Baby, gleich komme ich«, warnte er sie mit gepresster Stimme und zog noch fester an ihren Haaren.

Es überraschte sie, dass er ihr die Wahl ließ, denn sie dachte gar nicht daran, jetzt aufzuhören. Im Gegenteil – sie umschloss sein bestes Stück noch fester mit den Lippen und saugte noch heftiger, bis sie spürte, wie er sich, begleitet von einem rauen Lustschrei, in ihren Mund ergoss. Sie nahm bereitwillig alles in sich auf, in der Hoffnung, ihn damit nach dem misslungenen Abend auch von all seinem Frust und Schmerz zu befreien.

Dann sank sie keuchend zu Boden, erschöpft, obwohl ihr selbst der Höhepunkt verwehrt geblieben war.

Es dauerte nicht lange, da wurde sie von zwei kräftigen Armen hochgehoben und ins Schlafzimmer getragen. »Vergiss das Atmen nicht«, murmelte Ian, während er sie auf dem Bett ablegte.

Folgsam holte sie ein paarmal tief Luft, bis sich ihre Atmung wieder etwas normalisiert hatte, dann rollte sie sich zusammen und schmiegte sich an ihn. Sie wollte jetzt nur eines: dass er sie im Arm hielt. Und genau das tat er, ohne dass sie ihr Bedürfnis äußern musste.

»Das war unglaublich geil, Baby.«

Seine Worte entlockten Riley ein Lächeln. Es tat gut zu wissen, dass sie ihm so viel Lust bereitet hatte.

Er schob ihr die Haare aus dem Gesicht und sah ihr in die Augen. »Und irgendwann wirst du mir alles über dich erzählen.«

Mist. Riley hatte zwar nicht erwartet, dass er ihren Ausbruch von vorhin einfach vergessen würde, aber sie hatte doch die Hoffnung gehegt, dass er ein bisschen Zeit verstreichen lassen würde. Im Augenblick war sie sogar zum Denken zu müde und verspürte nicht die geringste Lust auf eine Unterhaltung. Zum Glück beließ er es bei der Bemerkung, also bettete sie seufzend den Kopf auf seine Brust und schloss die Augen.

*

Ian hielt Riley im Arm, während sie ihr Nickerchen machte. Inzwischen hatte sich seine schlechte Laune wieder gelegt, und das verdankte er nur ihr. Sie übte wirklich eine äußerst beruhigende Wirkung auf ihn aus. Und das war nicht nur darauf zurückzuführen, dass sie ihm gerade einen geblasen hatte. Das war zweifellos der beste Blowjob seines Lebens gewesen – weil sie Gefühle für ihn hegte. *Bitte, lass dich von mir verwöhnen. Es wird dir guttun.*

Ihre Worte waren ihm nahegegangen, hatten bewirkt, dass er sich plötzlich nackt fühlte. Sie hatte ihn in der Hand wie noch keine Frau vor ihr. Weil er ihr wichtig war. Weil sie sich für *ihn* interessierte und nicht für sein Vermögen. Weil sie weder Geschenke noch sonst etwas von ihm erwartete sondern einfach nur mit ihm zusammen sein wollte.

Der Laut, den sie von sich gegeben hatte, als er vorhin instinktiv die Hände in ihren Locken vergraben hatte, verriet ihm, dass sie es mochte, wenn sie ein bisschen härter angefasst wurde. Es gefiel ihr, sich ihm zu unterwerfen. Trotzdem machte er sich keine Illusionen – er hatte kein bisschen die Zügel in der Hand gehalten. In den paar Sekunden unmittelbar vor seinem Orgasmus hatte er den schier unwiderstehlichen Drang verspürt, die Kontrolle an sich zu reißen, sie aufs Sofa zu werfen und sie zu nehmen, wild und leidenschaftlich.

Aber er hatte es nicht getan.

Er hatte es nicht über sich gebracht.

Weil er wollte, dass sie zu Ende brachte, was sie angefangen hatte. Weil sie für ihn hatte da sein wollen. Und hier lag er nun, streichelte der Frau, die er im Arm hielt, übers Haar und zerbrach sich über seine vermaledeiten Gefühle den Kopf.

Ian war nicht von Natur aus sanft und zärtlich im Bett, doch bei Riley fühlte es sich gut und richtig an. Sie veränderte ihn, machte aus ihm einen Menschen, den er nicht wiedererkannte. Und das jagte ihm eine

Heidenangst ein. Denn es war nicht gesagt, dass sie bei ihm bleiben würde. Im Leben gab es nun einmal keine Garantien.

*

Als Riley erwachte, war ihr warm. Sie lag in Ians starken Armen und fühlte sich überaus sicher und geborgen. Ein Blick auf den Wecker, der auf dem Nachttisch stand, verriet ihr, dass es schon fast 23 Uhr war. Sie inhalierte Ians männlichen Geruch und wünschte, sie könnte für immer und ewig hier liegen bleiben und all ihre Probleme einfach ausblenden. *Eine schöne und zugleich beunruhigende Vorstellung,* dachte sie, während sie die Ereignisse von vorhin im Geiste noch einmal durchging.

Es war beileibe nicht das erste Mal gewesen, dass sie einen Mann oral befriedigt hatte. Aber noch nie hatte sie so intensiv den *Drang* verspürt, es zu tun. Es war, als hätte eine unsichtbare Kraft sie förmlich dazu getrieben, Ian in den Mund zu nehmen, einerseits, weil sie ihn schmecken wollte, andererseits, weil er so dringend Ablenkung, Trost und Entspannung benötigt hatte. Sie hatte ihm zeigen wollen, dass er jemanden brauchte, dem er nicht egal war und für den sein Wohlergehen oberste Priorität hatte. Und sie hatte dieser Jemand sein wollen. Sie hatte ihm zeigen wollen, wie viel er ihr bedeutete.

Allerdings war sie nicht darauf gefasst gewesen, wie ihr Körper auf seinen Kontrollzwang reagiert hatte.

Ihre Brüste hatten zu pochen begonnen, als er mit seiner großen Hand ihren Kopf festgehalten hatte, und als er sie dann auch noch an den Haaren gezogen hatte, wäre sie beinahe gekommen. Neulich Abend hatte er sie ans Bett gefesselt, und sie war so schnell und so heftig explodiert wie noch nie zuvor.

Was sagte es über Riley aus, dass es ihr gefiel, sich von einem Mann so behandeln zu lassen – vor allem in Anbetracht der Tatsache, dass ihr Vater ihre Mutter unterdrückt, misshandelt und an den Haaren quer durch die Wohnung geschleift hatte?

Sie stöhnte auf.

»Bist du wach?«, fragte er mit tiefer Stimme.

»Ja. Hast du auch geschlafen?«

»Nein.«

»Du hast einfach nur neben mir gelegen?«

Er umarmte sie etwas fester. »Ja.«

Riley blinzelte verwundert, wusste nicht so recht, was sie davon halten sollte.

So lagen sie eine Weile schweigend im Dunkeln da, bis sie allmählich unruhig wurde. Sie sollte gehen, um ihres eigenen Seelenfriedens willen wie um des seinen.

»Ich sollte mich dann mal auf den Weg machen«, sagte sie und schickte sich an aufzustehen.

»Tu's nicht.«

Sie erstarrte. Ihr Herz pochte heftig, Panik erfüllte sie bei dem Gedanken an die widersprüchlichen Gefühle, die er in ihr hervorrief.

»Bleib«, bat er sie. Seine Stimme zitterte kaum merklich.

Und schon schmolz sie dahin, und ihre Angst löste sich in Luft auf. Riley rollte sich auf die Seite und sah ihn an. »Dir ist schon klar, dass wir verschiedener nicht sein könnten, oder?«, fragte sie, obwohl es ihr nicht leicht fiel, es auszusprechen.

Er hob eine Augenbraue. »Also, nachdem wir so oft zusammen zu Abend gegessen haben, solltest du wissen, dass wir auch reichlich Gemeinsamkeiten haben.«

Er stellte sich dumm, und sie musste unwillkürlich grinsen. »Du weißt schon, was ich meine.«

»Ja.« Seine Miene wurde ernst. »Wir haben beide psychische Probleme, aber du spielst auf meine sexuellen Bedürfnisse an, und aus deinen Worten spricht die Angst, dabei hast du alles, was wir getan haben, genossen.«

Da hatte er recht, und genau da lag der Hund begraben. Sie konnte es nicht akzeptieren. Dass seine dominante Art sie antörnte, passte so gar nicht zu ihrem Selbstbild und erinnerte sie viel zu sehr an die schmerzhaften Erfahrungen ihrer unglücklichen Kindheit.

Da beugte er sich über sie und hauchte ihr einen sanften Kuss auf die Lippen, bei dem es ihr die Tränen in die Augen trieb.

Und obwohl sie sämtliche Alarmglocken schrillen hörte, obwohl sich alles in ihr dagegen sträubte, erwiderte sie den Kuss und spürte schon bald, wie die Anspannung von ihr abfiel, während er mit der Zungenspitze ihre Lippen kitzelte.

Sie küssten sich ausgiebig, bis sie sich vollkommen in seinem Geschmack verloren hatte, in seiner Fähigkeit, ihr zu geben, was sie brauchte, auf eine so einfache, aber überaus wirkungsvolle, verführerische Art und Weise.

Schon verspürte sie wieder ein Pulsieren in der Leibesmitte, und ihre Brüste wurden schwer und wollten berührt werden. Doch Ian machte keinerlei Anstalten in dieser Richtung sondern ließ nur immer wieder gemächlich die Zunge in ihren Mund und über ihre Lippen gleiten.

Selbst als sie ihm signalisierte, dass sie mehr wollte, hörte er nicht auf sie zu küssen.

Und als sie irgendwann sagte, sie müsse jetzt wirklich nach Hause, respektierte er ihren Wunsch und begleitete sie sogar noch nach unten. Dennoch war sie, als sie schließlich in ihren Wagen stieg, enttäuscht, weil er nicht einmal den Versuch unternommen hatte, sie zum Bleiben zu bewegen.

9

Am Montagmorgen erlebte Riley, was man bei ihrem neuen Arbeitgeber unter Krisenmanagement verstand. Der Angestellte, der für die Reiseplanung des Teams zuständig gewesen war, hatte angekündigt, dass er nicht die Absicht hatte, nach seiner Genesung zurückzukehren, und sein Nachfolger Dylan Rhodes, den Riley in der Vorwoche kennengelernt hatte, wollte einiges anders anpacken als sein Vorgänger und begann sogleich mit der Suche nach neuen Unterkünften. Was zur Folge hatte, dass Riley im Schnelldurchlauf lernte, welche Kriterien ein Hotel erfüllen musste, um für die Mannen von Miami Thunder infrage zu kommen, wenn sie ein Auswärtsspiel absolvieren mussten.

Unter Dylans Anleitung recherchierte sie, ob die betreffenden Hotels ein ganzes Footballteam unterbringen konnten, ob die Küche die speziellen Ernährungsanforderungen der Spieler erfüllen würde und ob das Hotelmanagement gewillt war, ganze Stockwerke für sie zu reservieren, obwohl sie jederzeit mit Stornierungen rechnen mussten, sei es nun wetterbedingt oder weil sich die Reisezeiten verschoben.

Gegen Abend war Riley zwar erschöpft, aber noch

reichlich aufgekratzt. Sie liebte ihre neue Arbeit und die Herausforderungen, die sie mit sich brachte. Als sie von einer kurzen Pause zurückkam, fand sie an ihrem Arbeitsplatz eine Nachricht von Olivia vor, in der es hieß, sie solle bitte unverzüglich zu ihr kommen.

Riley machte sich gleich auf den Weg. Als sie sich Olivias Büro näherte, hörte sie, dass drinnen eine lebhafte Diskussion im Gange war. Sie hielt inne und überlegte, ob es ratsam war, mitten in die Unterhaltung hineinzuplatzen.

»Ich will aber nicht, dass sie fährt.« Das war Ians Stimme, und sein scharfer Tonfall ließ darauf schließen, dass er aufgebracht war.

»Tja, die Reiseplanung fällt nun mal nicht in deine Zuständigkeit, sondern in meine, und deshalb liegt die Entscheidung bei mir«, konterte Olivia.

Riley hob die Hand, im Begriff anzuklopfen.

»Der Kerl ist ein Casanova par excellence«, echauffierte sich Ian.

»Nein, er ist lediglich Single, und du bist eifersüchtig«, konterte Olivia. »Was übrigens total lächerlich ist. Und jetzt verzieh dich in dein Büro und lass mich meine Arbeit machen.«

Riley gab sich einen Ruck und klopfte an die Tür. Sie hatte schon genug über Ians Eifersucht gehört.

»Herein!«

Sie trat ein und wurde von Olivia mit einem erleichterten Lächeln begrüßt. »Ach du bist es. Hervorragend.«

»Ich hab gerade deine Nachricht gesehen.« Riley sah von Olivia zu Ian, der ein Gesicht wie drei Tage Regenwetter machte. »Aber ich kann auch später noch mal wiederkommen, falls ich euch gerade störe.«

»Nein, nein, dein Timing ist perfekt. Als Erstes möchte ich dir gleich mal dafür danken, dass du dich bereit erklärt hast, einzuspringen und Dylan unter die Arme zu greifen. Bisher ist er mit deiner Arbeit äußerst zufrieden.«

»Danke.«

Olivia schenkte ihr ein Lächeln.

Ian lauschte dem Gespräch schweigend.

»Dylan hat mich gebeten, dich zu seiner Assistentin zu ernennen, und ich habe eingewilligt, weil ich der Ansicht bin, dass ihr ein gutes Team abgebt.«

Jetzt ließ Ian ein leises Knurren vernehmen. Riley fuhr zusammen und drehte sich zu ihm um. »Hast du damit ein Problem?«

Er öffnete den Mund, doch Olivia kam ihm zuvor.

»Ehe du das Angebot annimmst, solltest du wissen, dass du sehr viel unterwegs sein wirst.«

»Ehrlich?« Riley war bislang nicht viel rumgekommen, weder in den USA noch im Ausland. Selbst ihr Studium hatte sie in ihrer Heimatstadt absolviert.

»Ja. Du wirst das Team zu den Auswärtsspielen begleiten, und da Dylan einige der Hotels, in denen unsere Jungs absteigen, austauschen möchte, müsstest du im Vorfeld ein paar Recherchen anstellen. Persönlich und vor Ort.«

Riley riss die Augen auf. »Ich müsste also beispielsweise nach San Diego?«, fragte sie, weil sie erst vorhin mit einem Hotelmanager aus San Diego telefoniert hatte.

»Ganz recht. Und du müsstest noch heute nach Phoenix. Ich habe vollstes Verständis, falls das ein Problem darstellt, aber …«

»Aber nein, keine Sorge«, versicherte ihr Riley, die sich sehr am Riemen reißen musste, um nicht vor Begeisterung auf und ab zu hüpfen wie ein kleines Kind, schließlich wäre das total unprofessionell gewesen. Aber Olivias amüsiertes Grinsen verriet ihr, dass sie ahnte, was in ihr vorging. »Du bist also einverstanden, Riley?«, fragte sie mit einem Blick in Richtung Ian, den Riley nicht so recht deuten konnte.

»Aber klar doch, ja!«

»Hervorragend. Dann fahr nach Hause und fang an zu packen. Gegen neun wird dich jemand abholen. Du fliegst noch heute los, damit du dich gleich morgen früh an die Arbeit machen kannst.«

»Danke für diese tolle Chance.« Riley strahlte sie an, dann wirbelte sie herum und machte sich vom Acker.

*

Ian wollte Riley nacheilen, doch seine Schwester hielt ihn zurück. »Tu's nicht.«

Er drehte sich um.

»Halt sie nicht zurück. Und verdirb ihr nicht den Spaß, indem du ihr sagst, sie soll die Stelle nicht antreten.«

Ian ballte die Fäuste. »Ich habe Rhodes in Aktion erlebt. Er macht sich bei jedem unserer Events an dich ran.«

Olivia nickte. »Das ist eine Angelegenheit zwischen Dylan und mir und bedeutet noch lange nicht, dass er ein Schürzenjäger ist.«

»Ich will nicht, dass Riley mit ihm allein unterwegs ist.«

»Es steht dir nicht zu, diese Entscheidung zu treffen! Hast du nicht gesehen, wie glücklich sie ist?«

Natürlich war ihm nicht entgangen, dass sie sich wie ein Schneekönig gefreut hatte. Und es nervte ihn tierisch, dass der Grund dafür eine profane Beförderung war. Niemand außer ihm durfte ihr dieses strahlende Lächeln entlocken.

»Sie will diese Stelle haben, Ian. Wenn du einigermaßen ernste Absichten hast, was Riley angeht, wirst du ihr die Freiheit zugestehen müssen, ihre eigenen Entscheidungen zu treffen.«

Ian hatte keine Ahnung, wie ernst seine Absichten in Bezug auf Riley waren. Er wusste nur, dass er nicht mehr auf sie verzichten wollte. Und je stärker seine Gefühle für sie wurden, desto größer wurde auch die Angst, sie zu verlieren. Er vertraute nicht darauf, dass sie bei ihm bleiben würde. Das war das Problem. Deshalb war er gegen ihre Beförderung und hätte am liebsten interveniert, um sicherzustellen, dass er sie ständig um sich hatte.

Da legte ihm Olivia zu seiner Überraschung eine Hand auf den Arm. »Avery und mir lässt du doch auch unsere Freiheiten.«

»Und es fällt mir nicht leicht«, brummte er.

»Stimmt. Du versuchst immer wieder, dich in unser Leben einzumischen, und dann müssen wir dir deswegen in den Hintern treten.« Sie zögerte. »Aber weißt du was? Wir lieben dich trotzdem und stehen zu dir. Wir müssen das tun, weil du unser Bruder bist. Und das muss Riley mitnichten.«

»Na, vielen Dank auch.« Das war ja sehr hilfreich, was Olivia da von sich gab.

»Ich meine damit, sie kann jederzeit aus deinem Leben verschwinden, wenn ihr der Sinn danach steht. Versuch ihr also keinen Anlass dafür zu liefern, ja? Schalt einfach dein Gehirn ein, wenn du in Versuchung gerätst, ihr gegenüber den Neandertaler raushängen zu lassen.«

Wenn du wüsstest, dachte Ian. Der Neandertaler in ihm scharrte schon die ganze Zeit über wie wild mit den Hufen. Schließlich musste er sich Riley schon mit seinem Halbbruder teilen, was eine ziemliche Belastung für sein Verhältnis zu Riley war, wie auch immer es sich noch entwickeln mochte.

Im Geiste saß er bereits in der voll betankten Firmenmaschine und befand sich auf dem Weg nach Arizona, um sicherzustellen, dass Riley auch ja keine Sekunde mit Dylan Rhodes allein war.

»Ich muss los.« Er ging zur Tür, weil er die Nase voll davon hatte, mit seiner Schwester sein Liebesleben zu diskutieren.

»Was hast du vor?«, fragte sie.

»Nichts.« Er musste sich seinen nächsten Schachzug erst überlegen.

*

Riley war gespannt, ob sie vor ihrem Abflug nach Phoenix noch etwas von Ian hören würde. Vorhin in Olivias Büro hatte er ausgesehen, als wäre ihm eine Laus über die Leber gelaufen. Vermutlich hatte es etwas mit der Auseinandersetzung zu tun, in die sie hineingeplatzt war.

Entschlossen verdrängte sie die Gedanken an Ian und konzentrierte sich auf die Reisevorbereitungen. Da Olivia nicht erwähnt hatte, wie lange sie unterwegs sein würde, packte sie sowohl schicke Business-Outfits als auch Freizeitkleidung ein und achtete darauf, dass sich die diversen Teile gut miteinander kombinieren ließen.

Dann rief sie Alex und ihre Stiefmutter an und informierte sie darüber, dass sie ein paar Tage verreisen würde. Alex war ohnehin in Tampa, wie immer unter der Woche, und Riley war der Ansicht, dass ihnen eine kleine Auszeit nicht schaden konnte. Vielleicht waren sie ja, wenn er wieder zurück in Miami war, in der Lage, ein vernünftiges Gespräch über seine – und ihre – Beziehung zu Ian zu führen.

Sie hatte bereits beschlossen, dass sie sich nicht vollkommen von Ian fernhalten wollte, aber vermutlich würde die kurze Pause auch ihr guttun. Sie war geistig wie emotional hin- und hergerissen in der Frage, ob sie sich weiter mit ihm einlassen sollte oder nicht. Er zog sie unwiderstehlich an, aber die Intensität ihrer Gefühle füreinander erschreckte sie mindestens genauso wie die Erinnerungen, die er in ihr wachzurufen vermochte – Erinnerungen, sie die lieber auf ewig ad acta gelegt hätte.

Andererseits hatten sie so viele Gemeinsamkeiten – angefangen von traumatischen Kindheitserlebnissen bis hin zu der Tatsache, dass auch er nur Menschen, denen er vertraute, an sich heranließ und sich ansonsten von allen abschottete. Ausschlaggebend war jedoch in erster Linie die Reaktion ihres Körpers auf Ian, insbesondere nachdem er sich neulich Abend so zärtlich und fürsorglich verhalten hatte – und damit so absolut anders als sonst.

Aber in den kommenden paar Tagen ging der Beruf vor. Sie musste Ian komplett ausblenden und alles daransetzen, Dylan von ihren Fähigkeiten zu überzeugen. Gegen neun ging sie nach unten, um auf den Wagen zu warten, der sie zum Flughafen bringen sollte. Sie war mit Dylan am Gate verabredet. Ihr neuer Vorgesetzter war ein gut aussehender Mann – groß, dunkelhaarig und mit einem Ziegenbärtchen, was sie normalerweise nicht sonderlich mochte, in seinem Fall jedoch recht attraktiv fand.

Auf dem langen Flug wechselten sich entspannte Gesprächspausen mit angeregtem Small Talk ab, bei dem es teils um Geschäftliches, teils um Privates ging. Riley mochte Dylans Sinn für Humor und bewunderte sein Engagement. Als er sich nach ihrem Verhältnis zu Olivia erkundigte, konnte sie sich des Eindrucks nicht erwehren, dass sein Interesse an ihrer Vorgesetzten nicht nur rein beruflicher Natur war.

Sobald sie angekommen waren und das Flugzeug verlassen hatten, schalteten sie ihre Handys wieder ein, und während sie am Förderband auf ihr Gepäck warteten, sahen sie wie die meisten anderen Passagiere nach, ob sie irgendwelche Anrufe verpasst hatten. Riley ließ Melissa und Alex wissen, dass sie gut gelandet war.

Ian hatte sich nicht gemeldet, und sie musste sich wider Willen eingestehen, dass sie enttäuscht war.

Im Hotel wurden sie vom Nachtportier empfangen, der ihnen versicherte, sein Chef werde ihnen am kommenden Morgen Rede und Antwort stehen, ehe er sie zu ihren Zimmern geleitete. Sie hatten zwei getrennte Suiten auf derselben Etage.

Riley wünschte Dylan eine gute Nacht, dann öffnete sie die Tür, betrat ihre Suite – und sah sich einem Blumenmeer gegenüber. Beim Anblick der zahlreichen bunten Bouquets und Sträuße in sämtlichen Variationen atmete sie erleichtert auf. Erst jetzt wurde ihr bewusst, wie angespannt sie gewesen war, weil sie keinen Ton von Ian gehört hatte, seit sie vor ein paar Stunden Olivias Büro verlassen hatte.

Auf dem Tisch lag ein kleiner Umschlag. Sie öffnete ihn und las die Karte, die darin steckte. *VERMISS MICH.*

»O, das werde ich«, murmelte sie.

In Arizona war es zwar noch etwas früher als in Florida, aber trotzdem schon zu spät, um ihn anzurufen. Sie wollte ihn nicht wecken, also schickte sie ihm stattdessen eine SMS.

Wird gemacht. Vielen Dank für die Blumen. Ich werde bestimmt oft an dich denken.

Dann holte sie ihren Kulturbeutel aus dem Koffer und begab sich ins Bad. Nach einer kurzen Katzenwäsche hängte sie noch ein paar Kleidungsstücke auf und legte sich dann erschöpft ins Bett.

Kaum hatte sie ihr Telefon ans Ladekabel angeschlossen, meldete ein Piepsen, dass sie eine SMS erhalten hatte.

Genau das war der Sinn der Sache. Schlaf schön, Süße.

Sie stieß einen Seufzer hervor, der eine Spur zu zufrieden für ihren Geschmack klang, und während sie noch ihren Gedanken über Ian nachhing, schlummerte sie ein.

Tags darauf war sie mit Dylan zum Frühstück verabredet. »Guten Morgen«, sagte sie, als sie sich zu ihm an den Tisch setzte.

»In meinem Fall ist die Bezeichnung ›gut‹ nicht unbedingt zutreffend.«

Riley musterte ihn erstaunt. Seltsam, gestern auf dem Flug hatte er einen gut gelaunten, freundlichen Eindruck erweckt, aber heute war er wie ausgewechselt. »Bist du ein Morgenmuffel?«, erkundigte sie sich.

»Nein, das ist nicht das Problem.«

»Was dann?«

Er betrachtete sie, als wüsste er nicht recht, ob er mit der Sprache rausrücken sollte oder nicht, sodass sich Riley unwillkürlich fragte, was zum Geier in der vergangenen Nacht wohl geschehen sein mochte. »Bitte sag mir, was los ist, was auch immer es sein mag.«

»Ich habe dich an Bord geholt, weil du mit so viel Enthusiasmus bei der Sache bist. Und weil ich gehofft habe, dass du ein Gewinn für meine Abteilung bist.«

»Und jetzt bin ich das plötzlich nicht mehr?« Riley straffte die Schultern. Was mochte ihn bewogen haben, seine Meinung zu ändern?

»Nein, weil mir der Oberboss die Hölle heißmacht.«

O nein. Nein, nein, nein! Riley umklammerte ihre überdimensionale Handtasche. »Was hat er gesagt?«

Dylan musterte sie prüfend. »Ich hatte keine Ahnung, dass da etwas zwischen euch beiden läuft.«

Riley wurde heiß. »Das hat überhaupt nichts mit meiner Arbeit zu tun.«

»Stimmt, oder zumindest sollte es nichts damit zu tun haben. Und es gibt bei Thunder auch keine Vorschriften, die dagegen sprächen. Wie dem auch sei, Ian Dare hat mich vorhin angerufen und mir sehr deutlich zu verstehen gegeben, dass mein Kontakt zu dir auf keinen Fall über das Geschäftliche hinausgehen darf. Die genaue Formulierung lautete: ›Finger weg von Riley.‹«

Sie biss die Zähne zusammen, bis sie fast die Sterne sah. »Ich bringe ihn um.«

»Ich habe viel Zeit und Energie investiert, um dort zu landen, wo ich jetzt bin, und ich werde nicht zulassen, dass ich meinen Posten verliere, nur weil meine Assistentin zufällig die Freundin meines Vorgesetzten ist.«

Riley kämpfte gegen die Tränen an, die ihr in die Augen stiegen. »Ian wird keine Probleme machen. Versprochen.« Wenn sie mit ihm Schluss machen musste, um zu beweisen, dass ihr Privatleben nichts mit ihrem Job zu tun hatte, dann würde sie es tun.

Im Moment verspürte sie ohnehin nicht die geringste Lust, je wieder ein Wort mit diesem kontrollsüchtigen Freak zu wechseln.

Dylans musterte sie eingehend. »Ich mag deine Einstellung und bin sehr angetan von deinem Engagement und deinen Fähigkeiten. Ich will einfach keinen Ärger.«

»Du wirst auch keinen bekommen.«

Er nickte, als würde ihn diese Antwort zufriedenstellen und ließ die Angelegenheit damit auf sich beruhen. Dann widmeten sie sich ihrem Frühstück, und Riley zwang sich, etwas zu essen, obwohl ihr der Appetit vergangen war. Aber sie hatte einen langen Tag vor sich.

Gleich nach dem Frühstück stand auch schon das Gespräch mit dem Hotelmanager auf der Tagesordnung.

Ian schickte ihr irgendwann eine SMS, die sie jedoch ignorierte, genau wie seine diversen Versuche, sie telefonisch zu erreichen. Je mehr Zeit verstrich, desto größer wurde ihre Wut auf ihn. Sie löschte sämtliche Nachrichten, die er ihr hinterließ, ohne sie abzuhören.

Die nächsten zwei Tage vergingen wie im Flug. Sie absolvierten Besichtigungstermine, Meetings und Testmahlzeiten in den diversen Restaurants des riesigen Hotelkomplexes. Sie überzeugten sich davon, dass die Besprechungsräume groß genug für Pressekonferenzen waren und sich auch zum Abhalten von Gottesdiensten eigneten, denn viele der Thunder-Spieler und Ehefrauen legten Wert auf den gelegentlichen Besuch einer Messe oder Andacht. Sie studierten Grundrisse und Lagepläne, prüften die Ausstattung der Zimmer und Suiten, und als Riley schließlich die Rückreise antrat, schwirrte ihr der Kopf. Sie hatte sich haufenweise Notizen gemacht, die sie für Vergleiche mit den Unterkünften der vergangenen fünf Jahre heranziehen wollte. Dylan wirkte zufrieden, sagte aber, die endgültige Entscheidung würde erst nach der Besprechung mit dem Rest des Teams in Miami fallen.

Als sie, wieder in Florida angekommen, endlich in das Taxi stieg, das sie nach Hause bringen sollte, war sie zu Tode erschöpft und wollte nur noch ins Bett. Dylan hatte verfügt, dass sie sich einen Tag Urlaub gönnen sollte, der Riley wie gerufen kam, schon weil ihr der Zeitunterschied bestimmt zu schaffen machen würde.

*

Ian hatte beschlossen, seiner Mutter einen Besuch abzustatten, die noch immer in Weston lebte, in dem Haus, in dem er aufgewachsen war. Ihm war völlig schleierhaft, warum, schließlich hätte sie sich jederzeit ein anderes Domizil suchen können – eines, das keine Erinnerungen an früher weckte.

Er stellte seinen Wagen in der Einfahrt ab und betrat das Haus.

Seine Mutter kam ihm im Foyer entgegen. Ihre Augen strahlten vor Freude. Mit ihrem attraktiven Aussehen und dem dunklen Haar, das noch kein bisschen angegraut war, wirkte Emma Dare bedeutend jünger, was wohl auch daran liegen mochte, dass sie ein so überaus liebenswürdiger Mensch war.

»Ian! Wie schön, dass du vorbeikommst.«

Er umarmte sie und drückte ihr einen Kuss auf die Wange. »Ist schon eine Weile her, ich weiß.«

Sie winkte ab. »Keine Sorge, ich weiß doch, dass du viel um die Ohren hast, wenn der Spielertransfer in vollem Gange ist. Ich erinnere mich noch gut, dass dein Onkel da immer total unter Strom stand und Wochen vor und nach dem Draft nicht ansprechbar war.«

Robert Dares Bruder Paul war seit jeher ein fester Bestandteil ihrer Familie gewesen, auch nachdem Ians Vater beschlossen hatte, fortan bei seiner neuen Familie zu leben.

Bei der Erwähnung seines Onkels grinste Ian. »Hat er mal wieder was von sich hören lassen?«

Seine Mutter schmunzelte ebenfalls. »Nein, wir werden wohl noch eine Weile auf ein Lebenszeichen von ihm warten müssen. Er ist doch gerade mit Lou auf Safari in Afrika.«

Ian gluckste.

Es freute ihn, dass sein schwuler Onkel das Leben in vollen Zügen genoss. Sobald Ian bereit gewesen war, die Geschäfte von ihm zu übernehmen, war Paul Dare in Rente gegangen und mit seinem langjährigen Partner zu einer langen Weltreise aufgebrochen. Er selbst hatte keine Kinder, was ihn jedoch nie groß gestört hatte, weil er ja seine Nichten und Neffen nach Strich und Faden hatte verwöhnen können. Mehr noch, er hatte Ian und seine Geschwister stets behandelt, als wären sie sein eigen Fleisch und Blut.

Emma Dare legte ihrem Sohn eine Hand auf den

Arm und führte ihn in ihre topmoderne Küche. Vor Kurzem hatte sie ein neues Ventil für ihre Liebe zu allem, was mit Essen in Verbindung stand, gefunden: Sie gab Kochkurse – zum einen, weil ihr das einfach Spaß machte, und zum anderen konnte sie sich damit ihre Unabhängigkeit bewahren.

Und Ian bewunderte sie dafür.

Während sie für sie beide Eistee einschenkte, nahm er auf einem Barhocker Platz.

»Dann erzähl mal: Welchem Umstand verdanke ich denn die Ehre deines Besuchs?«

»Da gibt es nicht viel zu erzählen.«

Sie stellte ihm ein Glas Eistee hin. »Hör mal, ich bin deine Mutter, und mir kannst du nichts vormachen. Es sieht dir gar nicht ähnlich, dass du *grundlos* an einem Werktag bei mir aufkreuzt.«

Ian starrte auf die gemusterte Granitarbeitsplatte, bis die Farben vor seinen Augen zu diffusen Flecken verschwammen. Er hasste solche Muster, mochte viel lieber klare Linien und kontrastierende Farben. Genau wie er es vorzog, wenn in seinem Leben Klarheit und Ordnung herrschten. Wenn er wusste, was ihn erwartete, war er gelassener. Was wohl erklärte, warum er einen derart ausgeprägten Kontrolltick hatte, in jeglicher Hinsicht.

»Deine Schwestern haben mir schon erzählt, dass du eine Frau kennengelernt hast, die etwas ganz Besonderes ist«, fügte sie leise hinzu.

Ian schnaubte belustigt. »Dass die beiden einfach nie die Klappe halten können.«

»So sind Frauen eben! Sie haben mich am Sonntagabend gleich angerufen, alle beide.« Sie lachte. »Olivia findet es gut, dass sich diese Frau von dir – ich zitiere – ›nicht jeden Scheiß‹ bieten lässt.« Sie grinste belustigt, sehr zu seiner Verärgerung.

Aber richtig böse hätte er ihr ohnehin niemals sein können. Bei seinen Schwestern war der Fall allerdings schon anders gelagert.

»Erzähl mir von ihr«, bat seine Mutter.

»Sie heißt Riley Taylor.« Er berichtete ihr, wie er Riley kennengelernt hatte und dass sein Halbbruder Alex ihr bester Freund war.

»Puh, das muss ja eine schmerzhafte Erkenntnis für dich gewesen sein«, stellte sie mit jener Unverblümtheit fest, zu der nur Mütter fähig sind.

»Allerdings.« Zumal er noch immer nicht so genau wusste, warum sich Riley und Alex so nahestanden.

Ja, sie waren Nachbarn gewesen und hatten sich von Kindesbeinen an gekannt, aber auf ihn hatte es den Anschein erweckt, als könnte nichts und niemand die beiden entzweien. Vielleicht fiele es ihm ja leichter, das zu akzeptieren, wenn er erst wusste, was der Grund dafür war.

»Und ihretwegen suchst du plötzlich den Kontakt zu deinen Halbgeschwistern, nachdem du sie jahrelang gemieden hast wie die Pest? So viel ist sie dir wert?« Ihr fragender Blick sprach Bände.

Ian nickte. Wenn es jemanden gab, dem er sich anvertrauen konnte, dann war das seine Mutter. »Ja, das ist sie. Aber leider reagiert sie im Moment gerade nicht auf meine Anrufe.« Und auf seine Kurznachrichten ebenso wenig.

Emma gluckste angesichts seiner bekümmerten Miene.

»Warum? Was hast du angestellt?«

Er maß sie mit einem strengen Blick, bei dem seine Angestellten das Weite gesucht hätten, doch Emma Dare lachte nur.

»Wie kommst du darauf, dass ich etwas angestellt habe?«

Sie zuckte die Achseln. »Naja, du musst sie doch irgendwie verärgert haben. Warum sonst sollte sie plötzlich nicht mehr ans Telefon gehen, wenn du sie anrufst?«

Er rollte die Schultern nach hinten und verzog dann das Gesicht, weil er so verspannt war, dass es schmerzte. »Ich habe ihr bloß Blumen ins Hotel geschickt.« Und er hatte ihr befohlen, ihn zu vermissen. Weil er sie nämlich tierisch vermisste.

»Und?«

Er stöhnte frustriert auf, dann gestand er widerstrebend: »Naja, ich ... Ich habe Dylan Rhodes angerufen, mit dem sie auf Geschäftsreise ist, und ihm gesagt, er soll gefälligst die Finger von ihr lassen.«

Sie hatte ihm eine Nachricht auf Band gesprochen, während er in einer Besprechung gewesen war, und sie hatte kein Blatt vor den Mund genommen. Er sei zu weit gegangen und sie sei stinksauer auf ihn, hatte sie gesagt. Und seitdem herrschte von ihrer Seite aus Funkstille.

»Ian Carlton Dare, wie konntest du nur!«, rügte ihn seine Mutter mit erhobenem Zeigefinger, als wäre er ein kleines Kind.

»Wenn du wüsstest, was dieser Mistkerl schon alles zu Olivia gesagt hat! Ich wollte ihm nur zu verstehen geben, dass Riley mir gehört.«

Emma Dare schüttelte ungläubig den Kopf. Ihre Augen funkelten belustigt. »Herrje, du bist echt unmöglich. Also, erstens waren Olivia und Dylan schon mal liiert – nicht, dass dich das etwas angehen würde …«

Ian wäre beinahe von seinem Barhocker gekippt. »Und woher zum Teufel sollte ich das wissen?«

»Gar nicht! Deine Schwestern halten dich bewusst nicht auf dem Laufenden, was ihr Liebesleben angeht, weil du die Angewohnheit hast, alle ihre Verehrer gleich zu verschrecken.«

Er musterte sie mit schmalen Augen, enthielt sich aber jeglichen Kommentars, weil es stimmte.

»Und zweitens kannst du nicht einfach rumlaufen und dich wie ein Neandertaler aufführen, der sein Weibchen verteidigt.« Seine Mutter konnte das Lachen kaum noch unterdrücken.

»So was in der Richtung hat Olivia auch gesagt«, brummte er.

»Und sie hat völlig recht. Ich bin sicher, Riley würde sich von deiner Aufmerksamkeit geschmeichelt fühlen, wenn du aufhören würdest, dich in ihre beruflichen Angelegenheiten einzumischen und sie vor ihrem Boss zu demütigen.«

»Das hab ich doch gar nicht ge…«

»O, doch, das hast du.« Ein paar Sekunden herrschte Schweigen, dann fuhr sie fort: »Ian, du musst lernen, den Menschen, die du liebst, zu vertrauen. Auch wenn es keine Garantie dafür gibt, dass sie dich niemals verlassen werden.«

Ian schnaubte. Genau das war der Knackpunkt – das Problem, das all seinen anderen Problemen zugrunde lag.

»Danke, Mom.«

»Ich würde alles für dich tun, Liebes.«

Er erhob sich und umarmte sie. Der Duft ihres Parfüms versetzte ihn zurück in die Kindheit und weckte angenehme Erinnerungen an schöne Erlebnisse. »Ich hoffe, es gelingt dir, deine Schwierigkeiten mit Riley aus der Welt zu schaffen. Ich würde sie gern eines Tages kennenlernen. Ach übrigens, bringst du sie eigentlich mit zu der Benefizgala am Samstagabend?«

»Mal sehen.« Erst einmal musste er es irgendwie einfädeln, dass sie wieder mit ihm redete.

10

Als Riley nach ihrem freien Tag ins Büro kam, war sie nervös – nicht nur, weil sie sich Ian stellen musste. Nach ihrer Rückkehr hatten zu Hause auf ihrem Anrufbeantworter mehrere Nachrichten gewartet. Der Anrufer hatte keinen Ton gesagt, es war immer nur sein schweres Atmen zu hören gewesen. Und er hatte sich ganz sicher nicht verwählt. Selbst mitten in der Nacht und frühmorgens hatte das Telefon geklingelt. Da Riley nicht im Telefonbuch stand, war sie natürlich beunruhigt.

»Morgen, Angie!«, sagte sie lächelnd, als sie Dylans Sekretärin passierte.

»Guten Morgen, Riley. Warte, es hat jemand für dich angerufen.«

Riley hielt inne. »Bislang haben mir die Leute doch immer auf Band gesprochen. Seit wann nimmst du meine Anrufe entgegen?«

»Seit deiner Beförderung. Ich bin jetzt ganz offiziell die Ansprechpartnerin für deine Geschäftskunden. Hier.« Sie grinste und reichte Riley einen zusammengefalteten rosaroten Zettel.

»Cool.«

»Du sagst es! Ich bin noch recht neu hier, und Dylan ist mein erster einigermaßen einflussreicher Vorgesetzter. Und jetzt soll ich auch dir zuarbeiten.«

»Tja, vielen Dank. Ich werde versuchen, dich nicht zu sehr einzuspannen«, sagte Riley und zwinkerte Angie zu.

Dann begab sie sich in ihr Büro, stellte ihren Starbucks-Becher auf dem Schreibtisch ab und faltete den rosa Zettel auseinander.

Du schuldest mir was. Dad.

Prompt begann sie am ganzen Leib zu zittern. Nachdem ihr Vater so lange nichts mehr von sich hatte hören lassen, war Riley schon beinahe zu der Überzeugung gelangt, dass er gestorben war. Sie verbannte die Gedanken an ihn in die hinterste Ecke ihres Gehirns, wie man es mit einem Albtraum oder einer schlimmen Erinnerung tut, die einen gelegentlich heimsucht. Plötzlich war ihr klar, wer der geheimnisvolle Anrufer war.

Sie hätte beinahe ihrem ersten Impuls nachgegeben und Alex angerufen, aber der würde womöglich gleich Rot sehen und total durchdrehen. Jetzt galt es, einen kühlen Kopf zu bewahren und sich gut zu überlegen, was sie in dieser Angelegenheit unternehmen sollte. Eigentlich wollte sie mit ihrem Vater am liebsten gar nichts mehr zu schaffen haben. Schon bei der Vorstellung, ihn wiederzusehen, begannen ihre Hände unkontrolliert zu zittern.

An Ian konnte sie sich noch weniger wenden. Er würde garantiert austicken, wenn er erfuhr, dass ihr eigener Vater sie belästigte. Er wurde ja schon zum Berserker, wenn ein anderer Mann sie auch nur schief ansah. Bislang hatte sie gar keine Veranlassung gesehen, ihm von ihrer Kindheit zu erzählen, davon, dass ihr Vater ihre Mutter misshandelt und auch sie geschlagen hatte. Sie hasste ihren Vater so abgrundtief, dass sie die Erinnerungen an ihn verdrängt und auch sonst keinen Grund gesehen hatte, über ihn zu sprechen, zumal er schon seit Jahren keine Rolle mehr in ihrem Leben spielte. Und was diese Anrufe anging … nun, das waren bestimmt bloß irgendwelche Machtspielchen, um sie einzuschüchtern, mehr nicht.

Trotzdem zitterten ihre Hände wie Espenlaub. »Tief Luft holen«, befahl sie sich selbst und zwang sich, ein paarmal bewusst durchzuatmen.

Riley hasste sich für ihre Furcht. Sie hatte nicht mehr mit ihrem alten Herrn geredet, seit Melissa damals mit ihr ausgezogen war. Seit dem Tag, als Alex ihn beinahe erwürgt hätte und ihrem Vater gedroht hatte, er würde ihn umbringen. »Halte dich gefälligst von Riley fern, sonst garantiere ich für nichts«, hatte er ihn angebrüllt, außer sich vor Wut, und Douglas Tyler hatte genickt, starr vor Angst, dass ihm Alex, der schon damals ein gut durchtrainierter Muskelprotz gewesen war, sämtliche Knochen brechen würde.

Warum zum Geier war dieses alte Aas jetzt wieder aus der Versenkung aufgetaucht?

Als ihr Telefon klingelte, zuckte sie heftig zusammen. »Herrgott noch mal.« Höchste Zeit, dass sie sich etwas beruhigte. »Hallo? Riley Taylor am Apparat.«

»Hi Riley, hier ist Jeannie von der Personalabteilung. Könntest du mal kurz rüberkommen? Ich bräuchte ein paar Unterschriften, und dann gibt es noch das eine oder andere Detail zu klären wegen deiner neuen Stelle.«

»Aber klar doch, ich komme gleich.« Riley erhob sich. Den rosa Zettel ließ sie vorerst auf ihrem Schreibtisch liegen – wohlweislich mit der Schrift nach unten, damit sie die Nachricht nicht mehr sehen musste.

In der Personalabteilung wurde sie darüber informiert, dass ihr eine saftige Gehaltserhöhung zustand, die, wie Jeannie ihr versicherte, ihrer Position durchaus angemessen war. Doch Riley, die in ihrem ganzen Leben noch nie so viel verdient hatte, hegte den Verdacht, Ian könnte seine Finger im Spiel haben. Noch ein Thema, das sie bei ihrem nächsten Gespräch mit Mister Alles-hört-auf-mein-Kommando würde anschneiden müssen. Denn sie wollte nie wieder unter der Knute eines Mannes stehen. Bei diesem Gedanken fiel ihr prompt wieder die Nachricht ihres Vaters ein.

Doch Riley nahm sich sogleich vor, keinen weiteren Gedanken an ihn zu verschwenden und sich ganz auf die Arbeit zu konzentrieren, solange sie hier war.

Sie ackerte die Vorschläge durch, die ihr der Hotelmanager in Phoenix vorhin wie vereinbart gefaxt hatte. Dann traf sie sich mit Dylan zum Mittagessen im Konferenzraum, um die Vor- und Nachteile jedes infrage kommenden Hotels zu erörtern und eine Präsentation für Ian, Olivia und den General Manager des Teams vorzubereiten. Als Dylan meinte, sie könne der

Besprechung gern beiwohnen, der Ideenaustausch sei bestimmt lehrreich für sie, wurde ihr erneut bewusst, wie sehr sie ihren neuen Job liebte und wie glücklich sie sich schätzen konnte, dass das Schicksal sie mit Ian zusammengeführt und ihr diese Gelegenheit verschafft hatte.

Ian.

Auch die Gedanken an ihn verdrängte sie den ganzen Tag über. Wie es aussah, hatte er begriffen, wie verärgert sie war, denn er meldete sich nicht und schaute auch nicht bei ihr im Büro vorbei.

Und gegen Abend musste sich Riley widerstrebend eingestehen, dass sie deswegen enttäuscht war. Er fehlte ihr. Sie biss sich auf die Innenseite der Wange. Welch eine Ironie.

Also fasste sie sich ein Herz und machte sich auf den Weg zu seinem Büro und klopfte an seine Tür, denn seine Sekretärin war bereits nach Hause gegangen.

»Herein.«

Sie trat ein und hielt unwillkürlich die Luft an, als sie ihn nun – nach einer gefühlten Ewigkeit – endlich wiedersah. Er hatte die obersten Hemdknöpfe geöffnet und die Ärmel hochgekrempelt, und der Anblick seiner gebräunten Brust und seiner muskulösen Unterarme war ein wahres Fest für ihre ausgehungerten Sinne.

Und wenn sie nicht alles täuschte, blitzte auch in seinen Augen Erleichterung auf, als er sie erblickte.

»Hi«, sagte sie, nachdem sie sich ein paar Sekunden lang angeschwiegen hatten.

Er erhob sich von seinem Stuhl. »Ich hatte nicht mit einem Besuch von dir gerechnet.«

Sie schluckte. »Naja, ich war ziemlich sauer auf dich.«

Er stand auf, machte die Tür hinter ihr zu und schloss ab. »Und, erklärst du mir, warum?«

»Du kannst nicht einfach meinen Vorgesetzten anrufen und ihm sagen, er soll die Finger von mir lassen. Er wird in mir nie eine kompetente Angestellte sehen, der er anspruchsvolle Aufgaben übertragen kann, wenn er ständig Angst haben muss, dass er seinen Job verliert, sobald er mich auch nur ein einziges Mal schief ansieht. Oder, Gott bewahre, mich womöglich berührt!«

»Hat er das etwa? Hat er dich angefasst?«

»Ian!!«

Er verschränkte die Arme vor der Brust und sah ihr in die Augen. »Das sollte ein Scherz sein. Ehrlich. Ich weiß, dass ich Mist gebaut habe.«

Sie blinzelte verdattert und musterte ihn prüfend, konnte aber keinerlei Anzeichen geistiger Umnachtung ausmachen. »Würdest du das bitte wiederholen?«

»Ich weiß, dass ich Mist gebaut habe. Ich hätte Rhodes nicht anrufen dürfen.«

»O. Ich … Danke. Das war ja einfacher als erwartet.«

Er grinste. »Ich kann auch gelegentlich mal Fehler zugeben.«

»Gut. Also, wenn wir schon dabei sind, sollten wir vielleicht auch gleich noch über mein Gehalt reden. Ich weiß, ich bin befördert worden, aber …«

»Ich habe keine Ahnung, worauf du hinauswillst.

Ich weiß nicht, was unsere Mitarbeiter verdienen, es sei denn, es ist jemand, den ich selbst eingestellt habe.«

Sie musterte ihn argwöhnisch.

»Guck mich nicht so an! Das ist die reine Wahrheit. Findest du dein Gehalt zu niedrig? Ich kann gern mal mit Olivia re…«

»Nein! Ich arbeite gerade mal eine Woche bei Thunder und habe schon die erste Gehaltserhöhung bekommen, und zwar eine so saftige, dass ich mich gefragt habe, ob du vielleicht ein paar Strippen gezogen hast, zu meinen Gunsten.«

Er schenkte ihr sein unwiderstehliches Grinsen. »Endlich legst du mir mal etwas zur Last, das ich nicht getan habe.«

Riley lachte.

»Ich kann nicht fassen, dass du denkst, ich hätte dir eine Gehaltserhöhung verschafft, ohne die Lorbeeren dafür zu ernten.«

Sie verdrehte die Augen. »Okay, okay, schon klar.«

»Verdienst du denn jetzt wirklich so viel mehr als bei deinem vorigen Arbeitgeber?«

»Ja.«

»Genug, um in eine sicherere Wohnanlage zu ziehen?«

»Ian, ich …«

»Wir machen es so: Ich gelobe hoch und heilig, dass ich mich künftig nicht mehr in deine Angelegenheiten einmischen werde, und du suchst dir dafür eine neue Wohnung, damit ich mir keine Sorgen mehr machen muss. Eine Hand wäscht die andere, okay?«

»Dir ist schon klar, dass du versuchst, mich zu manipulieren?«

»Hey, ich will lediglich dein Bestes.« Er breitete verständnisheischend die Arme aus.

»Also gut, ich überleg's mir. Aber ich muss es mir erst durchrechnen. Ich möchte eins meiner Studiendarlehen abzahlen, und dafür kommt mir die Gehaltserhöhung gerade recht.«

Er öffnete den Mund, als wollte er noch etwas sagen, klappte ihn aber gleich wieder zu.

Hervorragend. Das ließ darauf schließen, dass er jetzt sein Gehirn benutzte und endlich auch ihre Wünsche, Bedürfnisse und Gefühle in Betracht zog.

Sie grinste, und er packte sie ohne Vorwarnung um die Taille und zog sie leidenschaftlich an sich, um sie zu küssen. Und da er gerade, ganz gegen seine Angewohnheit, ihren Willen respektiert hatte, ließ sie es geschehen und beschloss, ihm seinen dämlichen Anruf bei Dylan zu verzeihen.

Es war schön, wieder von ihm in den Armen gehalten zu werden, und Riley hatte kein Problem damit, ihm das auch zu zeigen. Sie drückte die Lippen auf seinen warmen Mund und erwiderte den Kuss, und als er sie mit der Zungenspitze kitzelte, flatterten die Schmetterlinge in ihrem Bauch erwartungsvoll mit den Flügeln. Das Verlangen pochte in ihrem Geschlecht, weckte in ihr den Drang, auf der Stelle mit ihm zu schlafen, ungeachtet der Tatsache, dass sie sich in seinem Büro befanden.

Ian hob sie hoch, und sie schlang ihm die Beine um die Hüften und klammerte sich an ihn, während er sie zu seinem mit Unterlagen übersäten Schreibtisch trug und sie darauf absetzte.

Er ließ den Blick seiner halb geöffneten Augen über ihren Körper gleiten.

»Du hast mir gefehlt.« Sie fuhr ihm mit den Fingern durch die Haare und versuchte, ihn an sich zu ziehen, um ihn erneut zu küssen, länger und leidenschaftlicher diesmal.

Doch er hatte anderes im Sinn. Wie gebannt starrte er auf seine Hände, die an ihren nackten Oberschenkeln entlang nach oben glitten, bis sie unter dem Rock verschwanden und mit ihrem feuchten Fleisch in Berührung kamen.

Die intime Berührung ließ Riley aufstöhnen.

»So verflucht sexy«, murmelte er. Damit meinte er wohl ihren Stringtanga.

Er schob den Rock nach oben und den Tanga nach unten und begann sogleich, ihr weiches Geschlecht zu liebkosen.

Normalerweise wäre es ihr peinlich gewesen, halb nackt und seinen hungrigen Blicken ausgesetzt auf seinem Schreibtisch zu sitzen, aber im Moment war es ihr herzlich egal, zumal sich Ian so eifrig bemühte, ihre Lust zu entfachen.

Unermüdlich strichen seine Finger über ihre Schamlippen und verteilten überall ihre Feuchtigkeit, was Riley zwar äußerst erregend fand, doch sie wartete vergeblich darauf, dass er sie dort berührte, wo sie es am dringendsten brauchte.

Fordernd schob sie ihm das Becken entgegen, als

könnte sie ihn auf diese Weise dazu bringen, die empfindliche Knospe zu berühren und die schmerzende Leere in ihrem Inneren zu füllen. »Ich will mehr.«

Er grinste. »Da hat's wohl jemand eilig?«

Damit schob er einen Finger in sie, immerhin – aber ihre Klitoris ignorierte er auch weiterhin. Trotzdem fühlte es sich unheimlich gut an zu spüren, wie sein Finger in ihr vor und zurück glitt, vor allem, als er noch einen zweiten dazu nahm. Ihre Erregung wuchs, im Nu kribbelten sämtliche Nervenenden. Riley bäumte sich auf und warf den Kopf in den Nacken.

Sie vergrub die Finger in seinen Haaren und zog ungeduldig daran. »Schneller! Fester! Mehr!« Warum sollte sie nicht mal den Spieß umdrehen und zur Abwechslung *ihn* hart anpacken? Er hatte es durchaus verdient, wenn er sie so auf die Folter spannte.

Ian gluckste leise, und seine Pupillen waren vor Erregung geweitet, als er sich aus ihr zurückzog, die Hand zum Mund hob und sich ihren Liebessaft von den Fingern leckte, was Riley, die es mit großen Augen verfolgte, seltsam erotisch fand.

»Du weißt, warum ich dich Süße nenne, oder?«, fragte er, während er seine Hose öffnete.

Sie schüttelte den Kopf. Ihr Mund war wie ausgetrocknet.

»Weil du so unglaublich süß schmeckst«, sagte er und ließ die Hose zu Boden gleiten.

Sein bestes Stück stand bereits stramm, und beim Anblick des prallen Schafts begann ihr Geschlecht vor Erregung zu pulsieren.

Doch als Ian nun eine Schublade öffnete und ihr ein Kondom entnahm, wirkte das auf Riley eher ernüchternd.

Sie kam nicht umhin, sich zu fragen, wie oft es wohl vorkam, dass er in seinem Büro Sex hatte, wenn er so gut vorbereitet war.

Er schien ihr Misstrauen zu spüren, denn er strich ihr beschwichtigend mit dem Daumen über die Wange und sagte: »Die hab ich erst besorgt, nachdem du die Stelle hier angetreten hast.«

Seine Worte ließen Riley erleichtert aufatmen.

»Dann ist also alles okay?«

Sie nickte verlegen.

»Gut. Weil ich vor dir nämlich prinzipiell keine Frauen mit nach Hause genommen habe, und ich kann dir versichern, dass ich es noch nie mit einer hier in meinem Büro getrieben habe. Wie es aussieht, haben meine selbst auferlegten Regeln keine Gültigkeit mehr, wenn es um dich geht.«

Bei seinen Worten wurde ihr ganz warm ums Herz.

Er trat einen Schritt näher und presste seine harte Erektion an ihre Schamlippen. Sie schauderte, stöhnend vor Erregung, denn es fühlte sich äußerst vielversprechend an. Dann ließ er kurz von ihr ab, um sich das Kondom überzustreifen, und ehe sie es sich versah, war er auch schon in ihr.

»O, Gott.« Riley spannte unwillkürlich ihre inneren Muskeln an, wollte ihn festhalten, ihn überall spüren.

»Baby, du bist so verdammt eng.«

Sie stöhnte erneut, und er zog sich ein Stück aus ihr zurück, nur um gleich wieder in sie einzudringen. Im Nu hatte er einen Rhythmus gefunden, bei dem sie zweifellos bald kommen würde.

Sie lehnte sich nach hinten, den Oberkörper auf die Ellbogen aufgestützt, während er weiter in sie stieß, wobei er jedes Mal das Becken nach vorn schob, sodass sein Schambein genau die richtige Stelle stimulierte. Es dauerte nicht lange, da steuerte sie auch schon auf den Höhepunkt zu. Das Blut rauschte in ihren Ohren, ihr Körper verkrampfte sich in dem vergeblichen Versuch, ihn für immer zu umschließen und nie wieder loszulassen, während eine Welle der Lust nach der anderen ihren Körper erfasste.

Plötzlich schob er ohne Vorwarnung eine Hand zwischen ihre Leiber und rieb mit den Fingern ihre empfindliche Knospe. »Ja, komm, Riley. Jetzt«, befahl er.

Ihr Körper reagierte umgehend – sie explodierte mit einem ekstatischen Schrei und sah weiße Blitze vor ihren Lidern zucken, und Sekunden später löste sie mit ihrem Orgasmus auch den seinen aus.

»O, ja …« Ian rammte noch zwei-, dreimal sein bestes Stück in sie, dann kam er mit einem lauten Ächzen.

Danach war er noch eine ganze Weile ziemlich benommen und wie erschlagen von all den Sinneseindrücken, die da gerade auf ihn eingestürmt waren. Es fühlte sich himmlisch an, so in ihr zu sein, von ihrer warmen Pussy umhüllt. In diesem Augenblick wurde ihm bewusst, dass er alles in seiner Macht Stehende tun musste, um sicherzustellen, dass Riley auch weiterhin ein Teil seines Lebens war. Wann immer er mit ihr schlief, war er hinterher noch besitzergreifender, noch eifersüchtiger.

Er richtete den Oberkörper auf und schob ihr ein paar feuchte Haarsträhnen aus dem Gesicht. »Alles okay, Süße?«

Sie zwang sich, die Augen zu öffnen. »Das war unglaublich.«

Er lachte. »Ganz meine Meinung.« Dann löste er sich widerstrebend von ihr und begab sich nach nebenan. Ein Glück, dass sein Büro über eine eigene Toilette verfügte.

Als er zurückkam, schob sich Riley soeben den Rock wieder über ihre verführerisch langen Beine.

Sie hob den Kopf. »Ich kann nicht fassen, dass wir es echt hier in deinem Büro getan haben.« Ihre Wangen waren gerötet.

»Und zwar garantiert nicht das letzte Mal«, sagte er und grinste in einem lächerlichen Anfall von männlichem Stolz. Sie sollte ruhig wissen, dass er vorhatte, sie noch öfter spontan hier zu vernaschen.

Riley hob eine Augenbraue, um ihn daran zu erinnern, dass sie nicht gedachte, sich weiter von ihm herumkommandieren zu lassen. »Das werden wir ja sehen«, sagte sie gedehnt, dann drehte sie sich um und schnappte sich ihre Handtasche.

»Wart's nur ab.« Ian verpasste ihr einen Klaps auf den Po.

Sie wirbelte herum und starrte ihn mit offenem

Mund an. Doch ihre vor Erregung geweiteten Pupillen verrieten ihm alles, was er wissen musste.

»Komm heute Abend mit zu mir«, bat er sie, weil er noch etwas mehr Zeit mit ihr verbringen wollte. Ein Quickie im Büro genügte ihm nicht. Er verspürte den Drang, stundenlang mit ihr zu reden und ihr zuzuhören, ganz gleich, was sie ihm zu erzählen haben mochte. Und vor allem wollte er noch einmal mit ihr schlafen – und diesmal genüsslich jeden Zentimeter ihres Luxuskörpers verschlingen.

Doch sie schüttelte den Kopf. »Ich will nicht, dass man uns morgen früh gemeinsam hier ankommen sieht. Dann wissen gleich alle, dass wir miteinander schlafen.«

»Es ist mir scheißegal, wer davon weiß«, stieß Ian enttäuscht hervor. Verflucht noch eins! Da war er zum ersten Mal in seinem Leben bereit, eine Beziehung einzugehen, und sie zierte sich!

Ja, er war bis über beide Ohren in sie verknallt und hatte kein Problem damit, auch dazu zu stehen. Nun, vielleicht gelang es ihm ja, sie zu überzeugen. Er zwang sich, seinen Eifer etwas zu zügeln. »Warum bist du gegen uns?«

Riley runzelte die Stirn. »Ich bin überhaupt nicht gegen *uns*. Ich will bloß nicht, dass man sich über uns das Maul zerreißt. Ich arbeite noch nicht lange bei Thunder, und wenn ich morgen früh aus deinem Porsche steige, wird es für den einen oder anderen bestimmt so aussehen, als hätte ich den Job nur bekommen, weil wir miteinander schlafen. Dylan weiß es ohnehin schon, weil du ihm ja quasi Prügel angedroht hast für den Fall, dass er sich an mir vergreift.«

Ian verzog das Gesicht bei der Erinnerung an sein Fehlverhalten, aber der panische Unterton in ihrer Stimme war ihm nicht entgangen. Zeit, die Notbremse zu ziehen.

In den vergangenen paar Tagen hatte bei ihm totale Verunsicherung geherrscht, ein völlig neues Gefühl für ihn. Er war nervös gewesen, weil er das Ausmaß des Schadens, den er angerichtet hatte, nicht hatte einschätzen können. Nun, da Riley hier war, in seinem Büro, wusste er, er konnte sich verdammt glücklich schätzen, dass er noch eine Chance bekam. Er hatte zwar keinen blassen Schimmer von Beziehungen, aber eines wusste er mit Sicherheit: Er wollte Riley auf keinen Fall verlieren.

Deshalb war es für den Anfang wohl besser, wenn er einfach auf ihre Wünsche einging. »Also gut, dann eben nicht«, lenkte er ein.

Sie musterte ihn einen Moment lang verblüfft und lächelte dann erfreut.

Sein Herz schlug unwillkürlich schneller bei dem Anblick.

»Sollen wir zusammen zu Abend essen?«, schlug sie vor.

Damit hatte er nun nicht gerechnet.

Er nickte und beschloss, die Gelegenheit beim Schopf zu packen. »Klingt gut. Und da du ja offenbar kein Problem damit hast, dich mit mir in der Öffentlichkeit zu zeigen – was hältst du davon, mich am

Samstagabend zur Benefizgala für junge Diabetespatienten zu begleiten? Unser Team unterstützt die Organisation finanziell, und meine gesamte Familie wird da sein.«

Riley überlegte. »Hm, dafür brauche ich wahrscheinlich irgendeinen schicken Fummel und hochhackige Schuhe, oder?« Sie stöhnte.

»Heißt das, du kommst mit?« Ian grinste erfreut.

Er konnte sich wirklich glücklich schätzen, dass sie ihm verziehen hatte, und er war fest entschlossen, das Beste aus dieser zweiten Chance zu machen. Für ihn war Riley einfach die perfekte Frau: Sie war intelligent und humorvoll, sie weckte mit ihrer herzerwärmenden Art bei ihm längst vergessene Gefühle, und sie ließ sich nicht alles von ihm gefallen, wofür er sie bewunderte. Und von all dem einmal ganz abgesehen schien sein Vermögen sie kein bisschen zu beeindrucken. Er musste also irgendetwas an sich haben, das sie mochte.

Das traf sich hervorragend, er mochte sie nämlich auch.

*

Riley war ziemlich überrascht, als ihr Olivia vorschlug, sich am Freitag mit ihr auf die Suche nach einem Kleid für die Gala am Samstag zu begeben. Sie hegte zwar den Verdacht, dass Ian seiner Schwester den Auftrag erteilt hatte, mit ihr einkaufen zu gehen, nahm das Angebot aber trotzdem gerne an. Etwas Ablenkung kam ihr wie gerufen, denn sie erhielt nach wie vor mysteriöse Anrufe, und der Schreck, den ihr die Nachricht ihres Vaters eingejagt hatte, saß ihr noch immer in den Knochen. Außerdem besaß sie nur ein einziges Cocktailkleid, nämlich das rote, das sie getragen hatte, als sie Ian kennengelernt hatte.

Am Freitag machten sie gegen Mittag Schluss und begaben sich zu einer Boutique in der Collins Avenue, in der man, wie Olivia wusste, auch sehr kurzfristig noch etwaige Änderungen vornehmen lassen konnte. Riley war im Rahmen diverser Schaufensterbummel bereits mehrfach an dem Laden vorbeigekommen und wusste, dass sie es sich nicht leisten konnte, dort einzukaufen, doch ehe sie ihre Bedenken äußern konnte, zückte Olivia eine schwarze Kreditkarte.

»Ich liebe es, wenn mein Bruder die Spendierhosen anhat«, verkündete sie grinsend.

»Schön für dich. Ich fürchte nur …«

Olivia blieb abrupt auf dem Bürgersteig vor dem Laden stehen, sodass ihnen mehrere Passanten ausweichen mussten. »Du glaubst doch nicht etwa, dass Ian nur *mir* etwas Gutes tun wollte, oder?«

Sie schob sich die Sonnenbrille ins Haar und sah Riley in die Augen. »Es geht in erster Linie um dich. Ich bin hier nur der Nutznießer. Also, spar dir deinen Protest. Widerstand ist zwecklos, glaub mir.«

»Das ist unglaublich süß von ihm, aber das kann ich unmöglich annehmen«, wandte Riley ein, obwohl sie innerlich dahinschmolz.

»Doch, das kannst du. So, und jetzt sei kein Spielverderber und komm mit.« Olivia packte Riley bei der Hand und zog sie hinter sich her in die Boutique, wo es nach der drückenden Mittagshitze draußen angenehm kühl war.

Im Laufe der darauffolgenden Stunde wiederholte Riley ungefähr eine Million Mal mantraartig ihr »Das kann ich nicht annehmen«, doch Olivia versicherte ihr, dass Ian tödlich beleidigt sein würde, wenn sie sein Angebot ausschlug. Sie vertraute Riley außerdem an, dass er sich noch nie für eine Frau derart ins Zeug gelegt hatte und sie ihm daher sehr viel bedeuten musste, was Riley natürlich sehr schmeichelte.

Und so kam es, dass sie schließlich das tat, was Olivia ihr befohlen hatte: Sie warf ihre Hemmungen über Bord und genoss das Shoppingerlebnis in vollen Zügen, wenngleich ihr bei dem Gedanken an das Geld nach wie vor etwas unbehaglich zumute war.

Zwei Stunden später war Riley stolze Besitzerin eines Kleides, das so exklusiv war, dass sie den Namen des Designers noch nie gehört hatte. Dazu hatte sie sich eine mit glitzernden bunten Strass-Steinen besetzte Judith-Leiber-Handtasche in der Form eines Pfaus ausgesucht. Ihre neuen Schuhe waren so teuer gewesen, dass sie vom Gegenwert hätte zwei Monatsmieten bestreiten können.

»Ich hole dich dann gleich morgen früh für den zweiten Teil unserer Exkursion ab«, versprach Olivia, ehe sie sich verabschiedeten.

»Was denn für ein zweiter Teil?«

Olivia grinste nur. »Lass dich überraschen«, sagte sie

geheimnisvoll, mit vor Begeisterung funkelnden Augen, und Riley fand sich damit ab, dass es ihr nicht gelingen würde, ihr weitere Informationen zu entlocken.

Ihr neues Kleid bedurfte noch einiger Änderungen und sollte am darauffolgenden Tag gegen 16 Uhr geliefert werden.

Als sie schließlich, mit ihren diversen Neuerwerbungen beladen, vor ihrer Wohnungstür stand, vernahm sie von drinnen das Klingeln ihres Festnetztelefons. Hastig kramte sie ihren Schlüsselbund hervor und sperrte auf, dann eilte sie ins Wohnzimmer, ließ die Tüten auf die Couch fallen und schnappte sich das Telefon. »Hallo?«, keuchte sie, völlig außer Atem.

Klick.

Aufgelegt. Schon wieder. »Herrgott noch mal!«

Das Herz klopfte ihr bis zum Hals, aber ehe sie einen klaren Gedanken fassen konnte, begann das Telefon erneut zu klingeln. Sie hielt es sich ans Ohr und brüllte: »Du verfluchter Scheißkerl! Ich schwöre dir, wenn du nicht aufhörst, mich zu belästigen, dann …«

»Riley? Was ist denn in dich gefahren?«

»Alex?« Sie sank erleichtert neben ihren Tüten auf das Sofa.

»Ja, ich bin's. Was ist passiert?«

Sie seufzte. »Nichts. Ich war vorhin shoppen, und als ich reinkam, hat das Telefon geklingelt, aber ich hatte beide Hände voll und … Egal, alles okay.«

»Ach ja? Und deshalb lässt du eine Schimpftirade vom Stapel, ehe du überhaupt weißt, wer dran ist?«

Sie schluckte schwer, wohl wissend, dass es keinen Sinn hatte, ihn anzulügen. »Mein Vater hat sich neulich gemeldet.«

Alex fluchte. »Was wollte er denn?«

»Ich war unterwegs. Die Nachricht, die er mir über meine Sekretärin hat zukommen lassen, lautete: ›Du schuldest mir was‹.«

»Ich bringe ihn um.«

»Das ist er nicht wert. Als du ihm damals gesagt hast, er soll die Finger von mir lassen, warst du noch nicht volljährig, aber jetzt musst du an deine Karriere denken. Versprich mir, dass du dich von ihm fernhältst. Du weißt doch, Hunde die bellen, beißen nicht.« Blieb nur zu hoffen, dass sie damit recht behielt.

Sie konnte sich überhaupt nicht erklären, warum er sie nach all den Jahren kontaktiert hatte.

»Das kann ich dir nicht versprechen. Ich bin zwar noch in Tampa, aber ich komme morgen zurück, und dann werde ich ein paar Recherchen anstellen. Mal sehen, was dein alter Herr in letzter Zeit so getrieben hat.«

»Danke, Alex.« Riley ließ es dabei bewenden, weil sie wusste, er würde sich nicht von seinem Vorhaben abbringen lassen.

Und sie wusste auch, dass es nicht ratsam war, jetzt Ian anzurufen. Sie war noch total neben der Spur. Er würde ihr garantiert gleich anmerken, dass etwas nicht in Ordnung war. Also schickte sie ihm stattdessen eine SMS, in der sie sich für ihr neues Kleid, die Schuhe und die Tasche bedankte.

Er antwortete umgehend. *Dich in den neuen Sachen zu sehen ist für mich Dank genug.*

Sie lächelte und hatte sich, bis sie ins Bett ging, wieder etwas beruhigt. Sie schlief allerdings trotzdem recht unruhig, weil sie in ihren Träumen immer wieder von Szenen aus ihrer unglücklichen Kindheit heimgesucht wurde. Was zum Geier konnte ihr Vater nur von ihr wollen? Inwiefern schuldete sie ihm etwas?

11

Als Riley von Olivia am nächsten Morgen abgeholt wurde, erfuhr sie, dass sie die kommenden Stunden in einem Wellnesstempel verbringen würden. Dort wurden sie zunächst ordentlich durchgeknetet und mit einer Hot-Stone-Massage verwöhnt, gefolgt von Augenbrauenzupfen, Warmwachsdepilation, Friseurtermin sowie Maniküre und Pediküre. Riley lackierte sich die Nägel normalerweise selbst, aber so perfekt bekam sie es natürlich niemals hin. Zum krönenden Abschluss wurden sie noch geschminkt. Olivia gönnte sich einen solchen Verwöhntag offenbar des Öfteren, doch für Riley war es eine brandneue Erfahrung, und sie genoss jede Minute.

Danach musste sie zu Hause nur noch in ihr neues Kleid schlüpfen und sich vom Fahrer der Limousine, mit der Ian sie abholte, beim Einsteigen helfen lassen. Ihr Begleiter thronte auf dem Rücksitz und wirkte ausgesprochen attraktiv in seinem schwarzen Smoking. Wobei sein Outfit natürlich nur schmückendes Beiwerk war – ein stattlicher Bursche wie er war nun einmal nicht zu übersehen, ganz egal, was er trug. Seine Haare waren perfekt gestylt, und der Blick seiner blaugrauen Augen ruhte auf ihr, als sie sich zu ihm gesellte.

»Du siehst atemberaubend aus«, stellte er fest, und seine Pupillen weiteten sich, während er sie aufmerksam betrachtete. So genau hatte sie noch kein Mann angesehen.

»Danke«, murmelte sie. »Du aber auch.«

»Also, wenn heute Abend jemand im Mittelpunkt stehen wird, dann bin das definitiv nicht ich.«

Sie zog den Kopf ein und spürte, wie sie rot anlief. Und nicht zum ersten Mal hegte sie die Befürchtung, dass sich dieser Mann auf Dauer in ihren Gedanken – und in ihrem Herzen einnisten könnte.

Ian hob mit einer Hand ihr Kinn ein klein wenig an. »Ich möchte nur, dass du weißt, dass ich heute Abend der glücklichste Mann auf dieser Veranstaltung sein werde.«

Er ließ den Zeigefinger an ihrem Hals entlang bis hinunter zum Schlüsselbein wandern, und Riley schauderte wohlig ob der intimen, verführerischen Berührung, bei der sich gleich ihre Brustwarzen zusammenzogen.

»Aber wenn du mich fragst, fehlt diesem Kleid noch das gewisse Etwas.« Er griff mit der freien Hand hinter sich und hielt ihr eine schmale, lange Schmuckschatulle unter die Nase.

»Ian, nein.« Sie hatte bereits ihre Prinzipien über den Haufen geworfen, indem sie sich von ihm ein Kleid, Schuhe und eine Tasche hatte spendieren lassen, und einen kompletten Wellnesstag obendrein.

Seine Miene wurde ernst. »Lass dich von mir beschenken. Bitte. Es würde mich glücklich machen. Ich möchte dir etwas geben, das … das dich an mich erinnert, wenn du es trägst.«

Sie schluckte. »Ich denke doch ohnehin ständig an dich.«

»Dann sträub dich nicht.« Er beugte sich etwas nach vorn und hauchte ihr einen sanften Kuss auf die empfindliche Stelle hinter dem Ohr, womit er ihr ein leises Stöhnen entlockte. »Nimm mein Geschenk an.«

Damit ergriff er ihre Hand und legte sie auf die Schatulle. »Bitte.«

Es war offensichtlich, dass es ihm viel bedeutete und er sehr gekränkt wäre, wenn sie es nicht täte. »Also gut.«

Prompt hellte sich seine Miene wieder auf, und beim Anblick seines erfreuten Lächelns war sie froh, dass sie nachgegeben hatte.

Er ließ die Schatulle aufschnappen. Sie enthielt eine Halskette in Weißgold mit einem zarten, tropfenförmigen Diamantanhänger – stilvoll, elegant und wunderschön.

Riley schnappte überwältigt nach Luft. Ian hatte zweifellos ein hübsches Sümmchen dafür hingeblättert, und er hatte damit voll ins Schwarze getroffen. Dieses Schmuckstück würde sie gerne tragen – nicht nur heute Abend bei der Gala, sondern jeden Tag.

Es war schlicht, apart und das perfekte Geschenk, weil er sich bei der Auswahl an ihrem Geschmack orientiert hatte.

»Sie ist traumhaft schön«, flüsterte Riley.

»Dann wirst du sie also tragen?«

Die Verunsicherung, die in seinen Worten mitschwang, rührte sie. »Es ist mir eine Ehre.« Sie hob die Haare im Nacken an und drehte sich um.

Ian legte ihr die Kette um den Hals und ließ den Verschluss zuschnappen.

Dann drehte sie sich wieder zu ihm um.

Er strich ihr die Haare über die Schultern, sodass der zarte Anhänger von ein paar Locken umrahmt wurde. »Perfekt. Genau wie du.«

Riley öffnete den Mund, um zu widersprechen. Sie war nicht perfekt, und ihre Vergangenheit bewies das nur zu deutlich. Sie hatte versucht, sie möglichst lange vor Ian zu verbergen, dabei aber stets die Befürchtung gehegt, dass ihr Vater irgendwann wiederauftauchen würde. Doch nun, da ihr Ian bereits zum wiederholten Male signalisiert hatte, wie viel sie ihm bedeutete, war es wohl an der Zeit, sich ihm anzuvertrauen.

»Ian, ich muss dir etwas sagen.«

»Später.« Er presste ihr einen Kuss auf den Mund, ließ die Zunge über ihre Lippen gleiten, eine stumme Aufforderung, sich ihm zu öffnen.

Sie schloss die Augen und gewährte ihm Einlass, nahm ihn bereitwillig in sich auf, und sogleich überschwemmte sein maskuliner Geschmack all ihre Sinne. Ian legte ihr eine Hand in den Nacken und küsste sie, als wäre sie das Einzige, das für ihn zählte.

Er verschlang sie förmlich, und sie erwiderte den Kuss mindestens ebenso gierig und leidenschaftlich. Immer wieder umkreisten ihre Zungen einander, bis der Wagen schließlich anhielt und jemand an das Fenster klopfte.

Stöhnend löste sich Ian von ihr, verharrte jedoch noch einen Augenblick, die Stirn an die ihre gelehnt, die Hand in ihrem Nacken. Sein Atem ging stoßweise, und auch Riley musste ein paarmal tief Luft holen.

Dann griff sie nach ihrer Pfauenhandtasche und entnahm ihr einen kleinen Klappspiegel. Herrje, man sah ihr deutlich an, was sie gerade getrieben hatte, denn ihr Lippenstift war total verschmiert. Sie beseitigte die Spuren ihrer Knutschsession, so gut es ging, dann musterte sie Ian prüfend und tupfte und rubbelte in seinem Gesicht herum, bis auch er wieder einigermaßen präsentabel aussah.

»Wir machen nachher da weiter, wo wir gerade aufgehört haben«, sagte er – Worte, die auf Riley genauso verführerisch wirkten wie seine Küsse.

Sie grinste. »Ich nehme dich beim Wort.« Das heftige Verlangen, das ihren Körper erfasst hatte, musste sie vorerst ignorieren, genau wie die Schuldgefühle, die sie plagten, weil sie ihm jetzt wieder nicht von ihrem Vater erzählt hatte.

Dabei wusste sie selbst nicht so genau, warum sie plötzlich den Drang verspürte, ihn einzuweihen. Ihre Finger tasteten nach dem tropfenförmigen Diamanten, der ihr Dekolleté zierte. Mit diesem Geschenk hatte er es irgendwie geschafft, den letzten Rest des Schutzwalls einzureißen, den sie um ihr Herz errichtet hatte, um Ian nicht zu nah an sich heranzulassen. Jetzt war sie bereit, ihm alles anzuvertrauen.

»Bist du so weit?«, fragte er, zwei Finger bereits am Türgriff.

Sie nickte.

Er nahm ihre Hand, öffnete die Tür und stieg aus.

Natürlich war mit Blitzlichtgewitter zu rechnen gewesen, da die Spieler ihres Teams heute Abend anwesend waren, trotzdem traf sie der Rummel unvorbereitet.

Ian schien zu spüren, dass sie eingeschüchtert war, denn er zog sie an sich und legte ihr schützend einen Arm um die Taille, während er sie nach drinnen führte.

*

Nach ein, zwei Stunden konnte Ian es kaum noch erwarten, Riley nach Hause zu bringen, ihr das Kleid auszuziehen und ihren Körper Zentimeter für Zentimeter zu erkunden, erst mit den Händen, dann mit dem Mund. Sie war mit Abstand die erotischste Frau im Raum, und nebenbei bemerkt die mit der meisten Klasse. Ihr asymmetrisch geschnittenes schwarzes Kleid mit den silbernen Besätzen und dem eleganten hohen Beinschlitz gewährte einen verführerischen Blick auf ihren gebräunten Oberschenkel. Dazu trug sie unheimlich scharfe, geradezu atemberaubend hochhackige Schuhe. Bei ihrem Anblick lief Ian das Wasser im Mund zusammen.

Kein Wunder also, dass er schon die ganze Zeit mit einem Ständer herumlief. Er wusste, dass er zumindest bleiben musste, bis die Ansprachen vorbei waren, und hatte sich rasch damit abgefunden, Riley nur dann und wann ein paar Minuten für sich zu haben, denn seine

Familie hatte sie seit ihrer Ankunft total mit Beschlag belegt. Da sie sich auf einer öffentlichen Veranstaltung befanden, musste er auch noch gute Miene zum bösen Spiel machen, während seine Brüder mit ihr tanzten und sie dabei vermutlich ungeniert befingerten. Doch sie erweckte den Anschein, als würde sie es genießen, denn sie lächelte oder lachte die ganze Zeit.

Er zwang sich, seine Eifersucht hinunterzuschlucken, und rief sich in Erinnerung, dass es sich hier nicht um irgendwelche wildfremden Kerle handelte, sondern um seine Brüder. Und an denen konnte er sich zumindest beizeiten rächen – etwa mit ein paar gezielten Ellbogeneinsätzen und besonders fiesen Würfen bei einem sonntäglichen Basketballspiel. Kopfzerbrechen bereitete ihm aber auch Olivias tief ausgeschnittenes Kleid. Seine Schwester hatte es sichtlich darauf abgesehen, Dylan Rhodes eifersüchtig zu machen, indem sie ständig mit anderen Männern tanzte, wobei sie immer wieder zu ihm rüberschielte, um sich zu versichern, dass er ihr auch zusah. Zum Glück benahm sich wenigstens Avery einigermaßen anständig. Bis jetzt jedenfalls.

Selbst seine Mutter schien sich blendend zu amüsieren. Sie tanzte schon den ganzen Abend mit ein und demselben Verehrer, einem Herrn mit silbergrauem Haar. Hm. Dem Kerl sollte er wohl mal etwas auf den Zahn fühlen. Da Riley noch immer mit Tyler beschäftigt war, packte Ian die Gelegenheit beim Schopf und begab sich zu seiner Mutter auf die Tanzfläche.

»Darf ich abklatschen?«, fragte er.

»Aber gern, Sohnemann. Michael, darf ich vorstellen, das ist Ian. Ian, das ist Michael Brooks; seine Versicherung gehört zu den wichtigsten Spenderorganisationen bei der Auktion nachher.«

Ian nickte. »Ah, ja.«

Brooks streckte ihm die Hand hin. »Ihre Mom schwärmt schon den ganzen Abend von Ihnen. Sie scheint Ihr größter Fan zu sein.« Sie schüttelten sich die Hände. »Sie haben ja auch wirklich schon viel für das Team getan, seit Sie für Thunder arbeiten. Ich bin beeindruckt.«

»Vielen Dank.« Blieb nur zu hoffen, dass das nicht bloß so dahingesagt war, um ihm Honig ums Maul zu schmieren und vor seiner Mutter gut dazustehen. Arschkriecher konnte Ian auf den Tod nicht ausstehen.

»Ich selbst bin leider Breakers-Fan«, fuhr Brooks mit einem Schmunzeln fort.

»Ein Jammer.« Okay, wie es aussah, hatte er es doch nicht darauf abgesehen, sich einzuschleimen. Ian bewunderte die Aufrichtigkeit seines Gegenübers, wenngleich sich über seinen Geschmack in puncto Football streiten ließ. »Und Mom tanzt trotzdem mit Ihnen? Das überrascht mich.«

»Ich habe sie eben mit meinem Charme bezirzt«, scherzte Brooks. »Ihre Mutter ist eine ganz reizende Lady. Da legt man sich als Mann gern ein bisschen ins Zeug.«

»Allerdings.«

»Tja, dann will ich mal nicht weiter stören. Ich warte an der Bar auf dich, Emma.«

Seine Mutter lächelte ihn an. »Bis nachher!«

»Hat mich gefreut, Sie kennenzulernen, Ian.« Brooks nickte ihm zu und machte sich auf den Weg zur Bar.

Emma Dare sah ihm nach.

»Ihr kennt euch wohl schon länger?«, mutmaßte Ian.

»Wir sind beide Mitglieder der Organisation für junge Diabetespatienten, die die heutige Gala veranstaltet hat.«

Ian zog sie an sich, und schon schwebten sie im Takt zu einem langsamen Walzer gemeinsam übers Parkett. »Den werde ich mal etwas genauer unter die Lupe nehmen.«

»Das wirst du nicht tun. Ich bin eine erwachsene Frau und …«

»Was zum Teufel wollen die denn hier?«, stieß Ian hervor, ehe sie den Satz beenden konnte. Er hatte soeben Alex, Savannah und seinen Vater erspäht.

»Wer?« Seine Mutter folgte seinem Blick zum Eingang.

»Mein Vater, seine zweite Frau und Alex.« Beim Anblick der drei bekam Ian schlagartig schlechte Laune.

Er war stehen geblieben, doch seine Mutter zwang ihn weiterzutanzen. »Genieß den Abend und lass dich von ihnen nicht aus dem Konzept bringen«, sagte sie mit fester Stimme.

Artig setzte er sich wieder in Bewegung, darum bemüht, ihrem Rat zu folgen. »Ich verstehe echt nicht, wie du das schaffst.«

»Was denn?«

»Wie kannst du vergessen, was dir Dad angetan hat? Wie kannst du einfach so tun, als wäre nichts passiert?«, fragte er, doch als er ihr in die Augen sah, erblickte er dort nur Milde und Nachsichtigkeit.

»Wie du weißt, haben dein Vater und ich nicht aus Liebe geheiratet, Ian.«

»Rechtfertigt das etwa sein Verhalten?« Ihm war selbst bewusst, wie verbittert er klang, aber er konnte nichts dagegen unternehmen.

»Nein, aber es ist nun mal eine Tatsache. Ehrlich gesagt gehörte mein Herz einem anderen, als ich deinen Vater kennengelernt habe – nämlich Jonathan Daniels, unserem Gärtner«, gestand sie und errötete.

Ian ahnte bereits, worauf dieses Gespräch hinauslaufen würde. »Mom …«

»Nein. Du wirst mir jetzt mal gut zuhören. Du bist inzwischen weiß Gott alt genug für diese Unterhaltung.«

Er blinzelte verblüfft, dann nickte er, weil er wusste, wenn Emma Dare diesen Ton anschlug, duldete sie keine Widerrede. Außerdem konnte er gerade nicht die Flucht ergreifen, ohne für Aufsehen zu sorgen.

»Okay, ich bin ganz Ohr.« Er hatte keine andere Wahl. Immerhin konnte er sicher sein, dass niemand mithörte.

»Jonathan und ich waren bis über beide Ohren ineinander verliebt, aber du weißt ja, aus was für Verhältnissen ich stamme – deine Großeltern hätten diese Verbindung niemals gebilligt. Wir haben uns immer bloß heimlich getroffen. Bis bei meinem Vater Leukämie im Endstadium diagnostiziert wurde. Er brauchte einen Nachfolger für sein Hotelimperium, und er war seit Langem mit Roberts Vater befreundet, obwohl sie eigentlich Konkurrenten waren. Sie beschlossen, zu fusionieren und Robert zum alleinigen Geschäftsführer zu machen. Unsere Heirat war ein Teil dieser Vereinbarung.«

Ian schnitt eine Grimasse. Ein eiskalter Deal, den zwei Männer auf Kosten ihrer Kinder eingegangen waren – einer, von dem vor allem Robert Dare profitiert hatte, denn er war auf diese Weise zum alleinigen Herrscher über zwei Hotelketten avanciert.

»Hast du nie in Erwägung gezogen, dich zu weigern?«, fragte er.

Sie schüttelte den Kopf. In ihren Augen glänzten unvergossene Tränen. »Ich habe meinen Vater über alles geliebt, und er lag im Sterben. Er hatte keinen Sohn, und ich war nicht dafür geeignet, seine Nachfolge anzutreten.«

Sie stieß einen brunnentiefen Seufzer hervor, der Ian schier das Herz brach.

»Tja, und das war's dann mit Jonathan.«

Ian schluckte schwer. Ihm erschien ein derartiger Verzicht absolut unvorstellbar. Wäre er in der Lage, Riley einfach aufzugeben?

Wohl kaum, dafür war sie ihm inzwischen schon viel zu wichtig. Herrje.

»Hast du eine Ahnung, was aus ihm geworden ist?«, erkundigte er sich.

»Nein, wir waren uns einig, dass es wohl besser ist, wenn wir uns für immer Lebewohl sagen.«

»Du hast also die Liebe deines Lebens ziehen lassen, um Dad zu heiraten, und er hat dich dafür betrogen.« Ian schüttelte den Kopf. Nach allem, was ihm seine Mutter gerade erzählt hatte, erschien ihm der Verrat seines Vaters nur noch verwerflicher.

Sie seufzte. »Robert und ich haben eine ziemlich ... ›traditionelle‹ Ehe geführt, wie so viele andere in unseren gesellschaftlichen Kreisen. Er war oft unterwegs, und falls er je fremdgegangen sein sollte, dann habe ich bewusst die Augen davor verschlossen. Nachdem ich wegen Siennas Krankheit von seiner zweiten Familie erfahren hatte, fühlte ich mich über Jahre hinweg ... wie betäubt.« Sie schüttelte den Kopf. »Ich habe nur mehr für dich und deine Geschwister gelebt und alle anderen Gefühle einfach ausgeblendet.«

»Ach, Mom ...«

»Das Leben ist eben zuweilen unfair, das wissen wir beide. Aber ich verdanke der Vereinbarung unserer Väter fünf wunderbare Kinder, und mein Gewissen ist rein, weil ich Robert immer treu war. Mit seinen Schuldgefühlen muss er selbst klarkommen. Ich wünschte nur, ich hätte dir die schmerzliche Erfahrung, von deinem Vater verlassen zu werden, ersparen können. Ich finde es unendlich traurig, dass du nach wie vor so verbittert bist und ständig damit rechnest, enttäuscht zu werden.«

Ian verstärkte den Griff um ihre Finger, glitt aber weiter mit ihr über die Tanzfläche. »Ich habe ihn eben vergöttert. Er war mein großes Vorbild ...« Er schüttelte den Kopf. Er hasste diese Erinnerungen.

»Dein Vater war – und ist – auch nur ein Mensch, wie wir alle. Ein Mensch mit Schwächen und Fehlern, ja. Aber er liebt Savannah, und soweit ich weiß, hat er sie auch nie betrogen. Was meiner Meinung nach beweist, dass wir beide eine Mitschuld daran tragen, dass es so gekommen ist. Weil wir bereit waren zu heiraten, obwohl wir uns nicht geliebt haben.«

Er blinzelte. »Du warst in einen anderen verliebt, aber du bist trotzdem nicht fremdgegangen. Und das macht sein Vergehen in meinen Augen unentschuldbar.«

»Ich bin ganz deiner Meinung. Ich gebe ja auch nur zu bedenken, dass niemand perfekt ist. Man muss einfach versuchen, das zu akzeptieren und Enttäuschungen hinter sich zu lassen, statt ewig darunter zu leiden wie du. Das Leben geht weiter, aber das scheinst du vergessen zu haben.«

Da konnte er ihr nicht widersprechen.

»Und das, was Sienna durchgemacht hat, wünsche ich keinem Menschen, vor allem keinem unschuldigen Kind«, fuhr sie fort.

Ian nickte. »Ich habe mich ihr gegenüber wohl nicht gerade fair verhalten«, räumte er beschämt ein. »Und auch ihren Geschwistern gegenüber.« In puncto Versöhnlichkeit konnte er sich von seiner Mutter noch eine dicke Scheibe abschneiden.

»Selbsterkenntnis ist der erste Schritt zur Besserung.«

»Dafür ist es jetzt wohl zu spät.« Das hatte die Tatsache, dass Alex und seine Geschwister dem Abendessen neulich ferngeblieben waren, sehr deutlich bewiesen.

Seine Mutter schüttelte den Kopf. »Es ist nie zu spät,

solange du am Leben bist. Also, lass die Vergangenheit ruhen.« Ihre Worte trafen ihn bis ins Mark.

Wieder nickte Ian, ernüchtert und geläutert zugleich. Er wusste nicht, ob er es schaffen würde, aber nach allem, was ihm seine Mutter soeben erzählt hatte, und in Anbetracht des großen Opfers, das sie gebracht hatte, schwor er sich, dass er es zumindest versuchen würde. Für sie.

*

Riley lauschte vergnügt einem Schlagabtausch zwischen Olivia und Avery, bei dem es wieder einmal jede Menge zu lachen gab. Vorhin hatte sie auch Ians Mutter kennengelernt und sie auf Anhieb sehr sympathisch gefunden, zumal sie Emma Dare überaus herzlich begrüßt und dafür gesorgt hatte, dass sie sich gleich willkommen fühlte. Vor allem im Hinblick auf seine schwierigen Jugendjahre war Riley heilfroh, dass Ian diese drei Frauen hatte – und dass ihm im Gegensatz zu vielen anderen Menschen auch bewusst war, was er an seiner Familie hatte.

Scott und Tyler, die sie beide zum Tanzen aufgefordert hatten, erinnerten sie sehr an Alex, wenn er gut gelaunt war. Sie liebten es, Ian zu provozieren, etwa, indem sie viel zu eng mit ihr tanzten. Offenbar war ihnen klar, dass seine Eifersucht zu seinen größten Schwächen gehörte. Sie hatte versucht, die beiden etwas auf Abstand zu halten, aber sie hatten bloß gelacht und weitergetanzt.

»Kannst du uns vielleicht verraten, wie du Ians nervigen Kontrolltick aushältst?«, sagte Avery, zu Riley gewandt.

Dieser war nicht entgangen, dass Ian bei beiden Schwestern abgeklatscht hatte, als sie mit anderen Männern getanzt hatten, und gerade eben hatte er dasselbe bei seiner Mutter getan.

Trotzdem errötete Riley unwillkürlich, denn es gab durchaus Momente, in denen sie es genoss, wenn er die Führung übernahm. Aber ihr fielen auch genügend andere Gelegenheiten ein, bei denen es ihr gehörig gegen den Strich gegangen war.

»Naja, ich weise ihn eben in die Schranken«, sagte sie achselzuckend zu Avery und nippte an ihrem Champagner, da sie nicht wusste, was sie sonst noch dazu sagen sollte.

»Und das nimmt er einfach so hin?«, fragte Olivia.

Riley schüttelte den Kopf und lachte. »Nicht immer.«

»Und was passiert, wenn er aufmüpfig wird?«, hakte Olivia nach.

»Das verrate ich euch nicht.« Riley grinste, und ihre beiden Gesprächspartnerinnen grunzten belustigt.

»Guten Abend, meine Damen.«

Riley erstarrte, als sie Alex' Stimme vernahm. Dann wirbelte sie überrascht herum. »Was machst du denn hier?«

Er sah gut aus in seinem Smoking. Sonst freute sie sich zwar immer, ihn zu sehen, aber nicht gerade jetzt und hier. Ian würde ausflippen, und das war das Letzte, was sie heute brauchen konnte, zumal der Abend bislang so harmonisch verlaufen war.

»Meine Eltern spenden immer einen Batzen Geld an die Organisation für junge Diabetespatienten, warum sollte ich also nicht hier sein?« Er drehte sich zu Avery und Olivia um. »Hi, ihr zwei. Schön, euch zu sehen.«

Die beiden bedachten ihn mit einem scheelen Blick.

Dann straffte Olivia, die, wie Riley bereits aus Erfahrung wusste, die direktere von ihnen war, die Schultern.

»Du schuldest uns allen eine Entschuldigung«, sagte sie. »Oder findest du es etwa höflich, eine Einladung zum Dinner anzunehmen und dann einfach nicht zu erscheinen, ohne Absage oder Erklärung?«

Er fuhr sich mit den Fingern durch das halblange braune Haar. »Das ist eine Angelegenheit zwischen Ian und mir.«

»Das sehe ich anders. Schließlich habe ich euch in seinem Namen eingeladen«, erinnerte ihn Olivia.

Riley zog die Nase kraus, hielt sich jedoch bewusst aus der Unterhaltung heraus. Ihr war klar, dass diese Angelegenheit nur Alex und seine Halbgeschwister betraf, ungeachtet der Tatsache, dass sie emotional ebenso darin verstrickt war.

Alex musterte Olivia einen Moment lang, dann nickte er bedächtig. »Du hast recht, das war unhöflich, und es tut mir leid.«

Riley riss überrascht die Augen auf. Sie war stolz auf ihren besten Freund.

»Besteht die Chance, dass du das in der Anwesenheit

von Ian wiederholst?«, fragte Olivia, wohl wissend, dass die Frage ziemlich provokant war.

»Was soll er in meiner Anwesenheit wiederholen?«, wollte Ian wissen, der sich soeben zu ihnen gesellt hatte.

Riley seufzte.

Er trat zu ihr, schlang ihr einen Arm um die Taille und zog sie mit einer besitzergreifenden Geste an sich. Sie schmiegte sich ganz automatisch an ihn, genoss es, seine Wärme zu spüren, und sog den erregenden Duft seines Rasierwassers ein.

Nachdem die Halbgeschwister einander einen Moment lang skeptisch beäugt hatten, meldete sich Olivia als Erste zu Wort. »Ich glaube, Avery und ich gehen jetzt tanzen, nachdem der DJ endlich mal einen flotteren Song aufgelegt hat. Darauf warte ich ohnehin schon die ganze Zeit.«

Und schon war Riley mit den beiden Männern allein. Sie sah gespannt von Ian zu Alex und fragte sich, welcher von ihnen wohl das Eis brechen würde.

»Hallo, Alex«, sagte Ian und streckte seinem Halbbruder die Hand hin.

Riley konnte sich lebhaft vorstellen, wie viel Überwindung es ihn gekostet haben musste, seinen Stolz hinunterzuschlucken und den ersten Schritt zu tun. Ihr war klar, dass er es nur ihretwegen getan hatte. Bei dem Gedanken erfasste sie eine tiefe Zuneigung zu diesem geheimnisvollen, verschlossenen Mann, die sich verdächtig nach Liebe anfühlte.

Liebe.

O Gott.

Ihr blieb keine Zeit, das Gefühl näher zu analysieren, denn Alex hatte noch nicht geantwortet. Sie musterten ihn beide abwartend, und Ian sah aus, als wäre jeder einzelne seiner Muskeln zum Zerreißen gespannt.

Dann ergriff Alex endlich seine Hand. »Hallo, Ian.«

Riley war froh, dass Ians Arm noch immer um ihre Taille lag, denn sie hatte vor Erleichterung ganz weiche Knie.

So halb erwartete sie, dass die beiden eilends einen Grund finden würden, um wieder getrennte Wege zu gehen, doch sie plauderten noch eine Weile über Berufliches und erörterten die Aussichten ihrer jeweiligen Teams für die kommende Saison.

Das war immerhin ein Anfang, dachte Riley hocherfreut und noch immer ausgesprochen erleichtert. Sie hätte es nicht ertragen, wenn diese zwei Männer, die ihr beide so viel bedeuteten, weiterhin miteinander auf Kriegsfuß gestanden hätten.

»Und, alles klar?«, erkundigte sich Alex schließlich bei Riley und unterbrach damit ihre Gedankengänge.

»Äh, ja, alles bestens«, sagte sie rasch und warf ihm einen warnenden Blick zu. Sie wollte auf keinen Fall auf das zu sprechen kommen, was sie ihm gestern am Telefon erzählt hatte.

Leider hatte er den Wink mit dem Zaunpfahl nicht verstanden. »Ich habe einen Privatdetektiv auf deinen Vater angesetzt, der hoffentlich bald herausfinden wird, was dieser Scheißkerl im Schilde führt.« Mist.

»Was? Wieso? Was ist passiert?«, wollte Ian wissen.

Riley stöhnte auf. »Ich …« Sie verstummte gleich wieder, weil sie nicht wusste, wo sie anfangen sollte.

Alex warf ihr einen bedauernden Blick zu. »Entschuldige, Riley, ich dachte, er wüsste Bescheid.«

»Worüber?« Ians Finger bohrten sich in ihre Taille.

Riley gab ein verhaltenes »Aua« von sich, worauf er seinen stählernen Griff etwas lockerte.

»Hast du mir etwas verschwiegen?«, hakte er erneut nach.

Sie schluckte und sah zu ihm hoch. »Du erinnerst dich vielleicht, dass ich dir vorhin im Auto etwas sagen wollte, aber dann … wurden wir abgelenkt.«

Ian schob das Kinn nach vorn und nickte. Er hasste es, im Dunkeln zu tappen. Und vor allem hasste er es, dass Riley seinen Halbbruder offenbar in ihr Geheimnis eingeweiht hatte und ihn nicht.

»Naja, da ging es genau um dieses Thema.«

»Ich weiß leider nicht, was *dieses Thema* ist«, ätzte er. Er fühlte sich gedemütigt, als hätte sie ihn irgendwie hintergangen.

Alex schüttelte den Kopf. »Herrgott noch mal, Riley, warum hast du ihm nicht erzählt, dass dein Alter wieder aufgetaucht ist? Ich dachte, ihr zwei seid ein Paar!« Er deutete auf Ian. »Du hast mir sogar damit gedroht, dass ich dich verlieren würde, wenn ich nicht zur Besinnung komme und mich mit ihm vertrage. Da bin ich natürlich davon ausgegangen, dass du ihn informiert hast.«

»Tja, falsch gedacht«, informierte ihn Ian. »Ich habe keinen blassen Schimmer, wovon ihr redet, aber ich werde es herausfinden, verlasst euch drauf.« Seine Stimme zitterte vor Wut. Dann packte er Riley am Arm und sagte: »Komm mit. Wir gehen.«

»Vergiss es.« Alex baute sich vor ihm auf. »Du verlässt diese Veranstaltung auf gar keinen Fall, solange du so aufgebracht bist.«

»Lass gut sein, Alex«, wehrte Riley ab.

Alex musterte Ian mit einem drohenden Blick. »Wehe, wenn du ihr etwas antust. Wenn du ihr auch nur ein Haar krümmst, dann ...«

»Nun hör schon auf, Alex!«, zischte Riley. »Das hier ist allein meine Sache und geht dich überhaupt nichts an. Und außerdem würde mir Ian niemals wehtun.«

Ian hatte die freie Hand zur Faust geballt und hätte seinem Halbbruder zu gern die Fresse poliert.

»Wag es ja nicht, mir vorzuschreiben, wie ich mit meiner Freundin umzugehen habe«, presste er hervor. Alex sollte ein für alle Mal wissen, dass er, Ian, bei Riley höher im Kurs stand. »Und wenn du glaubst, sie wäre mit mir zusammen, wenn sie fürchten müsste, dass ich ihr etwas antue, dann kennst du sie wohl doch nicht so gut wie du meinst.«

»Du bist hier derjenige, der sie nicht kennt.«

Der Punkt geht an dich, dachte Ian. Er konnte es kaum erwarten, sie nach Hause zu bringen. Mit ihr allein zu sein.

Alex wich einen Schritt zurück. »Ruf mich morgen früh an«, sagte er zu Riley.

Sie nickte, und dann wurde sie auch schon von Ian quer durch den Ballsaal zum Ausgang geschleift. In ihren hochhackigen Schuhen hatte sie Mühe, mit ihm Schritt zu halten.

»Warte! Wir können doch nicht einfach verschwinden, ohne uns von deiner Familie zu verabschieden«, wandte sie ein. »Sie werden es verschmerzen.«

»Und was ist mit den Ansprachen? Wolltest du nicht abwarten, bis der offizielle Teil vorbei ist?«

»Das ist nicht nötig. Thunder ist hier bestens vertreten.«

»Na dann ...«, murmelte sie und fügte sich in ihr Schicksal, was ihn in seiner Überzeugung bestärkte, dass er zu Recht aufgebracht war.

Er redete erst wieder mit ihr, als sie auf dem Rücksitz der Limousine Platz genommen hatten und die Scheibe, die sie vom Fahrer trennte, geschlossen war. »Du hattest also ein Problem, und du hast dich damit nicht an mich gewandt, sondern an Alex«, stellte er mit gepresster Stimme fest.

Sie blinzelte ihn an. »Was? Unsinn, so war es nicht. Er hat mich zufällig angerufen, als ich ... Nein, warte, ich fange wohl besser ganz am Anfang an.« Sie rückte von ihm ab und kauerte sich in die Ecke, als würde sie Abstand benötigen.

Ian ließ sie gewähren. Vorläufig zumindest.

»Du weißt ja bereits, dass es um meinen Vater geht«, sagte sie geradeheraus.

»Über den du nie sprichst.«

Sie nickte und ließ den Kopf hängen. Aus Scham?

Das wollte er nicht hoffen. Sie sollte niemals das Gefühl haben, ihm nicht in die Augen blicken zu können.

»Sieh mich an, Riley.«

Sie hob den Kopf, und er sah, dass sie Tränen in den Augen hatte.

Mist. Er rutschte zu ihr rüber und schmiegte ihr eine Hand an die Wange. »Erzähl.«

Sie schluckte schwer. Nickte.

Er ließ die Hand sinken, rückte jedoch keinen Zentimeter von ihr ab.

»Alex hat dir vorhin doch gedroht, für den Fall, dass du mir etwas antust. Das hat er gesagt, weil ... Naja, es ist ein heikles Thema für mich. Und für ihn auch.« Sie zögerte, doch Ian drängte sie nicht, ließ ihr Zeit, damit sie ihre Gedanken sortieren konnte. »Mein Vater war und ist ein gewalttätiges Schwein.«

Ian erstarrte. Darauf war er nicht gefasst gewesen.

Kein bisschen. »Er hat dich *geschlagen*?«

Sie ließ die Schultern hängen. »Als ich noch kleiner war, hat meine Mutter das meiste abbekommen. Sie hat dafür gesorgt, dass er seine Wut an ihr ausließ, nicht an mir. Nach ihrem Tod habe ich einfach zugesehen, dass ich ihm möglichst aus dem Weg gehe, und eine Zeit lang war er damals auch etwas weniger aggressiv.«

Riley starrte auf ihre ineinander verkrampften Finger, und Ian schluckte den schalen Geschmack hinunter, den er plötzlich im Mund hatte. Sie hatte einmal erwähnt, dass sie mit sechzehn ihre Mutter verloren hatte.

»Wenig später musste er sich die Gallenblase entfernen lassen, und im Krankenhaus hat er dann meine

Stiefmutter kennengelernt. Sie war Krankenschwester auf seiner Station. Anfangs hat er sich ihr von seiner Schokoladenseite präsentiert, hat sie umworben und zum Essen ausgeführt, aber nach der Hochzeit hat er ihr dann sein wahres Gesicht gezeigt.« Sie holte zitternd Luft. »Allerdings ist ihm bald aufgegangen, dass Melissa, meine Stiefmutter, aus einem ganz anderen Holz geschnitzt ist als seine erste Frau. Sie ist echt tough.«

Ian nickte. »Du hast sie schon mal erwähnt. Damals hast du gesagt, dass du nur noch Alex und sie hast.«

Riley nickte. »Ich liebe sie über alles. Sie war mir das Vorbild, das mir meine Mutter nicht sein konnte. Versteh mich nicht falsch, ich habe auch meine Mom geliebt, und sie fehlt mir immer noch schrecklich. Und ich weiß, dass sie mich beschützt hat, aber sie war nicht in der Lage, für sich selbst zu kämpfen. Wäre Melissa nicht in mein Leben getreten, dann wäre es mit meinem Selbstwertgefühl heute wohl nicht weit her. Sie hat mich immer wieder ermahnt, nichts auf die herabsetzenden Kommentare zu geben, mit denen mich mein Vater jahrelang bombardiert hat.«

Bei ihren Worten drehte es ihm den Magen um. Er ergriff ihre zitternden Hände. »Hör zu, Riley, mir war von Anfang an klar, dass du eine starke Frau bist.«

Sie lächelte. »Inzwischen würde ich das auch von mir behaupten – meistens zumindest.«

»Hat er je die Hand gegen Melissa erhoben?«

»Nein. Die beiden haben sich oft lautstark gestritten, aber irgendwie hat er es geschafft, seine Wut im Zaum zu halten. Wahrscheinlich war ihm klar, dass Melissa zur Polizei gehen würde.«

»Und das hat deine Mom nie getan?«, fragte er, obwohl er bereits ahnte, wie ihre Antwort lauten würde.

»Ich habe sie angefleht, ihn anzuzeigen, aber sie hat es nicht getan.«

»Und, was ist passiert?« Irgendetwas musste das empfindliche Gleichgewicht gestört und zur Eskalation geführt haben.

»Naja, sein Alkoholkonsum stieg.« Riley rümpfte die Nase. »Er hatte schon vorher viel getrunken, aber nach der Heirat mit Melissa wurde es noch schlimmer. Wahrscheinlich hat er versucht, auf diese Weise seine Wut zu betäuben. Eines Tages – Melissa hatte Spätschicht – hat er mich zur Sau gemacht, weil das Abendessen nicht zur üblichen Uhrzeit auf dem Tisch stand. Und nicht genug damit, dass ich nicht gekocht hatte, ich habe auf seine Beschimpfungen auch noch mit Widerworten reagiert, und da sind bei ihm die Sicherungen durchgebrannt. Er … hat mir mit voller Wucht ins Gesicht geschlagen.«

Ihre Worte versetzten Ian so in Rage, dass er am liebsten auf irgendetwas eingedroschen hätte. Doch er riss sich zusammen, denn ihm war klar, dass eine solche Reaktion von seiner Seite aus alles andere als hilfreich gewesen wäre.

»Lass dir Zeit«, sagte er mit einer sanften Stimme, die ihm selbst fremd vorkam.

Sie nickte. »Ich … ich habe versucht, die Spuren zu überschminken, aber es hat natürlich nicht viel genützt.

Alex ist total ausgeflippt, als er es am nächsten Tag gesehen hat. Irgendwie war ich von seiner Reaktion überrascht. Ich hatte das Gefühl, dass ich noch Glück im Unglück gehabt hatte. Verglichen mit den Prügeln, die Mom ständig von meinem Vater bezogen hatte, war eine Ohrfeige in meinen Augen nun wirklich kein großes Drama. Was ich Alex gegenüber natürlich nicht geäußert habe. Er jedenfalls hat geschäumt vor Wut.«

»Das spricht für ihn«, brummte Ian.

»Er ist meinem Vater an die Gurgel gegangen und hat zugedrückt, bis er buchstäblich blau anlief. Und er hat damit gedroht, ihm das Genick zu brechen, sollte er mich je wieder misshandeln.«

Ian schloss die Augen und dankte im Stillen seinem Halbbruder, den er nie hatte kennenlernen wollen und der eine völlig irrationale Eifersucht bei ihm geweckt hatte.

Rileys raues Lachen holte ihn wieder in die Gegenwart zurück. »Und stell dir vor, mein Vater hat doch tatsächlich die Dreistigkeit besessen, Alex mit einer Anzeige zu drohen. Unfassbar, nicht? ›Nur zu‹, hat Alex gefaucht und ihm das Knie in die Eier gerammt. Das sei nur ein kleiner Vorgeschmack, hat er gesagt, und dann hat er mich mit zu sich nach Hause genommen.«

Sie schüttelte den Kopf, sichtlich in Gedanken versunken. »Alex war damals siebzehn und schon ein richtiger Muskelprotz, weil er als Footballspieler ständig trainieren musste. Mein Vater hätte es garantiert nicht gewagt, noch einmal die Hand gegen mich zu erheben.«

»Und wie ging es danach weiter?«, wollte Ian wissen.

»Ich habe Melissa im Krankenhaus angerufen, und sie ist auf der Stelle nach Hause gekommen, um ihre Koffer zu packen. Sie hat meinem Vater gesagt, dass ich bis zu meinem achtzehnten Geburtstag bei ihr wohnen würde, und wenn er damit ein Problem hätte, könne er sie gern verklagen. Er hat keine Einwände erhoben. Wahrscheinlich, weil ihn Alex keine Sekunde aus den Augen gelassen hat, während wir unsere Siebensachen zusammengesucht haben. Das war das letzte Mal, dass ich ihn gesehen habe. Danach habe ich jahrelang nichts von ihm gehört, bis zu meiner Rückkehr aus Arizona neulich.«

Ian musterte sie mit schmalen Augen. »Womit wir wieder in der Gegenwart angelangt wären.«

Sie nickte. »Ich hatte mehrere Anrufe auf dem AB. Der Anrufer hat jedes Mal aufgelegt, ohne eine Nachricht zu hinterlassen, und ich wäre nie auf die Idee gekommen, dass mein Vater dahinterstecken könnte. Vor Kurzem erzählte mir dann Angie, als ich ins Büro kam, es hätte jemand für mich angerufen und mir ausrichten lassen, dass ich ihm etwas schulde. Und wie gesagt, als ich am Freitagabend nach der Shoppingtour mit Olivia nach Hause kam, klingelte mal wieder das Telefon, und der Mensch am anderen Ende der Leitung hat kein Wort gesagt. Ich konnte bloß jemanden atmen hören. Unmittelbar danach hat es noch einmal geklingelt, und ich bin rangegangen und habe gleich losgeschimpft. Diesmal jedoch war Alex dran, und er wollte natürlich wissen, was los ist. Erst habe ich versucht, die ganze

Angelegenheit als harmlos abzutun, aber er wollte mir nicht glauben, also habe ich es ihm erzählt.«

»Und warum hast du *mich* nicht angerufen? Hast du mir nicht vertraut? Warum erfahre ich das alles erst jetzt?«

Er zwang sich, ruhig zu bleiben, ihr nicht zu zeigen, wie frustriert und enttäuscht er war, aus Angst, sie womöglich für immer zu verlieren, wenn er jetzt austickte.

»Mit Vertrauen hat das überhaupt nichts zu tun. Es war mir unangenehm, dir zu erzählen, dass ich unter diesen Umständen aufgewachsen bin. Außerdem hatte ich mit der Vergangenheit abgeschlossen. Ich habe sie einfach totgeschwiegen, habe nie an meinen Vater gedacht, geschweige denn über ihn geredet.« Sie wandte betreten den Blick ab.

Wieder legte er ihr eine Hand unters Kinn und zwang sie, ihm in die Augen zu sehen, in der Hoffnung, dass der Blickkontakt die Kommunikation zwischen ihnen erleichtern würde.

»Glaub mir, ich finde es auch nicht gerade prickelnd, mich mit meiner Familiengeschichte auseinanderzusetzen, aber dank Alex bleibt mir gar nichts anderes übrig. Und ich gebe mir Mühe. Deinetwegen.«

Wenn er schon über seinen Schatten sprang und sich ins Zeug legte, durfte er doch wohl erwarten, dass sie im Gegenzug ähnliche Anstrengungen unternahm.

»Und, was willst du jetzt von mir hören? Ich hätte es dir erzählen sollen, aber ich habe es nicht getan.«

»Weil du ein Problem damit hast, anderen Menschen zu vertrauen.« Und dabei hatte er angenommen, dass es nur ihm so schwerfiel, anderen Menschen Vertrauen entgegenzubringen.

Sie blinzelte überrascht. »Sieht ganz danach aus, ja.«

Zum Teil konnte er das durchaus nachvollziehen. Ihm machte sein mangelndes Vertrauen in seine Mitmenschen ja auch noch zu schaffen. Andererseits sollte sie doch inzwischen wissen, dass sie zu ihm gehörte, und deshalb mit jedem wie auch immer gearteten Anliegen zu ihm kommen konnte. Dass er ihr genau das geben konnte, was sie brauchte.

Er wollte, dass sie das nächste Mal *gleich* zu ihm kam.

Und zwar nur zu ihm und zu niemandem sonst.

12

Ian stand neben Riley in seinem Wohnzimmer und betrachtete die funkelnden Sterne draußen vor der großen Fensterfront. Nach allem, was sie ihm über ihre Kindheit erzählt hatte, bewunderte er sie nur noch mehr. Sie war bedeutend stärker, als er angenommen hatte, und jetzt konnte er auch besser nachvollziehen, warum sie eine so enge Beziehung zu seinem Halbbruder hatte.

Doch all das konnte sein heftig pochendes Herz nicht beruhigen. Er war wie besessen von der Angst, dass Alex für sie stets an erster Stelle kommen würde. Ihm war klar, dass diese Angst vollkommen irrational war, schließlich hatte Riley die Entscheidung, Alex vor ihm einzuweihen, nicht bewusst getroffen. Sie hatte ihn bloß rein zufällig als Erstes an der Strippe gehabt. Ian war auch klar, dass seine Angst und Eifersucht irrational waren, weil sie auf der Verunsicherung des vom Vater verlassenen Kindes basierten, das er mal gewesen war. Doch mittlerweile war er erwachsen, und man hätte doch annehmen können, dass ihm dieser Umstand eine andere Sicht der Dinge ermöglichen sollte.

Seine Mutter hatte ihm dringend ans Herz gelegt, die Vergangenheit endlich ruhen zu lassen, und einen besseren Zeitpunkt als jetzt würde es dafür wohl kaum geben. Die große Frage lautete nun: War er dazu imstande?

»Ian?«, flüsterte Riley neben ihm.

Er sah sie an.

Sie war barfuß, das offene Haar fiel ihr auf die Schultern, und der Blick ihrer blauen Augen wirkte so verletzlich wie noch nie.

Sie legte ihm eine Hand auf den Arm. »Es tut mir leid, dass ich es dir so lange verschwiegen habe.«

»Ich weiß.«

»Dann bist du mir also nicht böse?«

Er schüttelte den Kopf. »Nein, böse ist der falsche Ausdruck.«

»Bist du gekränkt?«

»Das war ich.« Er zog die Krawatte aus, hielt sie einen Moment lang nachdenklich in der Hand. Am liebsten hätte er Riley auf der Stelle ins Schlafzimmer geschleppt und wieder an seinem Bett festgebunden.

Sie biss sich auf die Unterlippe. »Und jetzt bist du es nicht mehr?«

»Jetzt verstehe ich dich besser. Und das war alles, was ich wollte. Das, was dich und Alex verbindet, ist mehr als bloß Freundschaft, und ich wollte wissen, was dahintersteckt.«

Riley schluckte. Er verfolgte die Bewegung ihrer Halsmuskeln unter der Haut. »Und was machen wir jetzt?«

Er trat näher. »Jetzt treffen wir eine Vereinbarung.«

»Ich will dich nicht verlieren«, sagte sie, ehe er fortfahren konnte.

»Das will ich ebenso wenig.« Er schlang sich die Krawatte um die Hand, verspürte noch immer den Drang, sie an sein Bett zu fesseln, damit sie wusste, dass sie zu ihm gehörte.

Aber dann würde er nie erfahren, ob sie freiwillig bei ihm war oder nicht. Ihm fielen Olivias Worte ein. Seine Geschwister und seine Mutter nahmen sein besitzergreifendes Benehmen hin, weil sie keine andere Wahl hatten. Weil sie mit ihm verwandt waren. Aber sie hatte natürlich recht – wenn er wollte, dass Riley ihm vertraute und künftig ihn statt Alex als ihren ersten Ansprechpartner betrachtete, dann musste er ihr dasselbe Maß an Vertrauen entgegenbringen.

Und das würde ihm ziemlich schwerfallen.

»Und was weiter?«, fragte sie.

Er brauchte einen Vertrauensbeweis von ihr, und er würde ihr zeigen, dass er diesen Beweis auch wert war. »Ich habe nichts gegen deine Freundschaft mit Alex. Sie macht einen wichtigen Teil deiner Persönlichkeit aus, und deshalb würde ich niemals von dir verlangen, sie aufzugeben.«

Ihre Augen füllten sich mit Tränen. Sie blinzelte. »Danke.«

»Aber … Entweder du vertraust mir, oder du tust es nicht. Wenn du nicht instinktiv als Erstes zu mir kommst, dann gibt es kein ›Uns‹. Diesbezüglich kann ich keine Kompromisse eingehen.« Und er hatte keine Ahnung, ob sie auf diese Bedingung, die ihm so unheimlich wichtig war, eingehen konnte.

»Einverstanden.«

Er blinzelte.

Riley schmiegte sich an ihn und drückte ihm die Lippen auf den Mund. Er war so überrascht, dass er keinen Finger rühren konnte.

Sie legte den Kopf in den Nacken und sah ihm in die Augen. »Von jetzt an wirst du immer der Erste sein, zu dem ich komme. Und der Letzte. Und der dazwischen ebenfalls.«

Ian atmete erleichtert auf und ließ die Krawatte fallen.

»Meins«, sagte er und hob sie hoch, um sie ins Schlafzimmer zu tragen. Sie schlang ihm die Arme um den Nacken und hielt sich an ihm fest.

Vor dem Bett setzte er sie auf dem Boden ab. »Umdrehen«, befahl er. Seine Stimme klang rau und fremd.

Sie tat wie geheißen und hob die Haare an, damit er den Reißverschluss ihrer togaartigen Abendrobe öffnen konnte. Er streifte ihr den Träger von der Schulter, und das Kleid glitt zu Boden und bauschte sich um ihre Knöchel. Als Nächstes befreite er sie von ihrem trägerlosen BH, küsste die Spuren, die das verführerische Kleidungsstück auf ihrer weichen Haut hinterlassen hatte, und arbeitete sich dann mit der Zunge Wirbel für Wirbel nach unten vor.

Riley schauderte wohlig, blieb aber stehen, wo sie war, bis er unten angelangt war, dort, wo ihr hauchdünner Stringtanga zwischen ihren Pobacken verschwand. Er küsste sie auch dort und knetete die beiden Rundungen mit den Fingern, ehe er ihr zu guter Letzt auch den Tanga auszog.

Als sie nackt war bis auf die Halskette, die er ihr geschenkt hatte, erhob er sich und legte ihr von hinten eine Hand auf den Bauch, mit gestreckten Fingern, sodass die Kuppen auf ihrem Schamhügel ruhten. »Meins«, wiederholte er, dann drehte er sie zu sich herum.

Ihre Augen waren weit aufgerissen, ihre Wangen gerötet.

Sie biss sich auf die Unterlippe. »Du weckst die Sehnsucht in mir«, flüsterte sie. »Die Lust. Die Leidenschaft. Und die Hoffnung …« Sie musste ihre Worte nicht weiter erläutern, denn ihm ging es umgekehrt genauso.

Vor Riley war er zynisch und ernüchtert gewesen, hatte weder an Beziehungen noch an Romantik geglaubt, von Liebe ganz zu schweigen. Liebe. Er schauderte, als er gewahr wurde, dass ihm dieses Wort im Kopf herumgeisterte, eine verlockende Möglichkeit, die er für sich bislang stets ausgeschlossen hatte. Und doch war Riley hier, bei ihm – freiwillig. Sie wusste, wie fordernd er sein konnte, und ergriff trotzdem nicht die Flucht.

Sanft nahm er ihr Gesicht in beide Hände und küsste sie. Er ließ sich Zeit, liebkoste mit der Zungenspitze ihre Lippen, genoss ihren süßen Geschmack. Er küsste sie, als hätten sie alle Zeit der Welt, nahm nicht mehr als das, was sie zu geben gewillt war.

Er dachte flüchtig an die Krawatte, die nebenan auf dem Boden lag. Es hätte nur eines einzigen Wortes aus seinem Mund bedurft, und Riley hätte sich widerstandslos von ihm fesseln lassen, bereit, jeden seiner

Befehle auszuführen. Er hob den Kopf und sah auf sie hinunter. Sie erwiderte seinen Blick mit großen Augen und vom Küssen angeschwollenen Lippen, schwer atmend und offenbar nur darauf wartend, dass er das Kommando übernahm.

Ihre Nippel wurden hart, als er die Fingerspitzen über die Kette mit dem tropfenförmigen Anhänger gleiten ließ, die um ihren zarten Hals hing. Er hätte sie aufs Bett werfen und sie nehmen können, brutal und rücksichtslos, während sie sich an das Bettgestell klammerte.

Ja, das hätte er tun können. Aber das wollte er nicht.

Er legte den Smoking ab, knöpfte das Hemd auf und ließ es auf den Boden fallen. Sie streckte zögernd die Hand aus und legte sie auf seine Brust, direkt über dem Herzen, und in diesem Augenblick begriff und akzeptierte er, dass er ihr gehörte. Ihm stand nicht der Sinn danach, sie zu unterwerfen; er wollte sie lieben. *Erstaunlich*, dachte er. *Man macht eben doch immer wieder völlig neue Erfahrungen.*

Mit zitternden Händen öffnete er seine Hose und zog sie aus, und die Unterhose gleich mit. Dann bugsierte er Riley aufs Bett, genau in die Mitte, und legte sich auf sie, die Ellbogen rechts und links von ihrem Kopf aufgestützt.

»Heute würde ich dich gern ganz spüren, wenn ich in dich eindringe. Ich möchte deine glitschige Wärme fühlen. Ohne Gummi.«

Ihre Pupillen weiteten sich angesichts seiner unverblümten Wortwahl.

»Ich nehme zwar die Pille, aber ich habe trotzdem immer Kondome verwendet.«

Er war enttäuscht, hatte aber Verständnis und streckte den Arm nach der Nachttischschublade aus.

»Bisher jedenfalls, wollte ich damit sagen.«

Er hielt mitten in der Bewegung inne und wälzte sich dann gleich wieder über sie, sodass sein Schwanz an ihre Scham gepresst wurde.

»Von meiner Seite hast du nichts zu befürchten«, fuhr sie fort. »Und ich weiß, du hättest es nicht vorgeschlagen, wenn bei dir diesbezüglich irgendwelche Zweifel bestünden.«

»Ich würde dich niemals in Gefahr bringen.«

Sie nickte. »Dann ist es für mich okay.«

Er atmete erleichtert auf, dankbar für das Geschenk, das sie ihm damit machte. »Ich hab's bisher auch immer nur mit Kondom gemacht«, versicherte er ihr.

»Das dachte ich mir, Mister Ich-habe-alles-unter-Kontrolle.« Sie grinste, und ihre blauen Augen funkelten belustigt.

»Luder.«

Sie schlang die Arme um ihn. »Dein *Luder*.«

Ihre Worte entlockten ihm ein Stöhnen. Er richtete sich auf, dirigierte sein bestes Stück zwischen ihre Schamlippen und ließ sie nicht aus den Augen, während er Zentimeter für Zentimeter in sie eindrang. Er wollte keine Sekunde verpassen, wenn er nun das erste Mal wirklich voll und ganz von ihr Besitz ergriff. Ihr Körper öffnete sich ihm, nahm seinen prallen Schaft bereitwillig in sich auf, ihr warmes, feuchtes Fleisch umschloss ihn.

»O Ian«, hauchte sie ergriffen. »Ich kann dich spüren.«

»Ich dich auch, Baby.« Und er war nicht vorbereitet gewesen auf die Gefühle, die dabei in ihm erwachten.

Gott, ist das gut, dachte er, wie betäubt von den zahlreichen Sinneseindrücken, die auf ihn einstürmten, während er seinen Schwanz bis zum Anschlag in sie hineinschob. Jetzt wusste er endlich, warum man es »Liebe machen« nannte.

Ihre Muskeln zogen sich so fest um ihn zusammen, als wollte sie ihn nie wieder freigeben, weder seinen Körper noch seine Seele und vor allem nicht sein Herz, das heftig in seiner Brust hämmerte, als wollte es ebenfalls »Meins!« schreien, Besitzansprüche anmelden auf diese Frau, die von Anfang an anders gewesen war als alle anderen. Er hielt inne, um Atem zu schöpfen und sich etwas zu beruhigen. Wenn er davor noch irgendwelche Zweifel gehegt hatte, welche Gefühle Riley bei ihm auslöste, so wurden sie mit diesem Akt nun endgültig ausgeräumt.

Ehe sie fragen konnte, was los war, hatte er sich wieder im Griff und begann sich in ihr zu bewegen. Wie um ihn zu ermutigen, stellte sie die Beine auf und hob die Hüften an, damit er noch tiefer in sie eindringen konnte. Er erhöhte das Tempo und den Druck, und sie bäumte sich bei jedem Stoß wimmernd unter ihm auf.

Den richtigen Rhythmus zu finden war ihnen auch bisher schon immer ganz gut gelungen, doch nun, Haut an Haut, konnten sie einander noch deutlicher spüren und empfanden alles umso intensiver, was ihre Erregung nur noch zusätzlich steigerte. Schweißperlen standen auf seiner Stirn, und auch ihr Ächzen und Stöhnen war lauter als sonst, während er sie nahm, fester, härter, heftiger.

»O Gott, ja! Ja!« Sie schob ihm das Becken entgegen, und er sah zu, dass seine Eichel noch ein paarmal dieselbe Stelle in ihr stimulierte.

»Komm, Baby«, feuerte er sie an. »Lass dich gehen.«

Sie schrie auf und spannte sämtliche Gliedmaßen an, und er spürte, wie sich ihre Muskeln bei jedem Stoß um sein Glied verkrampften.

»Ian!«, keuchte sie, und das genügte, um auch ihn zum Höhepunkt zu bringen.

Er kam, ergoss sich bis auf den letzten Tropfen in sie – und ihm war, als wären in ihm sämtliche Dämme gebrochen. Als stünde sein Herz sperrangelweit offen.

*

Riley erwachte, weil ihr der Magen knurrte. Sie wälzte sich auf die Seite und stellte fest, dass Ian sie amüsiert betrachtete. Seine Lippen zuckten.

»Was gibt's denn da zu grinsen?«, fragte sie ihn.

»Ich finde es zwar schön, dir beim Schlafen zuzusehen, aber dir dabei zuzuhören macht nicht ganz so viel Spaß.«

Sie knuffte ihn in den Arm. »Was kann ich dafür, wenn du mich vor dem Essen nach Hause schleppst?«, erinnerte sie ihn. »Ich habe einen Bärenhunger. Und Lust auf Eis.«

Er verdrehte lachend die Augen. »Du hast Glück – in meinem Tiefkühlfach steht immer eine Packung Eis für die Mädels.« Als sie fragend eine Augenbraue hob, fügte er rasch hinzu: »Für meine Schwestern, meine ich.«

»Und, kriege ich davon was ab?«

Er beugte sich über sie und drückte ihr einen festen Kuss auf die Lippen. »Aber nur, weil du so nett gefragt hast.«

Damit kletterte er aus dem Bett und marschierte in die Küche, ohne sich darum zu scheren, dass er splitternackt war. »Ich hoffe, die Sorte ist genehm«, sagte er, als er gleich darauf mit einer großen Packung Chocolate-Swirl-Eiscreme und einem Löffel zurückkehrte.

»Mmmm. Hervorragend.« Sie richtete sich auf und rutschte ans Kopfende des Bettes.

»Willst du nichts?«, fragte sie und streckte die Hand nach dem Löffel aus.

Ian knipste lachend die Lampe auf dem Nachttisch an und ließ sich auf der Bettkante nieder. »Doch. Wir essen es zusammen.«

»Wie, ich soll mein Eis mit dir teilen? Das ist nicht fair!«

Er öffnete die Packung und deponierte den Deckel auf dem Nachttisch, ohne auf ihre Beschwerde einzugehen, dann kroch er wieder zu ihr unter die Decke, tauchte den Löffel ins Eis und hielt ihn ihr hin.

So taten sie sich abwechselnd an der süßen Köstlichkeit gütlich, bis ihr Heißhunger gestillt war. Riley hatte Ian noch nie so entspannt erlebt. Irgendetwas hatte sich heute Nacht geändert.

Nein, dachte sie. *Nicht irgendetwas. Alles.*

Es kam ihr so vor, als hätte er nicht mehr das Bedürfnis, sie auf Abstand zu halten, seit sie sich vorhin verbal zu ihm bekannt hatte. Bei der Vorstellung, dass es ihr gelungen war, das Herz dieses Mannes zu erobern, hätte sie schier platzen können vor Glück.

Sie genoss es sehr, mit ihm allein zu sein, hier in seiner Wohnung, abgeschottet vom Rest der Welt, sich mit ihm den Magen vollzuschlagen und dann erneut mit ihm zu schlafen.

Am Sonntagvormittag ging Ian nach unten, um die Zeitung zu holen. Riley trank Kaffee, während er die Schlagzeilen überflog und dabei gelegentlich an seinem Orangensaft nippte.

»So wird das also in Zukunft laufen – sobald du die Zeitung in der Hand hältst, bin ich unsichtbar? Das hat ja nicht lang gedauert«, scherzte sie irgendwann und angelte sich den Regionalteil, weil er sie schon seit geraumer Zeit nicht mehr beachtet hatte.

Er schnaubte belustigt. »Das sagt ausgerechnet die Frau, die sich problemlos eine halbe Stunde lang mit den diversen Apps auf ihrem Handy beschäftigen kann«, konterte er leichthin.

Riley grinste. Dieser neue, unbeschwerte Ian gefiel ihr ausgesprochen gut.

Beim Durchblättern des Lifestyle-Teils hielt sie plötzlich inne. »Hey, das sind ja wir!«

Sie hielt ihm ein Schwarz-Weiß-Foto unter die Nase, das sie bei der Ankunft vor der Gala gestern Abend zeigte, genau in dem Moment nach dem Aussteigen, als ihr Ian in Beschützermanier den Arm um die Taille gelegt hatte. Sie lächelte angesichts der ernsten Miene, die er auf dem Bild machte.

»Und diesmal hast du nichts dagegen?«, fragte er.

Sie schüttelte den Kopf. »Mittlerweile wissen doch ohnehin alle Bescheid.«

Vorhin hatte sie Alex angerufen, um ihm zu versichern, dass sich Ian wieder beruhigt hatte und er sich ihretwegen keine Sorgen machen musste. Ian hatte während des Telefonats neben ihr gestanden und mitgehört, und sie hatte ihre Worte ganz bewusst gewählt, um ihm zu signalisieren, dass sie gedachte, ihr Versprechen zu halten.

Er würde von nun an ihr erster Ansprechpartner sein.

Es dauerte nicht lange, da klingelte ihr Handy. »Das ist noch mal Alex«, murmelte sie mit einem Blick aufs Display.

Ian sah sie an. Sie hatte keine Ahnung, ob seine neutrale Miene nur gespielt war, aber falls ja, dann wusste sie es zu schätzen, dass er sich Mühe gab.

»Ich wette, meine Schwestern melden sich auch, sobald sie das Bild in der Zeitung gesehen haben. Sie lieben Klatsch und Tratsch«, sagte er.

Riley ging ran. »Hi noch mal«, sagte sie.

»Ich gehe mal davon aus, du weißt bereits, dass ein Bild von euch in der Zeitung ist?«

»Ja, wir haben's gesehen.«

»Ich hoffe, dein Vater nicht. So viel öffentliche Aufmerksamkeit ist das Letzte, was du jetzt brauchen kannst. Aber so ist das eben, wenn man die Frau an der Seite von Ian Dare ist.«

»Hör bloß auf.« Riley verzog das Gesicht.

Ian musterte sie mit gerunzelter Stirn.

»Ich muss jetzt auflegen. Ich melde mich bald wieder.« Sie legte auf und setzte ein gezwungenes Lächeln auf. »Er hat das Foto von uns gesehen und meint offenbar, es könnte meinen Vater auf dumme Ideen bringen.«

»Für dieses Problem gibt es eine ganz einfache Lösung.«

Sie hob argwöhnisch eine Augenbraue. »Die da wäre?«

»Zieh bei mir ein.«

Pfff. Und dabei war es bis eben noch so gut gelaufen. Aber hatte sie wirklich erwartet, dass sich Ian über Nacht von Grund auf ändern würde? Nun gut, solange er ein gewisses Maß an Vernunft an den Tag legte und bereit war, Kompromisse einzugehen …

»Das ist doch albern. Wir sollten nichts überstürzen.« Sie würde nachher auf jeden Fall zu sich nach Hause fahren. Nach diesem emotional anstrengenden und aufregenden Wochenende musste sie dringend ihre Gedanken sortieren, und das klappte am Besten, wenn sie ein ausgiebiges Bad nahm – in ihrer eigenen Badewanne – und dabei ihre Lieblingsmusik hörte.

Sie trat mit ihrer leeren Tasse in der Hand zur Spüle. Ian erhob sich sogleich und umarmte sie von hinten, sodass sie seine Erektion im Rücken spüren konnte. »Ich weiß, ich habe mich bereit erklärt, meinen Kontrollzwang außerhalb des Schlafzimmers im Zaum zu halten, aber in diesem Fall geht es um deine Sicherheit.«

»Eine einzige Nachricht und ein paar Anrufe, bei denen man bloß jemanden laut atmen hört, gefährden noch lange nicht meine Sicherheit.«

»Egal, hier bist du auf jeden Fall sicherer. Und ich wette, Alex wäre da zur Abwechslung mal ganz meiner Meinung.«

Sie drehte sich um, und er schmiegte sich erneut an sie. »Schon möglich, aber das heißt noch lange nicht, dass ihr recht habt. Er hat mich nicht bedroht.«

»Noch nicht.«

»Ich muss heute Abend nach Hause. Ich brauche frische Klamotten für Montag, und wie gesagt, ich will nicht, dass uns morgens jemand dabei beobachtet, wie wir auf dem Parkplatz des Stadions aus demselben Wagen steigen.« Sie musterte ihn mit gerunzelter Stirn. Hoffentlich endete diese Diskussion nicht in einem handfesten Streit.

Er stöhnte frustriert auf. »Okay, beantworte mir nur eine Frage, und dann treffen wir gemeinsam eine Entscheidung: Kannst du hundertprozentig ausschließen, dass dir dein Vater Gewalt antut?«

Der Punkt ging an ihn, wie sie beide nur zu gut wussten. Sie senkte entmutigt den Kopf. »Nein.«

Er legte ihr die Hände auf die Schultern. »Hör zu, ich versuche nicht, dir Vorschriften zu machen. Ich gebe zu, ich fände es schön, wenn du bei mir einziehen würdest …«

Bei seinem Geständnis hatte Riley wider Erwarten Schmetterlinge im Bauch.

»Aber in diesem Fall sind meine Beweggründe völlig uneigennützig, okay? Es geht mir wirklich in erster Linie um deine Sicherheit.«

»Und damit ginge ganz rein zufällig auch noch dein Wunsch in Erfüllung.«

Er grinste. »Das wäre quasi ein angenehmer Nebeneffekt, ja. Aber willst du etwa leugnen, dass sich jeder X-Beliebige zu dem Haus, in dem du wohnst, Zugang verschaffen kann?«

»Nein.« Auch wenn es ihr noch so sehr gegen den Strich ging, das zuzugeben. Ja, die Vorstellung, hier bei ihm zu wohnen, gefiel ihr. Aber genau das war das Problem. Sie konnte sich durchaus vorstellen, irgendwann mit ihm zusammenzuziehen, aber noch nicht jetzt gleich, umständehalber, sondern erst dann, wenn sie beide dafür bereit waren.

Sie hatte so viele Jahre allein gelebt, stets darum bemüht, den Glauben an sich selbst wiederzufinden und ihr Ego aufzupäppeln, auf dem ihr Vater so lange herumgetrampelt hatte. Wenn sie sich Ians Willen schon fügte, dann wollte sie das nicht so überstürzt tun, sondern erst wenn sie das Gefühl hatte, dass der richtige Zeitpunkt für diesen Schritt gekommen war. Aber nein, ihr Vater, dieser verfluchte Mistkerl, machte ihr einen Strich durch die Rechnung.

»Ich schlage vor, ich bringe dich jetzt nach Hause, du packst ein paar Sachen, und dann fährst du – in deinem eigenen Auto – wieder mit zu mir. Auf diese Weise können wir uns morgen früh getrennt auf den Weg zur Arbeit machen.«

Sie blinzelte, überrascht von seinem Zugeständnis. »Ich dachte echt …«

»… dass ich nur meinen Kopf durchsetzen will«, brachte er den Satz an ihrer Stelle zu Ende. Es klang gekränkt.

Sie wandte verlegen den Blick ab. Dass sie nicht von selbst auf diese Idee gekommen war! Sie war tatsächlich davon ausgegangen, dass er das Thema Sicherheit nur aufgebracht hatte, weil er allen Mitarbeitern bei Thunder demonstrieren wollte, dass sie zu ihm gehörte.

»Zugegeben, anfangs hattest du wohl nicht viel Anlass, mir zu vertrauen, aber wie du siehst, bin ich bereit, Kompromisse einzugehen, wie ich es dir versprochen habe.«

»Stimmt. Entschuldige, dass ich eine solche Zicke war.«

»Solange du *meine* Zicke bist …« Er grinste, verpasste ihr einen Klaps auf den Hintern und marschierte von dannen, während sie ihm mit offenem Mund hinterhersah.

13

Als Riley am Montagmorgen ins Büro kam, erfuhr sie, dass sie noch am selben Tag zu einem zweitägigen Kurztripp nach New York aufbrechen musste. Dylan wollte sich in Manhattan ein Hotel ansehen, das zur selben Kette gehörte wie das Hotel in Phoenix. Also fuhr Riley gleich wieder nach Hause, um zu packen.

Aber vorher rief sie Ian an, wohl wissend, dass er die symbolische Geste zu schätzen wissen würde. Er war zwar in einer Besprechung am anderen Ende der Stadt, nahm ihren Anruf aber trotzdem entgegen. Seine Begeisterung darüber, dass sie so bald nach ihrem Einzug bei ihm schon wieder getrennt sein würden, hielt sich in Grenzen, aber er legte ihr nicht nahe, die Reise abzublasen, und versuchte auch sonst nicht, sich einzumischen. Da er sein Meeting nicht unterbrechen konnte, sie aber nicht allein zu ihrer Wohnung fahren lassen wollte, trug er ihr auf, sich auf Firmenkosten ein Taxi zu nehmen.

Riley wollte ihm keinen zusätzlichen Stress verursachen und erhob keine Einwände. Sie hatte bereits erlebt, wie schwer er damit zu kämpfen hatte, wenn sie beruflich unterwegs war, und mittlerweile konnte sie auch nachvollziehen, warum. Schließlich waren die Geschäftsreisen seines Vaters oft ein Vorwand gewesen, um Zeit mit Savannah und seiner Zweitfamilie zu verbringen.

Also fuhr sie mit dem Taxi nach Hause und bat den Fahrer, sie nach oben zu bringen und an der Wohnungstür zu warten, bis sie gepackt hatte, wie Ian es ihr ans Herz gelegt hatte.

Von unterwegs aus rief sie ihn mehrmals an, und er ließ ihr wieder massenhaft Blumen ins Hotel schicken. Und diesmal beschwerte sich Dylan nicht über irgendwelche Drohanrufe.

Mit anderen Worten: Ian hielt Wort. Zur Belohnung besorgte Riley ein paar Mitbringsel zum Beweis dafür, dass sie an ihn gedacht hatte – kitschige Kleinigkeiten wie eine Mütze mit der Aufschrift *I ❤ NY* und eine Miniaturnachbildung des Empire State Building.

Nach ihrer Rückkehr am Mittwochvormittag begab sie sich vom Flughafen direkt ins Büro.

Angie empfing sie mit einem Lächeln und ein paar Nachrichten.

»Du bist ein Engel«, lobte Riley sie.

»Danke. Gib Bescheid, falls du irgendetwas brauchst.«

»Mach ich.«

»Ach, übrigens, du hast ein Päckchen bekommen. Liegt auf deinem Tisch«, fügte Angie hinzu.

Riley bedankte sich und ging in ihr Büro.

Sie stellte ihren kleinen Koffer in der Ecke ab und ließ sich auf ihren Schreibtischstuhl plumpsen. »Home sweet Home …«, murmelte sie, weil sie sich in ihrem Büro in der Tat schon sehr zu Hause fühlte, und schlüpfte aus den Schuhen.

Obwohl es einiges zu erledigen gab, wollte sie als Erstes zu Ian. Doch das vor ihr liegende Päckchen machte sie neugierig. Vielleicht hatte Ian während ihrer Abwesenheit etwas für sie gekauft? Riley tastete nach dem Anhänger der Kette, die er ihr geschenkt hatte. Sie trug sie sogar nachts im Bett; nur zum Duschen legte sie sie ab.

Ihr war natürlich klar, dass das Schmuckstück bestimmt horrend teuer gewesen war, aber für sie war der ideelle Wert viel größer. Diese Kette zeigte ihr, wie viel sie Ian bedeutete und bewies, dass er ihren Geschmack kannte. Mehr wollte oder brauchte sie gar nicht, dachte sie, während sie das Päckchen öffnete.

Es enthielt eine Schachtel, die wiederum ein gerahmtes Bild enthielt. Nanu? Hatte Ian etwa das Foto aus der Zeitung ausgeschnitten und gerahmt? *Das wäre ja eine nette Geste*, dachte sie und drehte das Bild um, nur um es sogleich mit einem Schreckensschrei fallen zu lassen. »O Gott!«

Keine drei Sekunden später erschien Angie in der Tür. »Alles okay, Riley?«

»Äh, ja, ja, alles bestens«, log diese.

»Ehrlich?« Die Sekretärin beäugte sie skeptisch.

»Ja«, flüsterte Riley.

Angie machte sich wieder an die Arbeit, und Riley hob das Bild mit spitzen Fingern auf. Es war ein Porträt ihrer Mutter – eines, auf dem ihr Gesicht von Blutergüssen und blauen Flecken übersät war. Es musste schon ziemlich alt sein, denn es war verblichen und mehrfach geknickt und wieder glattgestrichen worden.

Sie musste es Ian zeigen. Nicht, weil sie es ihm versprochen hatte, sondern weil sie jetzt mit ihm reden wollte. Mit ihm und sonst niemandem.

Sie drückte das Bild an ihre Brust, damit es niemand sah, schlüpfte in ihre Schuhe und eilte hinaus.

Ians schon etwas in die Jahre gekommene Vorzimmerdame lächelte, als sie sie erblickte.

»Ist er da?«, fragte Riley.

Die Frau nickte. »Ja, aber er telefoniert gerade.«

Das konnte Riley nicht aufhalten. Entschlossen marschierte sie am Schreibtisch seiner Sekretärin vorbei und riss die Tür zu seinem Büro auf.

Er hob den Kopf, und ein Lächeln huschte über sein eben noch ernstes Gesicht. »Ich muss auflegen«, sagte er und verabschiedete sich von dem Anrufer, wer auch immer es sein mochte.

Dann stand er auf und kam auf sie zu. »Du bist ja ganz blass«, stellte er mit einem Blick in ihre vor Panik weit aufgerissenen Augen fest. »Was ist denn los?«

Sie schüttelte nur stumm den Kopf. Erst da bemerkte er den Rahmen, den ihre Finger umklammerten. Er berührte ihre Hände. »Darf ich?«

Sie gab ihm das Bild. »Das ist meine Mutter.« Ihre Stimme klang gepresst vor Schmerz.

Beim Anblick des Fotos, das zweifellos grauenhafte Erinnerungen in ihr geweckt hatte, stieg Übelkeit in ihm auf, und Wut erfasste ihn. »Wo hast du das her?«

»Es kam mit der Post«, erwiderte sie tonlos.

Ian überlegte, was ihm mehr Angst einjagte, das Bild selbst oder Rileys Reaktion. »Komm, setz dich.«

Er führte sie zu seinem Ledersofa und bedeutete ihr, Platz zu nehmen. Das Bild legte er mit der Rückseite nach oben auf den Couchtisch. »Riley?«

Allmählich kehrte die Farbe wieder in ihre Wangen zurück. »Ich bringe ihn um«, sagte sie.

Nicht, wenn ich ihn zuerst in die Finger kriege, dachte Ian.

»Wir müssen die Polizei informieren. Von jetzt an muss alles, was passiert, dokumentiert werden.«

Sie nickte. »Meine Mutter ist nie zur Polizei gegangen, aber ich will, dass meine Aussage zu Protokoll genommen wird.« Da war sie wieder, die starke Riley.

Ian atmete erleichtert auf.

»Warst du schon zu Hause?«

Sie schüttelte den Kopf. »Dylan wollte gleich ins Büro, also bin ich mit ihm direkt hierhergefahren. Ich wollte dich ohnehin sehen.«

Ihre Worte entlockten ihm ein Lächeln. Er beugte sich nach vorn, und so verharrten sie einen Augenblick, Stirn an Stirn. »Ich bin für dich da.«

»Ich bin zu dir gekommen.« Ihr Blick ruhte auf dem Bild. »Gleich nachdem ich das Päckchen geöffnet hatte, meine ich. Ohne lange zu überlegen.«

Er schob ihr ein paar Haarsträhnen aus dem Gesicht. »Du hast das Richtige getan. Und ich werde mich um die Angelegenheit kümmern«, versprach er.

Sie blinzelte und straffte die Schultern.

Mist, da hatte er wohl das Falsche gesagt. Eines hatte er inzwischen kapiert: Sie wollte nicht, dass er ihre Schlachten für sie schlug oder ihr das Gefühl gab, dass sie nicht auf sich selbst aufpassen konnte.

Zeit für einen Themenwechsel. »Du hast mir gefehlt«, sagte er.

»Du mir auch. Ich hab dir was mitgebracht.«

Bei der Vorstellung wurde ihm warm ums Herz. »Was hältst du davon, wenn wir uns den Rest des Tages freinehmen?«, schlug er vor. Er wollte mit ihr allein sein, wollte in ihren willigen Körper eindringen und sich persönlich davon überzeugen, dass es ihr gut ging. Dass sie sein war.

Sie runzelte die Stirn. »Ich muss Protokolle schreiben.«

»Hat Dylan denn gesagt, dass er die gleich morgen früh braucht?«

Sie schüttelte den Kopf.

»Na also. Du hast es verdient, den Rest des Tages blauzumachen. Und ich bin der Boss und kann ohnehin tun und lassen, was ich will.«

»Allerdings.« Sie verdrehte die Augen und schnaubte belustigt. Dann wurde sie wieder ernst. »Aber wir müssen auf dem Nachhauseweg einen Zwischenstopp bei der Polizei einlegen.«

»Natürlich. Wir stehen das gemeinsam durch.«

Sie nahm seine Hand und drückte sie. »Ich habe keine Ahnung, was er nach all der Zeit von mir will.«

Das konnte sich auch Ian nicht erklären, aber er würde es verdammt noch mal herausfinden. Bisher hatte es ihm vollauf genügt zu wissen, dass Alex einen Privatdetektiv eingeschaltet hatte, aber jetzt war Schluss mit lustig. Da Rileys Vater inzwischen offenbar beschlossen hatte, Ernst zu machen, würde Ian einen eigenen Mann auf dieses verfluchte Schwein ansetzen. Natürlich nicht ohne sich mit Alex abzusprechen, schon wegen Riley. Aber er gedachte nicht, die Angelegenheit allein seinem Halbbruder zu überlassen.

*

Ian hatte sein ganzes Erwachsenenleben lang allein gewohnt und nie die Absicht gehegt, daran etwas zu ändern. Seit er Riley vorgeschlagen hatte, zu ihm zu ziehen, wartete er nur darauf, dass ihm beim Anblick ihrer Kleidung in seinen Schränken und Schulbaden und ihrer Kosmetika im Bad ein Gefühl des Unbehagens erfasste, aber vergeblich. Zu seiner großen Verblüffung hatte sie sich nahtlos in seinen Lebensraum eingefügt.

Er fand es sogar schön und beruhigend, dass sie, nachdem sie aus New York zurückgekehrt war, ihre diversen Habseligkeiten da und dort in seiner Wohnung verstreut hatte, statt sich auf eine kleine Ecke zu beschränken, denn das gab ihm das Gefühl, dass sie nun wirklich und wahrhaftig sein Leben teilte. Das Problem war in seinen Augen nur, dass ihr Einzug bei ihm nicht auf freiwilliger Basis geschehen sondern durch die indirekten Drohungen ihres Vaters erzwungen worden war. Wie auch immer, wenn es nach ihm ginge, würde Riley nicht wieder ausziehen, nachdem sie diesem Dreckskerl das Handwerk gelegt hatten.

Was allerdings noch eine ganze Weile dauern konnte, wenn sie sich allein auf die Polizei verließen. Wie Ian bereits befürchtet hatte, war der Besuch auf dem Revier unweit des Stadions reine Zeitverschwendung gewesen. Der Beamte hatte im Grunde bloß sein Bedauern geäußert, als er das Foto von Rileys brutal zusammengeschlagener Mutter gesehen hatte. Da es keinerlei konkrete Anhaltspunkte dafür gab, dass Douglas Taylor hinter den Anrufen steckte und der Absender des Päckchens gewesen war, bestand für Riley keine Möglichkeit, ein gerichtliches Kontaktverbot zu erwirken. Aber immerhin war der Fall nun polizeilich dokumentiert.

Zugegeben, es mochte eher unwahrscheinlich erscheinen, dass Riley ernsthaft Gefahr drohte, wenn man bedachte, dass sich ihr Vater zehn Jahre lang nicht hatte blicken lassen. Der Polizist hatte ihr aufgetragen, Bescheid zu geben, falls sie noch einmal etwas von ihrem Vater hören oder weitere mysteriöse Anrufe oder Pakete erhalten sollte, aber das war auch schon alles gewesen.

Es tat Ian in der Seele weh zu sehen, wie niedergeschlagen seine sonst so fröhliche, wehrhafte Riley danach war, und er schwor sich, mehr zu tun als die Hüter des Gesetzes, um die Sache zu klären.

Als Erstes wollte er eine Überraschung organisieren, von der er hoffte, dass sie Riley ein Lächeln ins Gesicht zaubern und ganz nebenbei weitere Details zutage fördern würde. Vielleicht erfuhr er ja auf diese Weise mehr über ihren alten Herrn.

*

Nachdem sie sich ein Weilchen aufs Ohr gelegt hatte, fühlte sich Riley schon etwas erholter und auch ruhiger, doch während sie so dalag und an die Schlafzimmerdecke starrte, holten sie erneut die Ereignisse des Vormittags ein. Sie kniff die Augen zu, weigerte sich, auch nur einen weiteren Gedanken an ihren Vater zu verschwenden. Wenn sie ihm einen Platz in ihren Gedanken einräumte, sei es in Form von Angst oder Wut, dann verlieh sie ihm damit Macht über sich selbst. Und sie hatte sich geschworen, dass das nie wieder vorkommen würde. Also ließ sie stattdessen den Blick durch den riesigen, geschmackvoll eingerichteten Raum wandern, in dem sie sich befand. Schon erstaunlich, wie sehr sich ihr Leben in den vergangenen paar Wochen verändert hatte, sei es nun karrieretechnisch oder logistisch.

Auch Ian war nicht mehr der Alte.

Und sie selbst ebenso wenig.

Sie hatte gelernt, große und kleine Geschenke von anderen anzunehmen und auch sonst allerlei Angebote zu akzeptieren – mit weitreichenden Folgen: Sie hatte nicht nur einen neuen Job, sondern auch eine neue Bleibe. Sie war im Begriff, ihre hart verdiente Unabhängigkeit aufzugeben. Am meisten Angst jagte ihr jedoch der Umstand ein, dass sie schon so halb damit rechnete, Ian auch künftig um sich zu haben.

Im Zuge all dieser Neuerungen war ihr auch klar geworden, dass es kein Zeichen von Schwäche war, sich auf andere zu verlassen, es machte einen bloß menschlich. Dass sich Ian ebenfalls merklich gewandelt hatte, erleichterte die Sache. Sie konnte keine Veränderungen von ihm verlangen, ohne ihm wenigstens ein bisschen entgegenzukommen.

Ich werde erwachsen, dachte sie und schmunzelte. Schon seltsam, schließlich hatte sie, ehe sie Ian kennengelernt hatte, lange Zeit angenommen, ihre Unabhängigkeit sei das absolut Wichtigste in ihrem Leben.

»Was gibt's denn da zu grinsen?« Ian ließ sich neben ihr auf dem Bett nieder und schlang die Arme um sie.

»Eigentlich nichts. Ich musste nur gerade daran denken, wie sehr sich mein Leben in letzter Zeit verändert hat.«

»Und, ist das gut oder schlecht?«, hakte er nach und vergrub das Gesicht in ihrer Halsbeuge.

»Da ist wohl jemand auf Komplimente aus, wie?«

Statt einer Antwort saugte er kurz an ihrem Schlüsselbein, und sie stöhnte auf, spürte, wie sämtliche Nervenenden kribbelten und ihre Brustwarzen hart wurden. Auch das war neu: Sie hatte ständig Lust auf Sex. Schon die kleinste Zärtlichkeit genügte, um ihren Körper in Alarmbereitschaft zu versetzen.

»Geh duschen und zieh dich an, wir treffen uns nachher mit jemandem zum Dinner.«

»Was?« Sie richtete sich ruckartig auf. »Mit wem denn?«

Er zog sie wieder nach hinten und schloss sie erneut in die Arme, und wie immer fühlte sie sich auf der Stelle sicher und geborgen. »Mit deiner Stiefmutter und ihrem Mann.«

Riley rollte sich auf die Seite, damit sie ihm ins Gesicht sehen konnte. »Und warum?«

»Naja, weil du sie über alles liebst. Und weil es an der Zeit ist, dass ich sie kennenlerne.«

»Und das plötzliche Auftauchen meines Vaters hat nichts damit zu tun?«

Ian zuckte die Achseln. »Doch, schon. Ich dachte, vielleicht hat er sich bei ihr ja auch gemeldet …«

Riley schüttelte den Kopf. »Das hätte sie mir sicher erzählt.«

»Wie kommst du darauf? Du hast es ihr doch auch nicht erzählt, oder?«

Sie zog die Nase kraus. »Auch wieder wahr«, murmelte sie.

Er gluckste und küsste sie auf die Nasenspitze. »Vielleicht will sie nicht, dass du dir Sorgen machst. Genau deshalb hast du es ihr doch auch verschwiegen, stimmt's? Es wäre aber auch denkbar, dass er es nur auf dich abgesehen hat. Genau das müssen wir herausfinden. Und wir sollten sie warnen, nur für alle Fälle.«

»Du hast recht.«

»Sag das noch mal«, verlangte er mit einem arroganten Grinsen.

»Niemals.«

Sie hatte vorhin, ehe sie sich hingelegt hatte, den Rock ausgezogen, und als er ihr nun wortlos zwischen die Beine griff, schob sie ihm den Unterleib entgegen, wollte seine große Hand auf ihrem Geschlecht spüren. Die kleinen Kreise, die er mit einem Finger um ihre Klitoris beschrieb, weckten ein exquisites Verlangen in ihr. »Mmm.«

»Das gefällt dir wohl, wie?«, fragte er und begann an ihrem Hals zu saugen, ohne seine Liebkosung zu unterbrechen.

»O ja«, murmelte sie mit halb geschlossenen Augen, während die Erregung von ihrem Körper Besitz ergriff. »Fester.«

Er hielt inne. »Erst will ich es noch einmal hören. Sag ›Du hast ja so recht, Ian‹.«

Sie riss die Augen auf und stellte fest, dass er sich über sie gebeugt hatte und sie mit einem einfältigen Grinsen ansah. Hmm, was nun? Sollte sie nachgeben oder standhaft bleiben und sich damit einen Orgasmus verwehren? Es war ihm nämlich zuzutrauen, dass er auf der Stelle aufhören würde, wenn sie seinem Wunsch nicht entsprach. *Elendiger Kontrollfreak*, dachte sie, konnte ihm aber nicht böse sein. Nicht mehr.

»Du hast ja so recht, Ian«, sagte sie. Zur Belohnung fuhr er umgehend fort sie zu verwöhnen und bescherte ihr binnen kürzester Zeit zwei Orgasmen.

Und danach schlief er noch mit ihr, wobei er ihr »Meins« ins Ohr flüsterte und ihr Freuden bereitete, von denen sie, bevor er in ihr Leben getreten war, nur hatte träumen können.

*

Als Riley am darauffolgenden Morgen zur Arbeit fuhr, war sie bestens gelaunt. Ian und ihre Stiefmutter hatten sich blendend verstanden. Melissa war von seinem Charme ganz hingerissen gewesen, und nach dem Essen hatte sich David noch eine Weile mit Ian an die Bar gesetzt. Da Melissas zweiter Mann ein großer Thunder-Fan war, hatte es den beiden nicht an Gesprächsstoff gemangelt. Melissa hatte Ian derweil in den höchsten Tönen gelobt und Riley mehrfach versichert, er sei eine ausgezeichnete Wahl, zu der sie sie nur beglückwünschen könne.

Der einzige Wermutstropfen an dem gelungenen Abend war, jedenfalls nach Ians Meinung, dass Melissa nichts von Douglas Taylor gehört hatte und sich auch nicht erklären konnte, warum Riley neuerdings von ihm belästigt wurde.

Im Gegensatz zu ihm war Riley darüber erleichtert, denn das bedeutete, dass ihr Vater offenbar ausschließlich an ihr, Riley, interessiert war und sie sich um Melissa keine Sorgen machen musste. Und nun, da sie und David im Bilde waren, konnten die beiden Vorsichtsmaßnahmen treffen für den Fall, dass sie sich doch getäuscht haben sollten.

Dass Ian das Essen mit Melissa und David organisiert hatte, war in Rileys Augen ein Beweis dafür, wie viel er für sie empfand, auch wenn er es nicht aussprach. Sie selbst wusste ja inzwischen, dass sie ihn liebte, doch sie würde sich hüten, ihm das zu gestehen. Ja, sie veränderte sich, aber in dieser Hinsicht war sie altmodisch – sie wollte, dass er es zuerst sagte.

Sein »Meins!« war zwar sehr besitzergreifend und erregend, aber nicht dasselbe wie ein »Ich liebe dich«. Und genau das musste sie aus seinem Mund hören, denn nie war die Verwundbarkeit eines Menschen größer als in dem Moment, in dem er einem anderen seine Liebe gestand. Jedenfalls in ihren Augen. Ja, Ian war ihr bereits sehr entgegengekommen. Er hatte gelernt, Kompromisse zu schließen – und zu lachen –, und sie war überzeugt, dass er sie liebte. Trotzdem, wenn er es aussprach, wäre das für sie das ultimative Geschenk. Ein Zeichen dafür, dass der letzte Rest des Schutzwalls, den sie beide um ihre Herzen errichtet hatten, in sich zusammengestürzt war.

Im Büro angekommen machte sie sich unverzüglich an die Arbeit, und der Vormittag verging wie im Flug.

Als gegen Mittag das Telefon klingelte, ging sie sofort ran, in der Annahme, es müsse entweder Dylan oder Ian sein. Wahrscheinlich wollte einer von beiden mit ihr essen gehen. »Riley Taylor.«

»Mich kannst du nicht hinters Licht führen«, schnarrte eine vertraute Stimme aus der Vergangenheit, bei der ihr das Blut in den Adern gefror, hatte sie doch gehofft, sie nie wieder zu hören.

Sie setzte sich aufrecht hin. »Was willst du?«

»Dir sagen, dass ich kein bisschen beeindruckt bin. Du tust doch nur so, als wärst du jetzt ein Promi. Ich weiß, dass du keinen verdammten Cent wert bist. Das warst du noch nie. Aber jetzt, wo du mit diesem Ian liiert bist, habe ich dich endlich in der Hand.«

Riley umklammerte den Hörer so fest, dass ihre Finger schmerzten. »Was soll das heißen?«

»Dass mir dein Freund, der Footballstar, mit seinen Drohungen keine Angst mehr einjagt. Selbst wenn er mich findet, bleiben mir bis dahin genügend Möglichkeiten, um Ian Dares Ruf zu ruinieren.«

Alex hatte also recht gehabt mit seinen Bedenken wegen des Fotos in der Zeitung. Übelkeit stieg in ihr auf. Sie versuchte krampfhaft, dagegen anzukämpfen.

»Du wirst Ian gefälligst in Ruhe lassen und wieder in das Loch zurückkriechen, in dem du die letzten zehn Jahre verbracht hast.«

»Kann ich machen, aber erst musst du mir einen Gefallen tun.«

Riley begann zu zittern. »Der da wäre?«

»Besorg mir Geld. Wegen dir habe ich meine Frau und mein Haus verloren. Ich habe nichts mehr, und jetzt will ich endlich die Entschädigung, auf die ich so lange gewartet habe.«

»Ich habe aber kein Geld«, entgegnete Riley. Ihre Kehle war wie ausgedörrt.

Ihr Vater stieß ein bösartiges Lachen hervor. Bei diesem Lachen hatte sie sich früher stets verängstigt in eine Ecke gekauert, denn unmittelbar danach hatte er sich meist auf ihre Mutter gestürzt und sie grün und blau geschlagen.

»Die ganze Stadt weiß, wie viel Geld dein neuer Freund hat. Sorg dafür, dass ich meinen Anteil bekomme, sonst tauche ich überall dort auf, wo er auftaucht, und verursache einen Skandal.«

»Das wird Ian total kaltlassen«, flüsterte sie und hoffte inständig, dass sie mit dieser Behauptung richtiglag.

»Aber dir nicht. Dir war es schon immer peinlich, im Mittelpunkt zu stehen und von allen angestarrt zu werden. Weil du Abschaum bist. Und alle wussten es.«

»Weil ich einen Alkoholiker zum Vater hatte, der ständig meine Mutter windelweich geprügelt hat«, schrie sie.

»Ich kann nichts dafür, dass du so ein Versager bist. Ich melde mich gegen Abend wieder. Sieh zu, dass du bis dahin den Zaster hast, sonst rufe ich bei einem Fernsehsender an und sorge mit ein paar unschönen Gerüchten dafür, dass du von Ian Dare fallen gelassen wirst wie eine heiße Kartoffel. Genau so, wie es sich für jemanden gehört, der Abschaum ist und schon immer war.«

Riley stiegen Tränen in die Augen. »Warum hasst du mich so? Was habe ich dir denn getan?«, fragte sie, aber er hatte bereits aufgelegt.

Schluchzend knallte sie den Hörer auf die Gabel, traf beim ersten Mal daneben und hieb damit noch einmal frustriert auf das Telefon ein. Als sie sich wieder im Griff hatte, pochte das Blut in ihren Schläfen. Bestimmt sah sie aus wie ein Zombie. Zitternd schnappte sie sich ihren Klappspiegel, um die Spuren ihres Heulkrampfs notdürftig zu beheben. Es musste ja nicht sein, dass ihre Kollegen von ihren privaten Problemen erfuhren.

Ihr Vater wollte also Geld. Und sie hatte kein Geld, im Gegensatz zu den beiden Männern in ihrem Leben.

Aber sie dachte nicht im Traum daran, einen der beiden anzupumpen.

Alex schied in zweifacher Hinsicht aus. Zum einen hatte sie Ian versprochen, künftig mit jedem Problem als Erstes zu ihm zu kommen, und sie gedachte, sich daran zu halten. Zum anderen würde Alex ihren Vater früher oder später aufstöbern und zu Brei schlagen. Zugegeben, eine reizvolle Vorstellung – auch wenn sie sich für diesen Gedanken verachtete –, aber sie konnte und wollte nicht zulassen, dass Alex ihretwegen seine Karriere aufs Spiel setzte und sich sein Leben ruinierte. Er war ihr bester Freund und hatte im Laufe der Jahre unendlich viel für sie getan, und schon deshalb musste sie unter allen Umständen verhindern, dass er sich zu irgendeinem idiotischen Racheakt provozieren ließ.

Blieb also noch Ian, der zweifellos nicht viel anders als Alex reagieren würde. Und somit schied auch er im Grunde aus. Für beide Männer stand beruflich zu viel auf dem Spiel, beide erfreuten sich in der Öffentlichkeit großer Beliebtheit, und beide hatten es nicht verdient, alles zu verlieren, nur weil sie sich in ihrer Wut auf Douglas Taylor zu einer Gewalttat hatten hinreißen lassen.

Im Grunde ihres Herzens war sie überzeugt, dass es Ian schnurzpiepegal sein würde, wenn er von ihrem Vater in der Öffentlichkeit blamiert wurde. Aber Riley wäre es nicht egal. Sie durfte nicht zulassen, dass er und seine Familie – vor allem seine Mutter und seine Schwestern – der Boshaftigkeit und Gehässigkeit ihres Vaters ausgesetzt waren. Sie hatten es nicht verdient, da mit hineingezogen zu werden, nur weil sich Ian mit Riley eingelassen hatte.

Gott, wie sie ihren Vater hasste. Er zwang sie, Ian anzulügen, obwohl das das Allerletzte war, was sie wollte.

Sie rief sich in Erinnerung, was er neulich zu ihr gesagt hatte: *Entweder du vertraust mir, oder du tust es nicht. Wenn du nicht instinktiv als Erstes zu mir kommst, dann gibt es kein ›Uns‹. Diesbezüglich kann ich keine Kompromisse eingehen.*

Ihr blieb wohl nichts anderes übrig, als sich im Zweifelsfall auf die Formulierung »als Erstes« zu berufen. Sie hatte ihm nicht versprochen, mit *jedem* Problem zu ihm zu kommen, sondern als *Erstes* mit ihm zu reden, sprich, bevor sie mit Alex sprach. Ja, das waren Spitzfindigkeiten, Haarspaltereien, mit denen sie ihren Entschluss, ihm nicht vom Anruf ihres Vaters und von seinen Drohungen zu erzählen, zu rechtfertigen versuchte. Aber sie hatte keine andere Wahl.

Mit diesem Problem konnte sie beim besten Willen nicht zu ihm gehen. Und zwar ausnahmsweise nicht deshalb, weil es ihr an Vertrauen gemangelt hätte, ganz im Gegenteil – sie war überzeugt, dass er sich der Sache annehmen würde. Er würde ihren Vater entweder kaltmachen oder sich von ihm erpressen lassen. Ersteres konnte sie nicht zulassen, und das Zweite … Riley schüttelte den Kopf. Sie gewöhnte sich allmählich daran, Geschenke von Ian anzunehmen, aber das kam nicht in die Tüte. Ihr Vater würde immer mehr wollen und sie immer wieder belästigen. Er würde sie niemals in Ruhe lassen. Ein grauenhafter Gedanke, der sie schaudern ließ.

Nein, sie musste die Angelegenheit selbst regeln. So sehr ihr auch davor graute, sie musste allein mit ihrem Vater fertigwerden. Die Gewissheit, dass eine Begegnung mit ihm unausweichlich war, verursachte ihr akute Magenschmerzen.

Während sie darüber nachsann, was sie tun konnte, wie sie vorgehen sollte, tastete sie in Gedanken versunken nach ihrer Halskette. Es hatte eine seltsam beruhigende Wirkung, wenn sie mit dem Anhänger spielte.

Und da kam ihr plötzlich die rettende Idee. Ihr Plan war einfach, und zugleich wusste sie, dass sie untröstlich sein würde, sollte sie ihn wirklich in die Tat umsetzen. Aber – und das war das Wichtigste – er würde ihr ein wenig Zeit verschaffen und dafür sorgen, dass ihr Vater Ian und seine Familie in Ruhe ließ, bis ihr eine andere, dauerhafte Lösung einfiel.

14

Ian knurrte der Magen.

Er warf einen Blick auf seinen Bildschirm, genauer gesagt, auf das kleine Instant Message-Fenster, das er stets offen ließ, damit er gleich sah, wenn ihm Riley geschrieben hatte.

Dann fiel ihm wieder ein, wie er sie hier in seinem Büro gevögelt hatte, und er bekam umgehend einen Ständer. Sex oder Essen, dachte er und grinste in sich hinein.

Ian: Hast du Hunger?

Sie antwortete nicht gleich. Wahrscheinlich saß sie gerade nicht an ihrem Schreibtisch. Er beschloss, ein paar Minuten abzuwarten.

Um die Zeit zu überbrücken, versuchte er den Privatdetektiv anzurufen, den er auf Rileys Vater angesetzt hatte. Mist, wieder nur die Voicebox. Also hinterließ er dem Mann die x-te Nachricht. Ian war klar, dass es Zeit brauchte, um Informationen über Douglas Taylor zusammenzutragen, aber er wollte jetzt verdammt noch mal endlich ein paar Antworten.

Da Riley einige Minuten später noch immer nicht reagiert hatte, beschloss er, sich auf die Suche nach ihr zu machen. Sie hatten die ganze Woche lang jeden Tag zusammen zu Mittag gegessen, deshalb war er davon ausgegangen, dass sie das auch heute tun würden. Vielleicht war sie ja in einer Besprechung? Aber dann hätte sie ihn vorher bestimmt informiert. Unterwegs passierte er zahlreiche verwaiste Arbeitsplätze, die meisten Mitarbeiter saßen wohl schon beim Essen. Auch Rileys Büro war leer. Gut, dann würde er ihr eben eine Nachricht hinterlassen und sich allein in die Kantine begeben. Vielleicht gesellte sie sich ja später noch zu ihm. Und danach ein Quickie zum Dessert …

Als er sich auf ihrem Tisch nach etwas zum Schreiben umsah, fiel sein Blick auf einen offenbar in Eile abgerissenen Zettel an ihrem Notizblock. *Cash-In Pfandleihhaus*, stand dort, in Rileys Handschrift hastig hingekritzelt.

Ian hob eine Augenbraue. Was zum Teufel wollte sie versetzen und warum?

Das hatte bestimmt irgendwie mit ihrem Vater zu tun.

Er hatte zwar keine Ahnung, was los war, aber er hätte seinen Kopf darauf verwettet, dass es um diesen Scheißkerl ging.

Er zückte sein Handy und stellte fest, dass er im Laufe des Vormittags mehrere Anrufe verpasst hatte. Unter anderem zwei von Alex, der jedoch keine Nachricht hinterlassen hatte.

Mist.

Er drückte auf die Rückruftaste. Alex ging gleich beim ersten Klingeln ran. »Gar nicht so einfach, dich zu erreichen«, beschwerte er sich.

Ian verzog das Gesicht. Wahrscheinlich sollte er das Gerät mal durchchecken lassen, denn er hatte es nicht klingeln gehört. »Was gibt's?«

»Der Privatdetektiv hat mir die Akte zu Rileys Vater geschickt. Ich dachte, es könnte dich interessieren, was er rausgefunden hat.«

»Natürlich«, sagte Ian angenehm überrascht. »Schieß los.«

»Douglas Taylor lebt seit etwa zwei Jahren auf der Straße. Er hat seinen Job verloren und sein Haus ebenfalls – schon damals während der Immobilienkrise. Er ist total pleite und obendrein Alkoholiker. Manchmal, wenn er nüchtern ist, sucht er sich einen Gelegenheitsjob als Tellerwäscher, aber sobald er ein bisschen Kohle verdient hat, versäuft er gleich alles, und dann geht es wieder von vorn los.«

Hört, hört, dachte Ian. Total pleite. »Und auf Rileys Schreibtisch liegt ein Zettel mit dem Namen eines Pfandleihers im Stadtzentrum.«

»Scheiße«, knurrte Alex.

»Dieser Mistkerl hat sie kürzlich kontaktiert«, berichtete Ian. »Ich schätze mal, er will Geld.«

»Aber Riley hat nichts von Wert zu verkaufen«, wandte Alex ein.

Ian dachte an die Halskette, die er ihr geschenkt hatte. »O doch.« Die Vorstellung, dass sie sie versetzen wollte, traf ihn wie ein Schlag in die Magengrube.

Er schüttelte den Kopf. Nicht zu fassen, dass sie beschlossen hatte, diesen Weg zu gehen, statt sich an ihn zu wenden.

»Wo genau ist dieser Pfandleiher?«, fragte Alex und unterbrach damit seine düsteren Gedanken. »Am besten treffen wir uns direkt dort.«

Ian las ihm die Adresse vor, die auf dem Zettel stand, und legte auf.

*

Das Leihhaus befand sich in einem der schäbigsten Viertel der Stadt. Auf dem Bürgersteig neben dem Eingang saß ein Bettler mit einem Becher in der Hand, auf der anderen Staßenseite hingen ein paar Jugendliche in dunklen Kapuzenjacken herum. Zum Glück bekam Riley einen Parkplatz direkt vor dem Laden. Es sollte nicht allzu lange dauern, und das war auch gut so – sie wollte sich keine Sekunde länger als nötig in dieser beklemmend düsteren Gegend aufhalten.

Sie stieg aus und betrat hastig den Laden. Er war nur dürftig beleuchtet, der Linoleumboden war schmutzig und voller Risse. Sie war nicht die einzige Kundin. Ein paar Leute lümmelten am Tresen herum, zwei, drei weitere feilschten im hinteren Teil des Ladens mit einer älteren Angestellten.

»Was kann ich für Sie tun?«, erkundigte sich ein Mann mittleren Alters bei Riley.

Sie trug die Kette noch um den Hals, wollte sie erst im allerletzten Moment abnehmen. Sie tastete danach, zum x-ten Mal, seit sie beschlossen hatte, sie zu verkaufen und ihrem Vater das Geld zu geben.

Die Berührung des Anhängers wirkte tröstlich und spendete ihr Kraft. Es kam ihr fast so vor, als wäre Ian selbst bei ihr. »Ähm ... Ich ...«

»Ich hab nicht den ganzen Tag Zeit, Mädel. Wollen Sie die Kette verpfänden oder nicht?«

»Ich bin noch nicht so weit«, fauchte sie ihn an und wandte sich vom Tresen ab.

Er murmelte etwas von wegen »unentschlossene Weibsbilder« und widmete sich einem anderen Kunden.

Riley ließ die Fingerkuppe über die kühle Oberfläche des Diamants gleiten. Erinnerungen an Ian stürmten auf sie ein. Sie dachte an seine verunsicherte Miene, als er sie gebeten hatte, sein Geschenk anzunehmen, an seine Erleichterung, als sie es tatsächlich getan hatte. Daran, wie er ihr die Kette um den Hals gelegt und mit rauer Stimme gemurmelt hatte: »Perfekt. Genau wie du.«

Sie umklammerte das geliebte Schmuckstück, und in diesem Augenlick wurde ihr bewusst, dass sie es nicht über sich brachte, sich davon zu trennen. Sie konnte dieses Geschenk, das sie von Ian erhalten hatte, nicht einfach versetzen. Und sie dachte gar nicht daran, sich von ihrem Vater, der sie ihre gesamte Kindheit lang schikaniert hatte, erpressen zu lassen. Erst jetzt, wo sie hier war, erkannte sie, dass sie beinahe einen riesigen Fehler gemacht hätte. Ian hätte sich bestimmt gefragt, wo die Kette abgeblieben war, und sie konnte ihn nicht belügen. Sie hatte ihm versprochen, sich ausnahmslos immer an ihn zu wenden, und genau das würde sie jetzt tun.

»Hab's mir anders überlegt. Danke trotzdem«, rief sie dem Mann hinter dem Tresen zu und eilte zur Tür hinaus. Draußen atmete sie ein paarmal tief durch. Puh, war das wieder schwül heute. Sie konnte es kaum erwarten, wieder in ihrem klimatisierten Auto zu sitzen.

»Riley!«

Sie fuhr herum und sah, wie ihr Vater aus einem verbeulten Wagen stieg, der direkt hinter ihrem Auto stand.

»Lange nicht gesehen.«

Beim Klang seiner Stimme, die sie jahrelang bis in ihre Albträume verfolgt hatte, bekam sie eine Gänsehaut.

Er wirkte ungesund und gebrechlich – bleich und bis auf die Knochen abgemagert, sodass die Kleidung an ihm schlotterte. Seine Wangen waren von roten Flecken übersät, und unter den Augen hatte er dunkle Ringe.

»Wo kommst du denn plötzlich her?«, fragte sie konsterniert.

»Ich hab dich beobachtet. Hat mich ganz schön überrascht, dass du tatsächlich deinen Arsch aus deinem bequemen Bürostuhl gehievt hast und vom Stadion hierhergefahren bist. Wie es aussieht, kann ich dich immer noch zwingen zu tun, was ich will.« Er deutete auf den Pfandleiher hinter ihr.

»Du bist mir gefolgt?« Übelkeit stieg in ihr hoch. »Aber … niemand kann sich so ohne Weiteres Zutritt zum Stadiongelände verschaffen.«

»Meine Güte, bist du dämlich. Ich hab draußen auf der Straße gewartet und bin dir nachgefahren, als du den Parkplatz verlassen hast.«

Riley verschränkte die Arme vor der Brust. »Tja, ich habe leider kein Geld für dich«, verkündete sie und wandte sich zum Gehen.

Da machte er einen Satz nach vorn, packte sie und zerrte sie in die schmale Gasse gleich neben dem Laden.

Dort drückte er sie mit einer Kraft, die sie ihm angesichts seines abgezehrten Äußeren niemals zugetraut hätte, an die Mauer. Sie hatte keine Chance ihm zu entkommen. Sein ekelerregender Körpergeruch, eine Mischung aus Alkoholausdünstungen und Schweiß, stieg ihr in die Nase.

»Also, fangen wir noch mal von vorn an«, schnarrte er und umklammerte ihren Arm so fest, dass sie morgen garantiert blaue Flecke haben würde. »Wir hatten uns darauf geeinigt, dass du mir Geld besorgst.«

»Wir hatten keinen konkreten Zeitpunkt ausgemacht«, presste Riley hervor.

Er schüttelte sie, seine Fingernägel bohrten sich schmerzhaft in ihre Haut. »Wo ist mein Geld?«

»Ich habe keins. Wenn du mir nicht glaubst, dann frag drinnen im Laden nach.«

Er entriss ihr die Handtasche, wobei er ihr beinahe die Schulter ausgerenkt hätte, und durchwühlte sie, wie besessen von seiner Raffgier, warf einfach auf den Boden, was ihm in die Finger kam. Endlich hatte er ihr Portemonnaie gefunden und drückte ihr die Tasche wieder in die Hand. Sie umklammerte sie, während er sämtliche Fächer ihres Geldbeutels inspizierte. *Viel Glück*, dachte Riley. Wenn sie zwanzig Dollar dabeihatte, war das schon viel.

Ihr Vater nahm die paar Scheine an sich und pfefferte die Brieftasche auf den Boden. »Wo ist mein Geld? Hast du's in der Hosentasche?«

»Wie gesagt, ich habe nichts versetzt«, fauchte sie.

»Miststück.« Er schlug ihr mit der flachen Hand ins Gesicht, so kräftig, dass sie mit der Schläfe an die Mauer knallte und vor Schmerz Sternchen sah.

»Warum bist du dann hier? Was wolltest du denn zu Geld machen?« Sein Blick fiel auf den Anhänger, der in ihrem Ausschnitt baumelte. »Wahrscheinlich die hier. Hab ich recht?« Er befingerte ihre geliebte Halskette. »Hat die dieser Ian für dich gekauft?«

Sie kniff die Augen zu, wie gelähmt, weil er ihr so nah war und zugleich fassungslos, weil sie tatsächlich in Erwägung gezogen hatte, sich von einem Schmuckstück zu trennen, das ihr so lieb war.

Und da erwachte ihr Kampfgeist. Sie rammte ihrem Vater ein Knie in die Eier – nicht kräftig genug, um ihn gänzlich auszuschalten, aber der Schmerz, kombiniert mit dem Überraschungseffekt, ließ ihn ein paar Schritte nach hinten taumeln.

»Du dämliche Schlampe!«

Sie ging davon aus, dass er sie noch einmal ohrfeigen würde, rüstete sich mental schon dafür, bereit auszuweichen, doch er griff stattdessen nach ihrer Halskette. Ein Ruck, und sie war gerissen.

Triumphierend hielt er seine Beute hoch. »Die dürfte mir ein hübsches Sümmchen einbringen. Aber glaub nicht, dass du das letzte Mal von mir gehört hast.« Damit drehte er sich um und ließ sie stehen.

»Na, warte«, knurrte Riley. Jetzt war das Maß endgültig voll – nicht nur für heute, sondern für den Rest ihres Lebens. Sie spurtete ihm hinterher und rammte ihn mit voller Wucht. Er ging zu Boden und rollte sich auf den Rücken, und ehe sie es sich versah, saß Riley auch schon rittlings auf ihm und würgte ihn mit beiden Händen.

Vor ihrem inneren Auge sah sie das Gesicht ihrer Mutter. »Ich hasse dich!«, kreischte sie und drückte fester zu, während er sich unter ihr wand und verzweifelt versuchte, sich aus ihrem Würgegriff zu befreien.

»Riley!«

Hatte da jemand ihren Namen gerufen? Im selben Moment vernahm sie das Geheul einer Polizeisirene. Sie wurde an den Schultern gepackt und von ihrem Vater weggezerrt, war aber zu hysterisch, um wahrzunehmen, von wem und was mit dem Mann geschah, der ihr nie ein richtiger Vater gewesen war.

*

Ian traf unmittelbar nach Alex am Ort des Geschehens ein. Binnen Sekunden hatte er die Situation erfasst und messerscharf kombiniert, dass der Mann, der dort auf dem Bürgersteig lag und von der tobenden Riley gewürgt wurde, ihr Vater war. Eben packte Alex sie an den Schultern und zog sie von ihm herunter. Sogleich richtete sich Douglas Taylor hustend und keuchend auf, zweifellos in dem Versuch, das Weite zu suchen. Doch Ian war bereits zur Stelle und verpasste ihm einen Hieb, der ihn gleich wieder zu Boden streckte. In der Zwischenzeit hatte neben ihnen mit quietschenden Reifen ein Streifenwagen gehalten.

Kaum war einer der Uniformierten ausgestiegen, kreischte Rileys Vater auch schon: »Man hat mich überfallen!«

»Du hältst jetzt verflucht noch mal die Schnauze!«, bellte Ian, stellte ihm einen Fuß auf die Brust und drückte ihn wieder auf den Boden, um ihn ruhigzustellen, bis der Polizist übernehmen konnte.

Dieser hievte den alten Mann hoch. Ehe er ihm irgendwelche Fragen stellen konnte, öffnete sich die Tür des Ladens hinter ihnen und der Pfandleiher trat heraus. »Der Kerl hat sie angegriffen, Officer.« Er deutete auf Rileys Vater.

»Haben Sie bei uns angerufen?«, wollte der Polizist von ihm wissen.

Der Pfandleiher nickte, und der Uniformierte drehte Douglas Taylor mit grimmiger Miene die Arme auf den Rücken und legte ihm Handschellen an, wobei er ihn über seine Rechte belehrte. Dann drehte er sich zum Pfandleiher um. »Warten Sie hier. Wir müssen Ihre Aussage aufnehmen.«

Nun, da der alte Taylor keine Gefahr mehr darstellte, konnte sich Ian endlich Riley widmen, die in einiger

Entfernung auf dem Boden kauerte. Alex hielt sie im Arm. Zähneknirschend ging Ian zu den beiden rüber. »Ist sie verletzt?«

Alex warf ihm einen warnenden Blick zu, als würde er ihm ernsthaft zutrauen, dass er jetzt einen Streit mit Riley vom Zaun brechen würde.

Pfff. Sein Halbbruder hatte ja echt eine tolle Meinung von ihm.

Dann gesellte sich einer der Polizisten zu ihnen, und Alex lockerte seinen Griff um Rileys Schultern und murmelte: »Riley? Die Polizei will mit dir reden.«

»Ist das Ihre?«, erkundigte sich der Polizist. Er hielt die Halskette, die sie von Ian bekommen hatte, in die Höhe. »Die hatte der Verhaftete in der Hand.«

Riley nickte und fasste sich dann stöhnend an den Kopf. »Ja«, sagte sie, wobei sie Ians Blick wohlweislich auswich.

»Die müssen wir leider mitnehmen, weil sie ein Beweisstück ist, aber Sie bekommen sie zurück, sobald der Fall geklärt ist. Woher stammt die Wunde an Ihrer Schläfe?«

»Er hat mich geschlagen, und ich bin mit dem Kopf an die Mauer geknallt«, erklärte Riley. Ihre Stimme klang rau. Kein Wunder, nachdem sie sich vorhin fast die Seele aus dem Leib gebrüllt hatte.

Ian verzog das Gesicht und bereute es fast, dass er diesem Schwein vorhin, als die Gelegenheit günstig gewesen war, nicht gleich ein paar kräftige Kinnhaken verpasst hatte.

»Der Krankenwagen ist schon unterwegs. Sie müssen

sich untersuchen lassen. Gut möglich, dass Sie eine Gehirnerschütterung haben.«

»Aber …«

»Keine Widerrede«, unterbrach Alex ihre Einwände und half ihr hoch.

Sie rappelte sich auf und wagte es zum ersten Mal, Ian anzusehen. Ihre Augen waren glasig, ihre Wangen gerötet vom Weinen. »Kommst du mit ins Krankenhaus?«

Er konnte ihr den Wunsch nicht abschlagen.

Wollte es auch gar nicht.

Doch die Gewissheit, dass sie sich bewusst dafür entschieden hatte, das allein durchzustehen, obwohl sie ihn um Hilfe hätte bitten können, traf ihn tief. Als sie neulich darüber geredet hatten, wie es zwischen ihnen weitergehen sollte, hatte er sie ausdrücklich darum gebeten, zu ihm zu kommen, wenn sie ein Problem hatte. Und nun hatte sie ihr Versprechen gebrochen – noch dazu in einer Angelegenheit, die ein schlimmes Ende hätte nehmen können.

Eine Stunde später saß er neben Alex im Warteraum des Krankenhauses, während Riley alle möglichen Untersuchungen über sich ergehen lassen musste.

Eine Weile herrschte betretenes Schweigen. »Bringst du sie nachher nach Hause?«, fragte Alex schließlich.

Ian rutschte ein wenig auf seinem Stuhl herum, dann sagte er: »Ehrlich gesagt wollte ich dich bitten, das zu übernehmen.«

Sein Halbbruder musterte ihn mit schmalen Augen. »Darf ich fragen, warum?«

Ian starrte auf seine Hände. Es behagte ihm ganz und gar nicht, einem Mann, den er kaum kannte, seine Gefühle zu offenbaren. »Nach dem Ball neulich haben Riley und ich eine Vereinbarung getroffen.« Er wiederholte, was er an jenem Abend zu ihr gesagt hatte: *Entweder du vertraust mir, oder du tust es nicht. Wenn du nicht instinktiv als Erstes zu mir kommst, dann gibt es kein ›Uns‹. Diesbezüglich kann ich keine Kompromisse eingehen.*

»Und was macht Riley? Kaum hat sie ein Problem, vergisst sie ihr Versprechen und versucht, es im Alleingang zu lösen«, schloss er.

Alex zuckte die Achseln. »Ich hab dir doch von Anfang an gesagt, dass sie sich am liebsten nur auf sich selbst verlässt.«

»Okay, aber wir hatten uns darauf geeinigt, dass wir beide Kompromisse eingehen würden. Deinetwegen musste ich ihr ja verdammt noch mal auch entgegenkommen«, echauffierte sich Ian. Alex würde ihm den Kraftausdruck bestimmt nicht übel nehmen.

Alex lachte. »Hallo? Mir ging es doch nicht anders! Aber du hast den Mann, der Schuld daran ist, dass sie ihren Mitmenschen so wenig Vertrauen entgegenbringt, ja nun mit eigenen Augen gesehen. Im Übrigen hat sie mich auch nicht angerufen.«

Ian nickte. Immerhin. Das hätte das Fass endgültig zum Überlaufen gebracht.

»Trotzdem bin ich nicht sicher, ob das mit Riley und mir überhaupt noch einen Sinn hat.« Mehr hatte er im Augenblick zu dem Thema nicht zu sagen. »Versprich mir, dass du bleibst, bis sie entlassen wird.« Denn ihm war klar, dass Riley jetzt auf keinen Fall allein sein durfte.

Es würde ihm das Herz brechen, einfach zu gehen, aber er hatte keine andere Wahl. Er hatte seine Bedürfnisse klipp und klar geäußert, und das, worum er sie gebeten hatte, war seiner Ansicht nach nicht zu viel verlangt. Er hatte ihr ihre Freiheit gelassen, hatte sich aus ihren beruflichen Angelegenheiten herausgehalten, hatte sie zu nichts gedrängt, was ihre Wohnsituation anging ... Okay, vielleicht ein bisschen.

Aber wenn es hart auf hart kam, wollte sie ihre Probleme offenbar trotzdem noch im Alleingang lösen.

Alex nickte. »Ich werde für sie da sein. Immer.«

Ian nickte. Zu einem »Danke« konnte er sich beim besten Willen nicht durchringen.

Er würde noch abwarten, bis die Untersuchungsergebnisse vorlagen. Und sobald feststand, dass sie keine ernsthaften Verletzungen davongetragen hatte, würde er nach Hause fahren, selbst wenn es ihm das Herz brach – und ihr gleich mit. Denn in seinen Augen hatte sie mit der heutigen Entscheidung ihre gesamte Beziehung infrage gestellt. Er mochte zwar kein Experte in diesen Dingen sein, aber eins wusste er: Ohne Vertrauen keine Beziehung.

*

Riley dröhnte der Kopf. Sie hatte eine Gehirnerschütterung und eine Schramme an der Schläfe davongetragen. Der Arzt meinte, er sei gewillt, sie zu entlassen, sofern sie ihm garantieren könne, dass in den kommenden Stunden jemand regelmäßig nach ihr sah. Außerdem trug er ihr auf, sich bei einer Verschlimmerung der Symptome – sprich, im Falle von starken Kopfschmerzen, Erbrechen oder heftigen Schwindelattacken – unverzüglich wieder in der Klinik einzufinden. »Ian wird mich keine Sekunde aus den Augen lassen«, versicherte sie dem Arzt und versprach, sich strikt an seine Anweisungen zu halten. Er ging hinaus, um Ian und Alex über ihren Zustand zu informieren und die beiden anschließend zu ihr hineinzuschicken.

Danach lag sie eine Weile bewegungslos da und döste vor sich hin, bis sie das Rascheln des Vorhanges vernahm, der ihre Liege umgab. Als sie jedoch die Augen aufschlug, erblickte sie nur Alex. Von Ian keine Spur.

»Wo ist Ian?«

Alex nahm auf dem Stuhl Platz, der neben ihrem Bett stand. »Der ist schon weg. Tut mir leid.«

»Musste er so dringend ins Büro, oder ist er so sauer auf mich?«

Alex seufzte. »Sauer ist wohl nicht der richtige Ausdruck. Ich weiß ja inzwischen, wie Ian drauf ist, wenn er sauer ist. Er ist … verletzt. Sehr verletzt. Was zum Teufel hast du dir dabei gedacht?«

»Mein Vater wollte Geld. Ich dachte, ich verpfände die Halskette, um Zeit zu gewinnen, und dann überlege ich mir, was zu tun ist. Ich wollte nicht, dass Ian und seine Familie meinetwegen Ärger bekommen. Mein Vater hat nämlich damit gedroht, ihm bei öffentlichen

Veranstaltungen wie der Gala neulich aufzulauern und ihn bloßzustellen.«

Alex schüttelte den Kopf. »Erzähl mir doch keine Lügenmärchen.«

Sie starrte ihn an. »Wie bitte?«

»Du hast schon richtig gehört. Du hast kalte Füße bekommen, stimmt's? Ian hat zu dir gesagt, du könntest mit *jedem* Problem zu ihm kommen, was auch immer es ist, und kaum hast du tatsächlich ein Problem, beschließt du, es im Alleingang zu lösen. Du wolltest sogar deine Halskette versetzen und das Geld deinem Vater, diesem zwielichtigen Aas, in den Rachen schieben!«

»Zugegeben, das hatte ich vor, aber ich hab's nicht getan!«, erwiderte sie mit erhobener Stimme.

»Darum geht es doch gar nicht!«, konterte er mindestens ebenso laut. »Dass du meinen bescheuerten Halbbruder kennengelernt hast, ist doch das Beste, was dir je passiert ist, und jetzt hast du ihn vergrault! Und warum? Weil du es nicht wagst, ihm zu vertrauen! Es muss ja immer alles nach deinem Kopf laufen. Du willst dir partout nicht unter die Arme greifen lassen, auch nicht von Menschen, die dich lieben, einschließlich meiner Wenigkeit. Ich weiß aus eigener Erfahrung, wie sich das anfühlt, und ich kann mir lebhaft vorstellen, wie Ian darunter leidet!«

»Du bist auf seiner Seite?«, fragte sie mit Tränen in den Augen.

»Nein, ich bin auf deiner Seite, Riley. Immer. Und ich weiß, dass du ihn liebst.«

Sie blinzelte. »Das habe ich nie gesagt.«

»Das ist auch gar nicht nötig.« Er schüttelte nachdenklich den Kopf. »Aber mal ganz ehrlich, Riley, warum musste es denn ausgerechnet er sein?«

Sie lächelte schief. »Ich wüsste nicht, was das zur Sache tut. Er ist ohnehin weg.«

»Aber nur, weil du ihm nicht gibst, was er braucht. Hör zu, ich bin echt der Letzte, der Weisheiten über Beziehungen verbreiten sollte, aber sogar ich habe gemerkt, dass er sich verändert hat. Und er hat es für dich getan. Warum kannst du nicht dasselbe für ihn tun?«

Sie schlug die Augen nieder. »Ich habe eben Angst«, flüsterte sie. »Was ist, wenn ich auf ihn zähle und er lässt mich im Stich?«

»Jetzt hör mir mal gut zu. Normalerweise werden Kinder geboren in dem Bewusstsein, dass ihre Eltern sie lieben, für sie sorgen und für sie da sind. Das war bei dir anders, also hast du früh gelernt, dich nur auf dich selbst zu verlassen. Später hast du dann zumindest den Mut gefunden, mir zu vertrauen.«

Riley schluckte den Kloß hinunter, der in ihrer Kehle saß. Es tat richtig weh. »Weil du immer für mich da warst.«

»Soweit ich das beurteilen kann, wird Ian auch immer für dich da sein – solange du bereit bist, dich ganz auf ihn einzulassen.«

»Das wollte ich ja. Ich hab's ihm versprochen, aber ich … ich konnte nicht.«

»Meinst du denn, dass du es in Zukunft können wirst?«

Riley versuchte, in sich hineinzuhören. Sie wollte es. Sie wollte es wirklich. Aber sie hatte keine Ahnung, ob sie sich, wenn es hart auf hart kam, nicht doch wieder abschotten und ihre Probleme im Alleingang lösen würde.

»Miss Taylor?« Eine hübsche junge Frau, die ungefähr in Rileys Alter sein musste, steckte den Kopf durch den Spalt im Vorhang. Sie trug Rock und Bluse und hatte sich das blonde Haar zu einem Pferdeschwanz zusammengebunden.

»Ich heiße Madison Evans und bin Sozialarbeiterin. Bitte nennen Sie mich Madison.«

Riley verschränkte die Arme vor der Brust. »Ich brauche keine S…«

»Schön, Sie kennenzulernen.« Alex war vom Stuhl aufgesprungen und überschlug sich förmlich in dem Bemühen, Madison die Hand zu schütteln. »Ich bin Alex Dare, ein Freund von Riley.«

Madison ergriff sie lächelnd, schien aber nicht zu wissen, dass sie einen Footballstar vor sich hatte.

»Sehr erfreut«, sagte sie, dann wandte sie sich wieder zu Riley um.

Diese versuchte, nicht zu lachen, als sie sah, wie Alex die Kinnlade herunterklappte.

Der Ärmste war es nicht gewohnt, dass eine Frau in seiner Gegenwart zur Abwechslung mal nicht vor Ehrfurcht fast in Ohnmacht fiel.

»Ich weiß es zu schätzen, dass Sie vorbeigekommen sind, aber ich brauche wirklich keine Sozialarbeiterin«, sagte sie zu Madison.

»Lassen Sie sich bloß nicht gleich abwimmeln, Madison. Wenn jemand so nachdrücklich protestiert wie Riley, ist das immer verdächtig«, sagte Alex und warf Riley einen pointierten Blick zu.

Madison sah kurz zwischen ihnen hin und her und konzentrierte sich dann wieder ganz auf Riley. »Ich spreche mit allen Opfern häuslicher Gewalt, die in diese Klink eingewiesen werden.«

Riley zog die Nase kraus. »Aber ich bin gar kein …«

»Doch, das bist du«, unterbrach sie Alex und legte ihr eine Hand auf die Schulter.

Madison trat näher. »In Ihrer Akte steht, dass Ihr Vater Sie geschlagen hat«, sagte sie sanft.

Riley sah ihr in die Augen. »Richtig.«

»Vielleicht ist es ja hilfreich, wenn Sie mit jemandem darüber reden. Wir können gern einen Termin für ein psychologisches Beratungsgespräch vereinbaren.«

»Das wäre bestimmt hilfreich«, schaltete sich Alex ein.

»Na gut, meinetwegen.« Riley nahm die Karte entgegen, die ihr Madison hinhielt, obwohl sie bezweifelte, dass sie sie tatsächlich anrufen würde. »Danke.«

»Ich tue nur meine Arbeit. Und ich bin gut, wenn Sie mir die Bemerkung erlauben. Eine solche Erfahrung hinterlässt immer Spuren in der Seele, und ich würde mich freuen, wenn ich Ihnen bei der Bewältigung helfen könnte.«

Riley nickte. »Okay.«

»Also dann, bis demnächst.« Madison lächelte sie an, dann verzog sie sich.

Alex starrte ihr wie hypnotisiert hinterher.

Riley hob eine Augenbraue, verwundert über sein unverholenes Interesse an dieser Frau, die so ganz anders war als die aufgetakelten Tussis, mit denen er sich sonst umgab, aber er ließ ihr keine Gelegenheit nachzuhaken.

»Sie hat völlig recht«, sagte er sogleich.

»Du bist also der Meinung, ich brauche psychologische Betreuung.« Riley hielt den Blick auf die Bettdecke gesenkt.

»Ich bin der Meinung, dass Reden nicht schaden kann.«

»So diplomatisch kenne ich dich ja gar nicht.« Sie schürzte die Lippen und betrachtete die Visitenkarte der Sozialarbeiterin, die sie noch immer in der Hand hielt.

»Ich will nur, dass du glücklich bist. Und mit Ian warst du glücklich. Er hat dir gutgetan.«

Riley grinste. »So wie du das sagst, klingt es, als könntest du jeden Augenblick an deinen eigenen Worten ersticken.«

Alex grunzte. »Sei gefälligst nicht so streng mit mir. Immerhin habe ich ihn angerufen, um ihm zu berichten, was der Privatdetektiv über deinen Vater herausgefunden hatte. Schon das fand ich äußerst großmütig von mir. Und jetzt soll ich auch noch ein Loblied auf ihn singen?« Er schüttelte den Kopf. »Ich fürchte, das ist zu viel verlangt für einen einzigen Tag.«

»Alex?«

»Ja?«

Riley gab sich einen Ruck und äußerte ihre allergrößte Befürchtung: »Was ist, wenn Ian die Schnauze gestrichen voll hat von mir? Ihm fällt es auch nicht leicht, Leute an sich ranzulassen. Was ist, wenn ich ihn so verletzt habe, dass er nichts mehr mit mir zu schaffen haben will?«

»Dann ist er eben doch ein Vollidiot, wie ich es von Anfang an vermutet hatte.«

Riley lachte, obwohl sie schon wieder Tränen in den Augen hatte. »Du bist echt unmöglich.«

»Und du bist echt bemitleidenswert. Nimm die Hilfe dieser Madison in Anspruch. Du brauchst sie. Es ist wichtig für dich, ganz egal, ob Ian künftig ein Teil deines Lebens ist oder nicht.«

15

Nachdem Riley ein paar Tage bei Alex verbracht hatte, kehrte sie wieder in ihre eigenen vier Wände zurück. Der Arzt hatte sie für den Rest der Woche krank geschrieben, damit sie sich ordentlich ausruhen und wieder zu Kräften kommen konnte.

Ihre Mutter war jetzt schon weit über zehn Jahre tot. Und es war auch schon ewig her, dass Melissa ihren Vater verlassen und sie mitgenommen hatte. Und die ganze Zeit über hatte Riley angenommen, sie hätte die Vergangenheit mehr oder weniger unbeschadet überstanden. Aber da hatte sie sich wohl getäuscht. Ihr Blick streifte den Umzugskarton mit ihren Sachen, den ihr Ian hatte liefern lassen, und ihre Augen füllten sich mit Tränen.

Sie sah auf die Uhr. Gleich würde Melissa vorbeikommen, und Alex wollte sie abends zum Essen ausführen. Melissa und Alex – die beiden waren nicht nur ihre Familie, sondern auch die einzigen Freunde, die sie hatte. Sie hatte sich eingeredet, die paar Arbeitskolleginnen, mit denen sie gelegentlich nach Feierabend ausgegangen war, seien ihre Freundinnen. Aber das war ein Trugschluss gewesen. Sie ließ keinen ihrer Mitmenschen nahe genug an sich heran, um ihn ernsthaft als *Freund* bezeichnen zu können.

Entmutigt ließ sie den Kopf hängen, begriff erst jetzt, dass sie in puncto Vertrauen offenbar genauso viele Probleme hatte wie Ian. Mit dem Unterschied, dass er zumindest versucht hatte, sich zu ändern, bis zu dem Zeitpunkt, als er sie im Krankenhaus im Stich gelassen hatte. Natürlich war ihr klar, warum er aus ihrem Leben verschwunden war: Sie hatte ihn enttäuscht mit ihrer Entscheidung, sich ihrem Vater allein zu stellen, statt sich wie versprochen an Ian zu wenden. Sie wusste auch, dass seine Reaktion auf seine Ängste zurückzuführen war, genau wie ihr Verhalten von ihrer Vergangenheit bestimmt wurde.

All das war jedoch völlig unerheblich angesichts der Tatsache, dass sie am Boden zerstört war und sich ernsthaft fragen musste, ob sie wohl je wieder auf die Beine kommen würde. Zum ersten Mal in ihrem Leben hatte ihr jemand das Herz gebrochen. Tja, daran konnte sie leider nichts ändern, aber sie konnte alles in ihrer Macht Stehende tun, um ihr Vertrauensdefizit gegenüber anderen Menschen in den Griff zu bekommmen, damit sie vor derartigen Schwierigkeiten wenigstens künftig verschont blieb.

Entschlossen holte sie ihre Handtasche und kramte die Karte der Sozialarbeiterin heraus. Sie würde versuchen, für Anfang nächster Woche einen Termin zu vereinbaren.

Sie brauchte Hilfe.

Falls es ihr gelingen sollte, Ian davon zu überzeugen, dass sie ihn liebte, und sich nach Kräften bemühen würde, ihre Ängste zu überwinden, wäre ihr eine rosige Zukunft beschieden. Und was, wenn er ihr nicht glaubte? Sie wischte sich die Tränen von den Wangen. Tja, das wäre dann wohl noch ein weiteres Thema, das sie mit ihrer Therapeutin ausführlich erörtern konnte.

*

Es hatte Ian echt fertiggemacht, Riley ihre Sachen zurückzuschicken, aber es hatte einfach sein müssen. Er hatte alles, was ihn an sie erinnerte, loswerden und wieder zu seinem Einzelgängerleben zurückkehren müssen. Ihre duftenden Cremes und Kosmetika waren aus dem Bad verschwunden, sein Rasierer und seine Zahnbürste lagen nun wieder einsam und verlassen auf dem Regal über dem Waschbecken. In seinem Schrank hingen keine Klamotten mehr von ihr, und die Schublade, in der sie ihre sexy Dessous verstaut hatte, war leer. Sie hatte jedem Raum ihren Stempel aufgedrückt, dabei hatte sie doch gar nicht so lange bei ihm gewohnt.

Er hatte sie bei sich aufgenommen, hatte Platz gemacht für sie.

Und sie fehlte ihm.

Zwei Wochen war der Vorfall mit ihrem Vater jetzt her, und es fiel Ian unendlich schwer, sich in der Arbeit von ihr fernzuhalten. Seinen Schwestern gegenüber war er unausstehlich, zumal ihn Olivia mit ihrer großen Klappe nervte, seine Brüder gingen ihm wohlweislich aus dem Weg, und von seiner Mutter hörte er in einer Tour, wie schade es doch sei, dass er sich von Riley getrennt hatte.

Mit ihr war er heute zum Frühstück verabredet. Wenn er es schaffte, das Reizthema Riley zu umschiffen, standen die Chancen gut, dass er den Tag irgendwie überstehen würde.

O Mann. Früher hatten ihm die Frauen längst nicht so viel Kopfzerbrechen bereitet.

Er betrat das Restaurant, das seine Mutter als Treffpunkt vorgeschlagen hatte, und musste feststellen, dass ihn dort an ihrer Stelle sein Vater erwartete.

»Ohne mich«, knurrte er und machte auf dem Absatz kehrt.

»Ian! Bitte lass mich hier nicht einfach so sitzen.«

Ian wirbelte herum und marschierte mit geballten Fäusten zurück zu dem Tisch, an dem sein Vater saß. »Na, du hast doch genau dasselbe getan. Du hast mich – *uns* – einfach sitzen lassen.«

»Stimmt, das habe ich getan. Und jetzt setz dich hin und hör dir zur Abwechslung mal meine Version der Geschichte an.«

Ian riss erstaunt die Augen auf. Sein Vater verlangte von ihm, dass er ihm zuhörte? Und er gestand seine Schuld offen ein? Er zögerte einen Augenblick.

»Ich schlage vor, du setzt dich, damit wir uns endlich mal richtig unterhalten können. Es sei denn, du willst den Rest deines Lebens damit zubringen, mich zu hassen und dich nach der Frau zu sehnen, die du liebst, aber trotzdem verlassen hast.«

»Mom hat dich geschickt, stimmt's?«

»Volltreffer.«

»Damit du mir den Kopf zurechtrückst.«

»Richtig.«

Mit anderen Worten: Wenn er dem Wunsch seines Vaters nicht nachkam, hatte er demnächst eben seine Mutter am Hals. Aber sie hatte aus unerfindlichen Gründen *seinen Vater* gebeten, mit ihm zu reden.

»Okay, bringen wir's hinter uns.« Ian ließ sich auf einen Stuhl plumpsen, und auch sein Vater setzte sich wieder hin.

»Es gibt keine Entschuldigung für das, was ich euch angetan habe. Deine Mutter und ich hatten eine Abmachung getroffen, und ich habe sie gebrochen. Ich habe meine Ehefrau betrogen und war meinen Kindern ein beschissener Vater.«

»Einigen deiner Kinder jedenfalls«, brummte Ian.

Robert stützte die Ellbogen auf dem Tisch auf. »Nein, allen. Savannah wusste zwar von Emma, aber ich habe keine Ahnung, inwieweit Alex, Jason und Sienna über euch informiert waren. Eines kann ich dir jedenfalls versichern: Sie fanden es überhaupt nicht prickelnd, dass Savannah und ich nicht verheiratet waren. Und als sie von euch erfahren haben, waren sie alles andere als begeistert darüber, nur meine außerehelichen Kinder zu sein.«

Seine Worte gaben Ian zu denken. Er hatte sich kein einziges Mal in seine Halbgeschwister hineinversetzt, hatte sich nie Gedanken darüber gemacht, ob sie vielleicht auch irgendwie zu kurz gekommen waren. Nicht ein einziges Mal.

Er rieb sich den Nasenrücken. »Worauf willst du hinaus?«

»Du machst es mir nicht gerade leicht.« Robert schüttelte den Kopf, doch eines musste man ihm zugute halten – er warf nicht gleich die Flinte ins Korn. Nein, er war entschlossen, es durchzustehen.

»Hast du das etwa ernsthaft von mir erwartet?«

»Nein. Worauf ich hinauswill ist, dass eigentlich keines meiner Kinder einen Grund hat, anderen Menschen Vertrauen entgegenzubringen. Aber du unterschätzt die Leute. Und dich selbst. Denk doch nur mal daran, was du alles für deine Geschwister getan hast. Und für deine Mutter. Du warst ihr Fels in der Brandung.«

Nanu, ein Kompliment? Von Robert Dare?

»Denk immer daran, wozu du imstande bist, und gestatte mir eine Frage: Willst du wirklich kapitulieren, ausgerechnet jetzt, wo dich Riley am Allernötigsten braucht?«

»Aha, jetzt kommen wir der Sache schon näher. Glaubst du ernsthaft, ich werde hier sitzen und mir von *dir* Ratschläge in Sachen Liebe erteilen lassen?«

Sein Vater grinste. »Zumindest weiß ich jetzt, dass du sie liebst. Das ist schon mal ein guter Ausgangspunkt.«

Ian schnaubte und lehnte sich auf seinem Stuhl zurück. »Ja, ich liebe sie, aber sie …«

»Kein Aber, Sohnemann. Wenn deine Mutter nicht gesagt hätte: ›Okay, ich liebe zwar einen anderen, aber mein Vater ist schwerkrank, und deshalb werde ich den Mann heiraten, den er für mich ausgesucht hat …‹

Naja, wenn sie mich nicht geheiratet hätte, dann wäre alles ganz anders gekommen. Dann hätte ich zwar jetzt nicht fünf wunderbare Kinder, die ich gar nicht verdient habe, sie jedoch hätte ihr Leben mit dem Mann verbringen können, den sie wirklich geliebt hat.«

Ian klappte die Kinnlade herunter. Sein Vater war also darüber informiert, wie es um die Gefühle seiner Mutter bestellt gewesen war?

»Nun mach nicht so ein schockiertes Gesicht. Ich wusste, ich war nicht der Richtige für sie. Es ist wohl die Untertreibung des Jahrhunderts zu behaupten, dass unsere Ehe von vornherein zum Scheitern verurteilt war. Du und Riley dagegen … Was zum Teufel hält dich davon ab, dich mit dieser tollen, großherzigen Frau zu versöhnen, mal abgesehen von der Tatsache, dass du aufgrund meines Fehlverhaltens nicht in der Lage bist, anderen zu vertrauen?«

Ian wurde schwindelig.

Eine Kellnerin steuerte auf ihren Tisch zu, hielt jedoch abrupt inne, als Robert sie ansah und den Kopf schüttelte.

»Weißt du zufällig, wie es ihr geht?«, fragte Ian. Plötzlich gierte er nach Informationen über sie, konnte es kaum erwarten, etwas über sie zu erfahren.

»Ich weiß nur, was dein Bruder erzählt hat.«

Halbbruder, hätte Ian ihn beinahe korrigiert, aber er ließ es bleiben.

»Und das wäre?«

»Die Gehirnerschütterung klingt allmählich ab, deshalb ist sie inzwischen wieder zu Hause.«

»In diesem grauenhaften Wohnblock?«, platzte Ian lauter als nötig heraus, sodass das Paar am Nebentisch irritiert herüberguckte, aber das war ihm egal.

Robert nickte. »Dein Bruder und ich sind uns einig, was Rileys Wohnverhältnisse angeht.«

»Sie hat eine Gehaltserhöhung bekommen. Mit ihrem Lohn könnte sie sich eine weitaus schönere und vor allem sicherere Unterkunft leisten.«

»Naja, so eine Psychotherapie ist kostspielig ...«, bemerkte sein Vater. »Hoppla, hab ich das etwa gerade laut ausgesprochen?«

Plötzlich benötigte Ian dringend einen Kaffee. Er winkte der Kellnerin, die sogleich lächelnd angetrabt kam. »Was darf's denn sein?«

»Kaffee, bitte. Schwarz.«

Sie sah zu Robert.

»Noch eine Tasse koffeinfreien Kaffee, bitte. Danke.«

»Koffeeinfrei?«, wiederholte Ian, sobald sie weg war. »Ich weiß noch, dass Mom immer deinen Thermobecher mit Kaffee bereithielt, wenn du zur Arbeit oder zum Flughafen musstest. Stark, schwarz, ohne Zucker.« Seltsam, dass ihm das jetzt einfiel.

Er hatte so viele seiner Kindheitserinnerungen verdrängt, die guten wie die schlechten. Er hatte mit der Vergangenheit abgeschlossen, weil es zu sehr schmerzte, wenn er daran dachte. Mit einem Mal jedoch erschien ihm der Schmerz nicht mehr ganz so akut.

Und es waren nicht die Jahre, die ihn gedämpft hatten, sondern die Veränderungen, die er in letzter Zeit durchgemacht hatte. Er wurde toleranter. Und das verdankte er Riley.

»So, sie macht also eine Therapie?«, hakte er nach.

»Das hast du nicht von mir. Ich dachte nur, wenn du erfährst, wie sehr sie sich bemüht, ihre traumatische Vergangenheit zu bewältigen, bewegt dich das vielleicht dazu, ihr auf halbem Weg entgegenzukommen. Ich würde dir ja raten, es um deiner selbst willen zu tun, aber ich habe den dumpfen Verdacht, es ist erfolgversprechender, wenn ich dir sage, du sollst es für sie tun.«

Ian runzelte die Stirn. »Du glaubst wohl, du kennst mich in- und auswendig, wie?« In seinen Worten lag keinerlei Aggression. Nicht mehr, obwohl er sich nie hatte vorstellen können, dass er irgendwann in der Lage sein würde, zu vergessen und zu vergeben. Dabei hatte ihn der Hass auf seinen Vater unheimlich viel Energie gekostet.

Und er hatte bewirkt, dass er niemanden an sich herangelassen hatte.

Nicht einmal Riley.

Und er hatte sie selbst dann noch auf Distanz gehalten, als er sich ihr schließlich geöffnet hatte. Wie zum Teufel war es sonst zu erklären, dass er einfach nach Hause gefahren war, als sie im Krankenhaus gelegen hatte?, dachte er und verachtete sich selbst dafür. Er erhob sich.

»Na, holst du dir dein Mädel zurück?«, fragte sein Vater.

»Glaub ja nicht, dass wir von jetzt an ein Herz und eine Seele sein werden«, sagte Ian.

»Keine Sorge.«

Als sein Vater die Kaffeetasse hob und ihm damit zuprostete, musste Ian wider Willen schmunzeln.

*

Riley musste Überstunden machen, was sie jedoch nicht sonderlich störte, da sie zu Hause von niemandem erwartet wurde. Nachdem sie das letzte Protokoll getippt hatte, räumte sie ihren Schreibtisch auf und wollte gerade den Computer ausschalten, als ihr der Instant Messenger mit einem Piepston meldete, dass sie eine Nachricht erhalten hatte.

Hm. Hoffentlich war Dylan nicht noch etwas Dringendes eingefallen. Sie war erschöpft, denn sie hatte seit dem Vorfall vor zwei Wochen nicht allzu viel geschlafen. Oder eher, seit sie bei Ian ausgezogen war und wieder allein in ihrem eigenen Bett schlief. In ihrer Wohnung, die ihr nun öd und leer vorkam.

Sie warf einen Blick auf den Monitor, und ihr Herz setzte einen Takt aus, als sie sah, wer ihr geschrieben hatte.

Ian: Ich muss mit dir reden.

Sie blinzelte und las die Nachricht sicherheitshalber noch einmal. Seit zwei Wochen machte er einen großen Bogen um sie, kam nicht bei ihr im Büro vorbei und wusste es auch zu vermeiden, dass sie sich im Korridor über den Weg liefen. Und er hatte sie nicht ein einziges

Mal angerufen, um zu fragen, wie es ihr ging. Er hatte den Kontakt einfach abgebrochen, und Riley litt höllisch darunter. Was konnte er jetzt, nach all der Zeit, von ihr wollen?

Ein berufliches Anliegen konnte es nicht sein, sie arbeitete ja nicht in seiner Abteilung.

Mit heftig klopfendem Herzen tippte sie eine Antwort.

Riley: Mache gerade Feierabend, komme auf dem Weg nach draußen bei dir vorbei.
Ian: Gut, ich warte.

Mit zitternden Fingern fuhr sie den Computer herunter, schnappte sich ihre Handtasche, knipste das Licht aus und verließ ihr Büro.

Sie passierte den Schreibtisch von Ians Sekretärin, die stets um fünf nach Hause ging, klopfte und trat ein.

Er erhob sich sogleich. Statt einer Begrüßung befahl er: »Schließ die Tür ab.«

Sie tat automatisch, was er von ihr verlangte. Als ihr bewusst wurde, dass sie mit ihm allein war, begann sie vor Nervosität zu schwitzen. Was auch immer er ihr zu sagen hatte, jetzt ging es ans Eingemachte, so viel war klar.

Gut möglich, dass er sie zu sich gebeten hatte, um sie nun auch noch persönlich davon in Kenntnis zu setzen, dass es aus war.

Wie immer um diese Tageszeit hatte er die Krawatte abgelegt und die obersten Hemdknöpfe geöffnet, sein

Sakko hing an einem Haken an der Tür. Mit seinem bereits von Bartstoppeln überzogenen Kinn und der zerwühlten Frisur sah er wie üblich zum Anbeißen aus, aber so sexy er auch wirkte, er hatte dunkle Schatten unter den Augen, sodass sich Riley unwillkürlich fragte, ob er in den vergangenen vierzehn Tagen genauso wenig geschlafen hatte wie sie.

»Wie geht es dir?«, fragte er und ließ mit unverhohlenem Interesse den Blick über sie gleiten.

»Gut. Offenbar habe ich einen ziemlich harten Schädel.« Sie klopfte sich mit den Fingerknöcheln an die Stirn.

Ian verzog keine Miene. »Ich finde das, was dir dieses Schwein angetan hat, nicht zum Lachen.«

»Ich werde mir deswegen aber auch nicht die Augen ausweinen.« Sie hatte genügend Tränen vergossen, sowohl wegen Ian als auch wegen ihres Vaters, der sie ihr Leben lang wie Dreck behandelt hatte.

»Du siehst gut aus«, stellte Ian fest. Es klang erleichtert. »Ich hab mir Sorgen gemacht.«

»Ach, komm.«

Er starrte sie entgeistert an, mindestens ebenso verblüfft über ihren verächtlichen Tonfall wie sie selbst.

»Was ist? Du willst mir doch wohl nicht weismachen, dass dir etwas an mir liegt, oder? Wenn dem so wäre, warum bist du dann im Krankenhaus einfach abgehauen und hast dich seither nicht mehr gemeldet?«

Rileys Gefühle brodelten unter der Oberfläche, seit sie sein Büro betreten hatte. Eigentlich überraschte es sie nicht, dass sie nun plötzlich Empörung verspürte.

Erst hatte sie sich Vorwürfe gemacht, weil sie Ian nicht vertraut hatte, dann hatte er ihr schrecklich gefehlt. Dass sie zornig auf ihn war, hatte sie sich bislang nicht eingestehen wollen, doch nun, da er vor ihr stand, schäumte sie plötzlich vor Wut.

»Sprich weiter«, sagte er mit trügerisch ruhiger Stimme.

Riley ballte die Fäuste und beschloss, den Rat ihrer Therapeutin zu beherzigen. Sie hatte zwar erst zwei Sitzungen hinter sich, die waren jedoch schon recht produktiv gewesen.

In der ersten hatte sie gelernt, ihre Gefühle zuzulassen, in der zweiten, sie zu äußern, ehe sie von ihnen aufgefressen wurde.

Was hatte sie schon groß zu verlieren? Ian hatte sie bereits verlassen. Sie baute sich vor ihm auf, die Arme vor der Brust verschränkt.

»Mein Vater hat mir ins Gesicht geschlagen, so fest, dass ich mir die Schläfe an einer Mauer aufgeschürft hab. Und nach meiner Untersuchung bist du nicht einmal zu mir reingekommen, um zu fragen, wie es mir geht.«

Er wandte betreten den Blick ab. Seine Wangen glühten, als hätte er ein schlechtes Gewissen. »Der Arzt hat uns über deinen Zustand informiert«, sagte er kleinlaut.

»Ach so. Na, das macht es natürlich besser«, ätzte sie.

»Das habe ich nie behauptet.«

Sein betont gelassenes Gehabe brachte sie immer noch mehr auf die Palme. »Ich weiß, es war falsch, dass ich nach dem Anruf meines Vaters nicht gleich zu dir gekommen bin, aber ich hatte meine Gründe. Und die hätte ich dir im Krankenhaus gern dargelegt, aber du hast mir ja gar keine Chance gegeben.«

Sie trat noch einen Schritt näher. »Du hast deine Verantwortung auf Alex abgewälzt und bist einfach abgehauen, und dann … totale Funkstille von deiner Seite. Ging es dir danach besser?« Sie stieß ihn unsanft mit beiden Händen in die Brust, fühlte sich verraten und zutiefst verletzt. »Hm? Hat es dich glücklich gemacht, mich zu bestrafen?« Wieder verpasste sie ihm einen kräftigen Stoß.

Er packte ihr Hangelenk. »Nein, das hat es nicht. Ich habe mich verhalten wie ein arrogantes Aas. Willst du das hören? Ich dachte eben, wenn ich die Regel aufstelle, dass du dich mit jedem Problem als Erstes an mich wendest, und zwar ausnahmslos immer, wirst du dich schon daran halten. Ich dachte, dann hätte ich …«

»Die Kontrolle«, sagten sie beide wie aus einem Mund.

»Ganz recht«, knurrte er.

»Tja, ich hoffe, deine heißgeliebte Kontrolle hält dich nachts im Bett schön warm«, fauchte Riley.

»Keineswegs.«

»Gut.« Weil sie nämlich auch einsam war.

Er ergriff eine ihrer Locken und wickelte sie sich um den Finger. Das leichte Ziepen an der Kopfhaut, das er damit hervorrief, ging Riley durch und durch. Das könnte er sein, der Anfang vom Ende der Eiszeit zwischen ihnen. Wenn sie es zuließ.

Noch war sie unentschlossen. »Ich bin nur ein Mensch, Ian. Ich treffe meine eigenen Entscheidungen, und ich mache Fehler.«

Seine Mundwinkel zuckten verräterisch.

»Ich glaub's nicht. Du lachst?«

Er schüttelte den Kopf. »Nein, ich musste bloß schmunzeln, als mir klar wurde, dass du bedeutend klüger bist, als ich es je war.«

Riley legte den Kopf schief. »Sag das noch einmal.«

»Vergiss es. Es hat ohnehin viel zu lange gedauert, bis ich es endlich kapiert habe«, murmelte er halblaut.

»Was kapiert?« Ihr Tonfall klang argwöhnisch, selbst in ihren eigenen Ohren.

Er berührte ihr Kinn, als würde er sich nur noch wünschen, dass sie sich endlich trostsuchend an ihn schmiegte. Und Riley war durchaus geneigt, es zu tun. Sie hatte das alles satt – das Rätselraten, das Um-den-heißen-Brei-herumreden und vor allem die Einsamkeit.

Wie gebannt starrte sie ihm in die Augen, während er mit dem Daumen ihr Kinn liebkoste.

»Dass ich dich liebe«, sagte er, laut und unmissverständlich.

Riley schnappte nach Luft. »Du …«

»Ich liebe dich.« Sein Blick war warm, seine Augen schienen förmlich zu glühen. Riley spürte, wie sie innerlich dahinschmolz, sowohl wegen seiner zärtlichen Miene als auch wegen der drei Worte, nach denen sie sich so gesehnt hatte.

»Du bist stark genug, um die Vergangenheit zu bewältigen, und stark genug, um mit mir fertigzuwerden«, stellte er mit rauer Stimme fest. So bewegt hatte sie ihn noch nie erlebt. »Seit du damals den Ballsaal des Klub Meridian betreten hast, wusste ich, du bist die Richtige für mich.«

Sie schluckte den Kloß hinunter, der in ihrer Kehle steckte. »Woher soll ich wissen, dass du nicht noch einmal einen Grund findest, um dich von mir zu distanzieren?«

Er strich ihr über die Wange. »Vertrau mir einfach. Ich meine, woher soll ich wissen, dass du mich nicht wegen eines Mannes, der dir mehr zu bieten hat, sitzen lässt?«

»Vertrau mir einfach«, sagte sie lächelnd.

Und dann tat sie etwas, das ihm vor Augen führte, dass sie verstanden hatte. Dass sie ihn akzeptierte und es noch einmal mit ihm versuchen wollte, und zwar diesmal ernsthaft.

Sie schmiegte die Wange in seine Hand und sagte:

»Ich liebe dich auch, Ian.«

Ihre Worte hallten in seinem Kopf nach und fanden schließlich den Weg in sein Herz. Sie klangen absolut aufrichtig. Und er glaubte ihr.

Er hob sie hoch, setzte sie auf seinen Schreibtisch und trat zwischen ihre Beine. »Ich bin echt ein Glückspilz. Ich habe zwar keine Ahnung, womit ich das verdient habe, aber diesmal werde ich es nicht verbocken, versprochen.«

Sie schlang ihm die Arme um den Hals. »Was hältst du davon, mich noch mal hier auf deinem Schreibtisch zu vögeln, um bei den Tiermetaphern zu bleiben?«

»Sehr witzig.« Er beugte sich über sie, sodass sich ihre Nasenspitzen berührten.

»Von jetzt an werden wir nicht mehr vögeln, sondern Liebe machen. Schreib dir das hinter die Ohren.«

Damit schob er ihren Rock nach oben und zog ihr den Stringtanga aus. »Übrigens solltest du künftig auf Unterwäsche verzichten. Es erleichtert das Leben wirklich ungemein.«

»Meinetwegen gern.« Sie streckte bereits die zitternden Finger nach seinem Gürtel aus.

Er machte einen Schritt nach hinten, ließ die Hose zu Boden gleiten und schob sie mit dem Fuß beiseite. Dann trat er wieder zu ihr und strich ein paarmal gemächlich mit dem Schwanz über ihr Geschlecht. Er kam nicht umhin, nach unten zu schauen und fasziniert zu verfolgen, wie sein bestes Stück zwischen ihren feuchten Falten auf und ab glitt.

Sie reagierte mit einem leisen Seufzer. »Ich hätte nicht gedacht, dass es noch einmal so weit kommen würde«, flüsterte sie.

Ian wusste, dass er ihr das Herz gebrochen hatte, und er schwor sich, den Rest seines Lebens alles in seiner Macht Stehende zu tun, um es wieder gutzumachen.

Er sah ihr tief in die Augen, als er schließlich in sie eindrang und von ihr Besitz ergriff. Es war himmlisch zu spüren, wie ihre Muskeln seinen Schaft umfingen, ihn molken und massierten.

Sie stützte sich auf die Ellbogen und schlang die Beine um seine Taille, um ihn zu festzuhalten.

»Ich liebe dich«, sagte er und stieß zu.

Sie warf den Kopf in den Nacken und stöhnte laut auf.

»Ich liebe dich auch«, hauchte sie. »Ich liebe dich so sehr.«

Ihre Worte lösten tief empfundene Gefühle bei ihm aus. Er glitt erneut in sie, so tief, dass es fast schien, als wäre sie ein Teil von ihm. Und mit jedem Atemzug rieb er die Wurzel seines harten Schafts an ihrer Klitoris und brachte sie dem Gipfel der Lust ein Stück näher.

Ein einziger kräftiger Stoß hätte genügt, um ihn explodieren zu lassen, aber diesmal wollte er sie nicht wild und leidenschaftlich nehmen; er wollte es genießen und möglichst lange auskosten. Er schob das Becken nach vorn, schmiegte bei jeder Bewegung sanft den Unterleib an sie, ließ sich betören von ihrem leisen Keuchen, ihrer feuchten Wärme, ihren Fingern, die sich in sein Fleisch krallten.

Als er spürte, dass sie im Begriff war zu kommen, beugte er sich über sie und drückte die Lippen auf ihren Mund. Sie bäumte sich unter ihm auf, hob das Becken an, fuhr ihm mit den Fingern durch die Haare. All das ließ seine Erektion noch härter werden und seinen Körper ekstatisch zittern.

»O Ian, ich liebe, liebe, liebe dich!«

Ihre lustvoll hervorgestoßenen Worte lösten auch bei ihm den Orgasmus aus. Wie von Sinnen begann er in sie zu stoßen, erfasst von einer Welle der Lust, wie er sie noch nie erlebt hatte. Von Gefühlen und Sinneseindrücken überwältigt, ergoss er sich in sie und konnte dabei zu seiner großen Überraschung noch immer das Pulsieren ihrer inneren Muskeln spüren, gerade so, als würde ihr Höhepunkt, der dem seinen an Intensität um nichts nachgestanden hatte, noch immer andauern. Vielleicht hatte sie aber auch bereits den nächsten. Wie auch immer, danach vermochte er sich lange nicht von ihr zu trennen, sondern verharrte in ihr und streichelte ihr übers Haar, bis sie beide wieder etwas zu Atem gekommen waren.

»Ian?«

»Hm?«

»Nächstes Mal darfst du mich wieder fesseln.«

Prompt zuckte sein Schwengel vor Vorfreude. Er wusste es durchaus zu schätzen, dass sie bereit war ihm zu geben, was er ihrer Meinung nach brauchte, aber im Grunde brauchte er nur eines: Riley. Alles andere spielte nur eine Nebenrolle.

Widerstrebend zog er sich aus ihr zurück, begab sich in seine Privattoilette und kehrte gleich darauf mit einem angefeuchteten Handtuch zurück, damit sie sich abwischen konnte. Dann hob er sie hoch und ließ sich mit ihr auf der Couch nieder, wo sie sich an ihn kuschelte, den Kopf an seine Schulter gelehnt.

So lagen sie eine Weile schweigend nebeneinander. Ihre gleichmäßigen Atemzüge wirkten beruhigend, zumal er jetzt die Gewissheit hatte, dass Riley nicht gedachte, ihn je wieder zu verlassen.

»Ich mache eine Therapie«, bemerkte sie leise.

Ihre unerwartete Enthüllung überraschte Ian, zugleich freute es ihn, dass sie beschlossen hatte, ihm davon zu erzählen. »Und, bringt sie auch etwas?«

»O ja.« Sie zögerte. »Ich muss dir noch erzählen, wie das damals mit meinem Vater war.«

Er nickte, wollte auch endlich die Details erfahren. »Ich nehme an, er wollte Geld von dir.«

»Genau. Als er das Bild von uns beiden in der Zeitung gesehen hat, kam er auf die Idee, mich zu erpressen. Er hat gedroht, für einen Skandal zu sorgen, der dir und deiner Familie schaden würde. Und er war ganz sicher, dass du mich dann ›fallen lässt wie eine heiße Kartoffel. Genau so, wie es sich für jemanden gehört, der Abschaum ist und schon immer war‹, hat er gesagt.«

Sie schauderte, und erst da konnte Ian das Ausmaß der seelischen Wunden erahnen, die ihr Vater ihr seit der Kindheit zugefügt hatte.

Er drückte sie an sich, und es kostete ihn seine ganze Kraft, den Zorn zu unterdrücken, der in ihm brodelte. Ein Wutausbruch wäre jetzt alles andere als hilfreich gewesen.

»Auf dich hätte er mit dieser Drohung wohl keinen großen Eindruck gemacht, aber mir wäre es unsäglich peinlich gewesen. Ich wollte weder dich noch deine Familie einer solchen Demütigung aussetzen. Das habt ihr echt nicht verdient.«

»Versprich mir, dass du die Entscheidung, was ich verdient habe und was nicht, nächstes Mal mir überlässt.«

»Okay.« Sie nickte. »Die Sache ist die: Er hat mich zwar nicht geschlagen, als ich noch jünger war, aber er hat dafür gesorgt, dass ich mich klein und wertlos fühlte. Und dieses Gefühl hat er prompt wieder heraufbeschworen. Deshalb habe ich beschlossen, das Problem im Alleingang zu lösen. Ich wollte deine Kette versetzen, um etwas Zeit zu gewinnen, und mir dann überlegen, wie ich ihn ein für alle Mal loswerden kann. Aber ich habe meine Meinung in letzter Sekunde geändert.«

Ian hob eine Augenbraue. »Aber dein Vater hatte die Halskette in der Hand. Ich dachte, du hast sie ihm gegeben, damit er sie verkaufen kann.«

Riley rappelte sich auf und setzte sich rittlings auf ihn. »Nein. Ich hatte vor, die Kette zu verpfänden und ihm das Geld zu geben, irgendwann später. Aber ich konnte mich nicht dazu durchringen. Ich wollte mich einfach nicht mehr von ihm schikanieren lassen, und vor allem habe ich es nicht über mich gebracht, mich von einem Schmuckstück zu trennen, das du mir geschenkt hast.«

Sie tastete reflexartig nach dem Anhänger und schnitt zerknirscht eine Grimasse, als ihr wieder einfiel, dass sie die Kette nicht mehr hatte.

»Noch im Laden habe ich beschlossen, dir alles zu erzählen, damit wir uns gemeinsam eine Lösung für das Problem überlegen können, aber mein Vater hat mir draußen aufgelauert. Und weil ich kein Geld für ihn hatte, hat er sich die Kette geschnappt. Und den Rest kennst du ja.«

Ja, den Rest kannte er. »Hör zu, Riley, du bist alles für mich. Du machst einen besseren Menschen aus mir. Und es tut mir unendlich leid, dass ich hinterher, als du mich gebraucht hättest, nicht für dich da war.«

Sein Herz zog sich schmerzhaft zusammen, als er Tränen in ihren Augen schimmern sah. Er hasste es, ihr wehzutun.

»Jetzt bist du ja da.«

»Ganz recht. Und ich bleibe bei dir.« Er wusste inzwischen, wie leer sein Leben ohne sie war, und diese Erfahrung wollte er nie wieder machen. »Apropos … Lass mich mal kurz aufstehen. Ich habe etwas für dich.«

Sie rutschte von ihm hinunter, und er holte zwei Schmuckschatullen von seinem Schreibtisch. Die erste, eine lange, schmale, kam ihr bekannt vor.

Riley öffnete sie und juchzte vor Freude. »Meine Kette!«

»Ich habe bei der Polizei angerufen, und der zuständige Beamte hat sie mir geschickt, nachdem sich dein Vater schuldig bekannt hatte.«

»Der Staatsanwalt hat mich neulich angerufen und wollte wissen, ob ich mit dem Strafmaß einverstanden bin.«

»Und, findest du fünf Jahre angemessen?«

Sie nickte. »Solange er überhaupt hinter Gitter wandert. Nicht zu vergessen das Kontaktverbot für hinterher.«

Ian würde höchstpersönlich dafür sorgen, dass dieser Mistkerl Riley nicht mehr zu nahe kam. Aber das hatte noch Zeit.

Vorerst wollte er sich ganz auf die Gegenwart konzentrieren. Er nahm die Kette aus dem Etui, und Riley hob die Haare an, damit er sie ihr um den Hals legen konnte, wo sie hingehörte.

»Jetzt ist mir auch klar, warum der Verschluss kaputt war. Ich habe ihn reparieren und die Kette reinigen lassen.«

»Danke.« Sie küsste ihn und tastete dann nach dem Anhänger. »Wenn ich sie trage, habe ich immer das Gefühl, dass du bei mir bist.«

»Dann hoffe ich mal, mit ihrem kleinen Bruder hier ergeht es dir ähnlich.«

Mit einer Mischung aus Neugier und Ungläubigkeit verfolgte sie, wie er ihr die zweite kleine Schachtel reichte. »Ist das etwa …«, murmelte sie mit bebender Stimme.

Er konnte ihre Nervosität gut nachempfinden, ihm erging es ja ganz genauso.

Mit zitternden Fingern nahm sie den Deckel von der Schatulle und erblickte darin einen zur Halskette passenden Ring. Ian war klar, dass der tropfenförmige Diamant reichlich groß war für einen Ring, aber das war ihm egal.

Er ließ sich auf ein Knie sinken, so kitschig das auch aussehen mochte.

»Heirate mich«, sagte er, während sie noch mit offenem Mund den Ring anstarrte und offenbar nicht wusste, ob sie lachen oder vor Rührung in Tränen ausbrechen sollte.

»Das war ein Befehl, keine Frage«, stellte sie fest.

Er grinste. »Okay, okay, ich arbeite noch dran.«

Riley sah ihm mit ernster Miene ins Gesicht. »Ich verlange ja gar nicht, dass du dich von Grund auf änderst. Ich brauche lediglich …«

Er ergriff ihre Hand. »Ich weiß, was du brauchst, und ich will der Mann sein, der es dir gibt.«

»Versprich mir, dass du deinen Kontrolltick zumindest im Schlafzimmer beibehältst, ja? Manchmal finde ich es nämlich ziemlich heiß, von dir herumkommandiert zu werden.«

»Heißt das, du nimmst meinen Antrag an?«, fragte er mit heftig pochendem Herzen.

»Ja. Ja!« Sie hielt ihm die Hand unter die Nase, und Ian steckte ihr den Ring an den Finger. Ein Glück, dass seine Schwester Rileys Ringgröße richtig geschätzt hatte!

Dann erhob er sich, legte sich wieder auf die Couch und zog Riley an sich.

Sie schmiegte sich seufzend an ihn.

Er wusste nicht, wie lange sie dort lagen, Brust an Brust, Herz an Herz. Er spürte nur, wie tief in ihm Ruhe einkehrte und ihn ein nie gekanntes Gefühl des Friedens erfasste.

Er zweifelte nicht daran, dass er dieses Gefühl nun jeden Tag würde genießen dürfen, weil er endlich getan hatte, was er stets für unmöglich gehalten hatte – er hatte es gewagt, sich auf die Liebe einzulassen. Und wie man das anstellte, hatte ihm Riley beigebracht.

Nachwort

Sechs Monate später

Alex sah sich mit einem Bier in der Hand in Ians Wohnung um. Er war umgeben von seinen Geschwistern und Halbgeschwistern, die sich allesamt blendend zu amüsieren schienen. Das Essen war phänomenal, Ian hatte keine Kosten und Mühen gescheut. Alex musste sich nach wie vor sehr am Riemen reißen, um nicht jedem Gedanken an Ian einen Kraftausdruck oder eine Anklage hinterherzuschicken. Tja, alte Gewohnheiten legte man eben nicht so schnell ab.

Die beiden Turteltäubchen konnten partout nicht die Hände voneinander lassen. Aber damit war wohl zu rechnen gewesen in Anbetracht der Tatsache, dass sie ihre Verlobung feierten.

Mit der heutigen Party holte Ian auch jene Familienfeier nach, die Alex vor einiger Zeit hatte platzen lassen.

Alex fragte sich, wie lange er wohl noch würde bleiben müssen, bis er sich verabschieden konnte, ohne verwunderte Blicke zu ernten.

»Hey! Warum machst du denn ein Gesicht wie drei

Tage Regenwetter?«, erkundigte sich seine Schwester Sienna.

»Tu ich doch gar nicht.« Oder etwa doch?

»Ist alles okay?« Sie schlang die Arme um ihn und drückte ihn kräftig an sich.

»Natürlich. Warum auch nicht?«

Sie musterte ihn mit gerunzelter Stirn. »Vielleicht kannst du die anderen täuschen, aber mir kannst du nichts vormachen. Du bist eifersüchtig auf Ian und Riley, und deshalb mache ich mir Sorgen um dich.«

Obwohl sie mit ihrer Vermutung ins Schwarze getroffen hatte, sagte er: »Eifersüchtig? Red keinen Quatsch.«

Sie stemmte die Hände in die Hüften. »Du hattest Riley jahrelang für dich allein, und dann kommt Ian daher und ... naja, du wärst kein menschliches Wesen, wenn du ihnen ihr Glück nicht ein klein wenig neiden würdest.«

Selbst wenn, Alex würde es niemals offen zugeben. Nicht einmal gegenüber seiner geliebten Schwester. »Tu ich aber nicht. Ich will, dass sie glücklich ist. Wenn es sein muss, auch mit ihm.« Er deutete mit dem Kopf auf Ian, um eine neutrale Miene bemüht.

»Bist du sicher, dass du nicht wenigstens ein kleines bisschen in sie verliebt bist?«, hakte Sienna nach.

Alex wurde blass. »Unsinn. Riley ist wie eine Schwester für mich.«

Sienna hob eine Augenbraue. »Wer zu heftig protestiert, macht sich verdächtig.«

»Naja, es mag sein, dass ich mal vor langer langer Zeit ...« Er schüttelte den Kopf, wollte sich nicht daran erinnern und auch nicht zugeben, dass er tatsächlich einmal Gefühle für Riley gehegt hatte. Gefühle, die keineswegs rein geschwisterlicher Natur gewesen waren.

Aber als er sie dann eines Tages geküsst hatte, war sie total ausgeflippt und hatte argumentiert, sie seien so gute Freunde und dürften das nicht aufs Spiel setzen. Und er hatte ihr umgehend recht gegeben, denn mit ihr befreundet zu sein war definitiv besser, als sie zu verlieren. Und das wäre wohl die Alternative gewesen, da sie seine Gefühle ganz offensichtlich nicht erwiderte.

Seither hatte er nie ernsthaft befürchten müssen, Konkurrenz zu bekommen – bis sie seinen Halbbruder Ian kennengelernt hatte. Naja, egal. Ihre Familien hatten Frieden geschlossen. Er würde damit leben müssen.

»Aha! Wusste ich's doch.« Sienna schob die schmalen Finger in seine Hand. »Ich bin ja der Ansicht, es ist besser, wenn man sich seinen Gefühlen stellt, statt sie zu verdrängen. Du musst es ja nicht an die große Glocke hängen, aber wenn du jemanden zum Reden brauchst, stehe ich dir gern zur Verfügung.«

Er schüttelte den Kopf. »Wie gesagt, es ist ewig her, und es ist vorbei. Und es geht mir gut.« Das entsprach durchaus den Tatsachen. Es war nur so, dass seit Rileys Verlobung mit Ian der Kontrast zwischen ihrem und seinem Leben noch deutlicher zutage trat.

Er hatte seine Groupies, Riley hatte einen künftigen Ehemann und ein Leben, in dem er keine Rolle mehr spielen würde. Oder jedenfalls, verglichen mit früher, nur noch eine ziemlich untergeordnete Rolle.

»Na gut, das akzeptiere ich vorläufig. Ich geh mal kurz zu Mom rüber, okay?«

Ian hatte doch tatsächlich auch ihren gemeinsamen Vater und Savannah eingeladen. Das war nun wirlich ein sehr deutliches Signal der Versöhnung, für welches ihm sogar Alex Bewunderung zollen musste.

»Hi!« Riley gesellte sich mit einem Glas Champagner in der Hand zu ihm. »Ich freue mich riesig, dass du da bist, auch wenn du dich heute Abend anscheinend nicht sonderlich gut amüsierst.«

Er schüttelte den Kopf. »Ich amüsiere mich blendend«, schwindelte er. »Und ich hab dich lieb. Ich würde nirgendwo sonst sein wollen. Wenn du glücklich bist, bin ich es auch.« Und das meinte er absolut ernst.

Als das Lachen einer Frau an sein Ohr drang, drehte er sich um und erblickte unweit von ihnen eine hübsche Blondine, die sich gerade mit Ian unterhielt. Sie trug einen engen schwarzen Rock, der sich an ihre sinnlichen weiblichen Kurven schmiegte, und dazu ein lilafarbenes, züchtig hochgeschlossenes Satintop.

Eigentlich war sie überhaupt nicht sein Typ, aber Alex konnte sich gar nicht an ihr sattsehen. Seltsam, denn sonst stand er eher auf Frauen, die sexy und offenherzig gekleidet waren. Außerdem war er definitiv ein Busenfetischist, in diesem Fall waren die Brüste jedoch züchtig verhüllt. Er fühlte sich instinktiv hingezogen zu dieser Frau, die so mit ihren Reizen geizte, war fasziniert von ihrer Haltung und ihrer Art sich zu kleiden.

Und sie kam ihm irgendwie bekannt vor.

Hm.

»Wer ist das?«, fragte er Riley.

Sie lachte. »Du kannst dich wohl nicht an sie erinnern, wie? Das ist Madison Evans, meine Sozialarbeiterin. Du hast sie im Krankenhaus kennengelernt, nachdem …« Sie verstummte, und er konnte gut nachvollziehen, dass sie keine Lust hatte, ihren Vater zu erwähnen oder auch nur an ihn zu denken. Alex konnte nur hoffen, dass es dem alten Sack im Knast so richtig dreckig ging.

»Im Ernst?« Er blinzelte. Tatsächlich, diese Frau mit dem fließenden blonden Haar war dieselbe, die ihn vor ein paar Wochen, bei ihrer ersten und bisher einzigen Begegnung, praktisch ignoriert hatte.

Schon damals hatte es ihn gewundert, dass sie trotz Rock und Bluse, einem ausgesprochen prüden Outfit, in dem ihre weiblichen Rundungen nicht einmal ansatzweise zu erahnen gewesen waren, ausgesprochen attraktiv auf ihn gewirkt hatte. Und natürlich war er in seinem Stolz gekränkt gewesen. Nicht, weil sie ihn nicht erkannt hatte, was ihm höchst selten passierte, sondern weil sie ihn keines zweiten Blickes gewürdigt hatte. Madison Evans hatte seinem Ego einen herben Dämpfer verpasst, und zugleich hatte es ihn überrascht, dass sie ihn so in ihren Bann gezogen hatte.

»Du hast erzählt, dass du ein paar Sitzungen bei ihr hattest, aber darf ich fragen, warum du deine Therapeutin zu einer Familienfeier einlädst?«

»Ich habe die Therapie beendet.« Riley lächelte. »Ich wollte nicht noch jahrelang in der Vergangenheit herumstochern. Wie auch immer, Madison und ich haben uns angefreundet, und ich habe nicht allzu viele Freundinnen.« Sie zuckte die Achseln, als wäre damit alles gesagt.

Naja, war es wohl auch.

»Mir ist schon im Krankenhaus aufgefallen, dass sie dir offenbar gefällt. Wie kommt's?«, wollte Riley wissen.

Nun war es Alex, der die Achseln zuckte. Er hatte sich diese Frage ja auch schon gestellt. Irgendetwas an Madison zog ihn magisch an, und er konnte sich nicht erklären, was es war. Naja, wichtig war jetzt nicht, dass er es verstand, sondern dass er irgendwie ihre Aufmerksamkeit erregte.

»O-o, was ist denn das für ein Blick?« Riley wedelte mit der Hand vor seinem Gesicht herum. »Du wirkst so … entschlossen.«

Bislang hatte er sich auf dieser Party gelangweilt, hatte darauf gewartet, das irgendetwas – oder irgendjemand – sein Interesse erregte. Und dann hatte er *sie* gesehen.

Er war gerade im Begriff, zu Madison hinüberzugehen, da sagte Riley zu ihm: »Sie ist anders als die Frauen, mit denen du dich sonst umgibst.« In ihren Worten schwang ein warnender Unterton mit.

Alex drehte sich noch einmal zu ihr um und grinste. »Das will ich doch hoffen.«

Werkverzeichnis der im Heyne Verlag von Carly Phillips erschienenen Titel

Über die Autorin

Werkverzeichnis

› Bonusmaterial

HEYNE ‹

Die Autorin

Carly Phillips hat sich mit ihren romantischen und leidenschaftlichen Romanen in die Herzen ihrer Leserinnen geschrieben. Nach ihrem Abschluss an der Brandeis University praktizierte sie als Anwältin. Als sie nach der Geburt ihrer ersten Tochter ihre Leidenschaft für Liebesgeschichten entdeckte, begann sie selbst zu schreiben. In den 90er Jahren gab sie ihre Karriere als Juristin auf und blieb bei ihren Töchtern zu Hause.
1998 erschien ihr erstes Buch in Amerika. Sie hat bereits über zwanzig Romane veröffentlicht und ist inzwischen eine der bekanntesten amerikanischen Schriftstellerinnen. Mit zahlreichen Preisnominierungen und Auszeichnungen ist sie aus den Bestsellerlisten nicht mehr wegzudenken.
Carly Phillips lebt mit ihrem Mann und ihren zwei Töchtern in Purchase im Staat New York. Ihre Leidenschaft gilt, neben der Familie, ihren beiden Terriern Bailey und Buddy sowie dem Baseball. Im wahren Leben ist ihr Ehemann ihr Held.
Vorbilder für ihr literarisches Schreiben sind LaVyrle Spencer, Catherine Coulter und Susan Elizabeth Phillips. Carly Phillips' richtiger Name lautet Karen Drogin, unter dem sie ebenfalls veröffentlicht. Ohne zu schreiben, sagt sie selbst, würde sie verrückt werden. Die Atmosphäre, in der Carly Phillips ihre Bücher verfasst, ist allerdings nicht weniger verrückt: Sie schreibt im Chaos zwischen laufendem Fernseher, bellenden Hunden und ihren beiden Töchtern. Dies alles wirke sich jedoch positiv auf ihre Kreativität aus, so Carly.

Wenn Sie mehr über Carly Phillips erfahren wollen, besuchen Sie sie auf ihrer Homepage: www.carlyphillips.com

Werkverzeichnis

1. Die Chandler-Trilogie

Der letzte Kuss
(The Bachelor)

Wer von ihnen als Erster den Herzenswunsch ihrer Mutter nach Hochzeit und Enkelkindern erfüllen soll, entscheiden die drei Brüder Rick, Chase und Roman durch das Werfen einer Münze. Ausgerechnet Auslandskorrespondent Roman muss sich der Herausforderung stellen. Seine Traumfrau macht es ihm jedoch nicht leicht.

Der Tag der Träume
(The Playboy)

Die Frauen von Yorkshire Falls werfen sich Rick Chandler reihenweise an den Hals. Doch der attraktive Polizist will nach einer missglückten Ehe nie wieder heiraten. Als ihm eines Tages Kendall, eine waschechte »runaway bride«, über den Weg läuft, knistert es heftig auf beiden Seiten. Doch auch Kendall liebt ihre Freiheit über alles.

Für eine Nacht
(The Heartbreaker)

Nachdem Roman und Rick unter der Haube sind, ist nun Chase als letzter der drei Chandler-Brüder an der Reihe, endlich die Frau seiner Träume zu finden. Dies stellt sich als äußerst schwierig heraus, denn seine Auserwählte ist nach der ersten gemeinsamen Nacht spurlos verschwunden. Chase kennt nicht einmal ihren richtigen Namen.

2. Die Hot-Zone-Serie

Mach mich nicht an!
(Hot Stuff)

Annabelle, attraktive und erfolgreiche PR-Beraterin in der Hot-Zone-Agentur, verliebt sich konsequent immer wieder in die falschen Männer. Nach der letzten verheerenden Beziehung hat sie sich deshalb strikte Enthaltsamkeit geschworen. Als sie ihrem neuesten Klienten, dem Ex-Football-Star Brandon Vaughn, gegenübersteht, hält sie ihn zunächst für den typischen, oberflächlichen Sportler. Doch schon bald entdeckt Annabelle, dass sich unter Brandons harter Schale ein weicher Kern verbirgt, und ihr guter Vorsatz schmilzt wie ein Eiswürfel in der Sommersonne.

Her mit den Jungs!
(Hot Number)
Micki, Annabelles burschikose Schwester, ist bis über beide Ohren in den lebenslustigen und charmanten Baseball-Profi Damian verschossen. Doch der stadtbekannte Herzensbrecher scheint sie bisher noch nicht einmal wahrgenommen zu haben. Ihr Onkel Yank, der Gründer und Chef der Hot-Zone-Agentur, sorgt dafür, dass Damian und Micki gemeinsam auf einer romantischen Insel landen. Und wirklich: Die beiden verleben leidenschaftliche Tage voller Glück und Harmonie. Doch kaum wieder in New York, zieht Damian sich zurück. Micki ist verzweifelt: Wie konnte sie nur glauben, ihn dauerhaft an sich zu binden?

Komm schon!
(Hot Item)

Sophie, die kontrollsüchtige der drei Jordan-Schwestern, verliert genau das, was ihr am wichtigsten ist: den Überblick. Denn Spencer, der PR-Berater der Hot-Zone-Agentur, ist plötzlich untergetaucht. Damit ihre Klienten nicht verrücktspielen, muss Sophie ihn um jeden Preis in die Agentur zurückbringen. Als der sexy Football-Spieler Riley Nash sich in Sophies Leben drängt, gibt es noch mehr Unordnung: Auf der gemeinsamen Suche nach dem Vermissten findet Sophie nicht nur heraus, dass Riley ein Geheimnis hat, sondern auch, dass sie seinem erotischen Charme nicht widerstehen kann.

Geht's noch?

(Hot Property)

Die quirlige Eventmanagerin Amy Stone ist frisch nach New York gezogen, um für die Hot-Zone-Agentur zu arbeiten. Dank der Vermittlung ihrer Freundin – und Geschäftspartnerin – Micki zieht Amy schon bald einen lukrativen Auftrag an Land: Sie soll John Roper, einem bisher sehr erfolgreichen Baseball-Profi, aus seiner Lebenskrise helfen. Er hat nicht nur berufliche und gesundheitliche Probleme, sondern auch familiären Dauerstress. Amy stürzt sich voller Tatendrang in diesen Auftrag – und versucht ihre eigenen Gefühle zu ignorieren.

3. Die Corwin-Trilogie

Trau dich endlich!

(Lucky Charm)

Schon als junges Mädchen weiß Gabrielle, dass sie ihren Mr. Right, den attraktiven Derek Corwin, bereits gefunden hat. Doch dann lässt der sie sitzen und heiratet eine andere. Die Begründung: Ein Fluch lastet auf seiner Familie, der es ihm unmöglich macht, mit seiner wahren Liebe glücklich zu werden. Gabrielle bleibt nichts anderes übrig, als sich damit abzufinden. Als sie ihren Ex – inzwischen geschieden und sexy wie nie – nach Jahren wieder trifft, lässt sie sich erneut auf eine heiße Affäre mit ihm ein.

Spiel mit mir!

(Lucky Streak)

Las Vegas macht's möglich: In einer heißen Nacht heiratet der sexy Cop Mike Corwin nicht nur die umwerfende Trickbetrügerin Amber, sondern gewinnt darüber hinaus 150 000 Dollar. Als er am nächsten Morgen aufwacht, ist Amber verschwunden – und das Geld auch. Hat sie ihn reingelegt? Oder entfaltet der Fluch, der auf den Corwin-Männern lastet, tatsächlich seine Wirkung? Prompt sieht Mike seine schlimmsten Befürchtungen bestätigt. Für ihn ist der Fall klar: Er will die Scheidung. Doch Amber glaubt an ihre Liebe zu Mike und lässt sich von nichts aufhalten.

Mach doch!

(Lucky Break)

Der Corwin-Fluch besagt, dass kein männliches Familienmitglied jemals mit seiner großen Liebe glücklich werden kann. Derek und Mike Corwin sind zwar inzwischen mit ihren Traumfrauen verheiratet, doch nun scheint das Übel auf ihrem Cousin zu lasten: Der smarte Jason fühlt sich unwiderstehlich zu der verführerischen Lauren Perkins hingezogen. Doch es war ausgerechnet Laurens Urahnin, die einst den Fluch über die Corwin-Familie brachte. Ist ihre Liebe stark genug, den unheilvollen Bann endgültig zu brechen?

4. Die Single-Serie

Küss mich doch!

(Kiss me if you can)

Coop gilt als der begehrteste Single in ganz New York, seit er einen Juwelenraub verhindert hat. Plötzlich kann er sich vor Verehrerinnen nicht mehr retten, doch wirklich fasziniert ist er nur von der unkonventionellen Lexie. Die hat allerdings nur eines im Sinn: an den antiken Ring zu kommen, den er vom Juwelier als Belohnung erhalten hat. Denn er birgt ein dunkles Familiengeheimnis. Kann Coop ihr vertrauen?

Verlieb dich!

(Love me if you dare)

Der Polizist Rafe rettet seiner Kollegin Sara das Leben – ein gefundenes Fressen für die Medien, die die Geschichte aufbauschen und ihn zum begehrtesten Junggesellen New Yorks machen. Er flieht vor der Klatschpresse, nachdem er zugegeben hat, dass die attraktive Sara weit mehr als eine Kollegin für ihn ist. Die macht sich auf die Suche nach Rafe und verliebt sich in ihn und seine ungestüme, aber liebenswerte Großfamilie. Wenn nur alles so einfach wäre …

5. Die Barron-Serie

Ich will doch nur küssen

(Serendipity)

Von Männern hat Faith genug! Frisch geschieden kehrt sie in ihre Heimatstadt zurück. Dort begegnet sie ausgerechnet dem Mann, den sie seit zehn Jahren nicht vergessen kann: Ethan. Er stellt ihre Gefühlswelt gehörig auf den Kopf und lässt sie wieder auf die große Liebe hoffen. Doch Ethan hat ein dunkles Geheimnis, und als seine Halbschwester auftaucht, geht das Chaos erst richtig los.

Ich will nur dein Glück

(Serendipity 2)

Als Nash Barron die attraktive Kelly auf der Hochzeit seines Bruders kennenlernt, funkt es gewaltig zwischen ihnen. Nash ist fasziniert von Kellys Schönheit und Warmherzigkeit, doch für ihn steht fest, dass sie ihrer Leidenschaft nicht nachgeben dürfen. Dadurch würde er das Vertrauensverhältnis zu seiner Halbschwester Tess gefährden, die die Barron-Familie erst kürzlich aufgenommen hat. Sie braucht nun seine ganze Unterstützung. Doch Tess ist nicht das einzige Hindernis zwischen den beiden. Auch Kelly hat ihre Gründe, auf Distanz zu gehen: Sie verheimlicht Nash etwas, das er ihr nie verzeihen würde ...

Ich will ja nur dich!

(Serendipity 3)

Mehr als ein paar knappe Worte hat der Polizist Dare Barron noch nie mit der unnahbaren Liza McKnight gewechselt. Dabei begehrt er sie seit seiner frühen Jugend. Als Liza jedoch in Schwierigkeiten gerät, beschließt Dare kurzerhand, für ihren Schutz zu sorgen – und die beiden kommen sich plötzlich näher, als sie es je für möglich gehalten hätten. Doch Dare ahnt: Wenn er Liza nicht verlieren will, muss er ihr sein dunkelstes Geheimnis anvertrauen und sich seiner eigenen Vergangenheit stellen …

6. Die Marsden-Serie

Küss mich später

Als sein Vater an Krebs erkrankt, kehrt Mike zurück nach Serendipity und vertritt ihn als Polizeipräsident der kleinen Stadt. Bisher hat Mike als verdeckter Ermittler in Manhattan ein rastloses Leben ohne feste Bindungen geführt. Auch die Begegnung mit seiner neuen Kollegin Cara bildet zunächst keine Ausnahme, und die beiden beginnen eine leidenschaftliche Affäre ohne große Erwartungen. Doch allmählich erkennen sie, dass sie sich perfekt ergänzen und tiefere Gefühle füreinander entwickeln …

Liebe auf den ersten Kuss

Als Erin Marsden, Tochter des ehemaligen Polizeichefs von Serendipity, feststellt, dass sie schwanger ist, steht ihre heile Welt Kopf. Denn Vater ihres ungeborenen Babys ist der mysteriöse Ex-Cop Cole Sanders, den ein dunkles Geheimnis umgibt. Aber während Erin tiefere Gefühle entwickelt, geht Cole auf Distanz. Erst, als Erin von einer Unbekannten wiederholt attackiert wird und Schutz braucht, erkennt Cole in ihr die Frau, die ihn glücklich machen kann - und stellt sich seiner Vergangenheit …

Ein Kuss zuviel

Nachdem er ausgerechnet am Tag seiner Hochzeit sitzengelassen wurde, hat Sam Marsden aus Serendipity eigentlich der Liebe abgeschworen. Doch schon bald lernt er die geheimnisvolle Nicole kennen und erlebt mit ihr ein Wechselbad der Gefühle. Mal ist sie voller Leidenschaft, dann wieder abweisend und verschlossen. Erst als Nicole in Gefahr gerät, offenbart sie sich Sam. Doch sucht sie nur seinen Schutz oder will sie ihn als Mann fürs Leben?

Wer nicht wagt, der liebt nicht.

Riley Taylor behält gerne die Kontrolle über alles und würde ihre Unabhängigkeit niemals aufgeben wollen – bis sie auf einer Party dem charismatischen Ian Dare begegnet, der sie auf der Stelle umhaut. Ian hat seine eigenen Dämonen und seit er herausgefunden hat, dass sein Vater jahrzehntelang ein Doppelleben geführt, und eine zweite Familie mit einer anderen Frau hatte, hat er sich geschworen, sein Herz für niemanden mehr zu öffnen. Doch die sinnliche Riley erweckt seine dominante und beschützerische Seite, er möchte diese Frau unbedingt haben, allerdings kämpft Riley mit ihrer Vergangenheit – diese und die Gefühle, die Ian in ihr schürt könnten sie alles kosten ...

8. Einzeltitel

Küss mich, Kleiner!

(Under the Boardwalk)

Ariana Costas nutzte vor fünf Jahren die erste Gelegenheit, um ihrer schrulligen griechischen Familie zu entfliehen. Doch nun verlässt die junge Psychologieprofessorin ihr geregeltes Leben in Vermont, denn ihre Zwillingsschwester Zoe ist verschwunden. Dass allerdings gleich am ersten Tag auf sie geschossen wird, hätte Ariana nicht erwartet. Genauso wenig wie die Rettung durch den gut aussehenden Detective Quinn Donovan. Nun steckt Ari wirklich in der Klemme. Genauso wie Quinn: Denn wie soll er dieser sinnlichen Frau widerstehen und gleichzeitig seine gefährliche Mission erfüllen, die sie beide das Leben kosten könnte?

Auf ein Neues!

(Perfect Partners)

Nach dem tragischen Unfalltod ihrer Schwester kämpft die erfolgreiche Anwältin Chelsie Russel um das Sorgerecht für ihre geliebte Nichte Alix. Doch Griffin Stuart, Alix' Onkel und ebenfalls Anwalt, gewinnt den Fall und beschließt, von nun an ganz für die Kleine da zu sein. Chelsie wiederum will sich nicht einfach aus dem Leben ihrer Nichte drängen lassen. Schon bald merken die beiden, dass sie ihren Zwist begraben und gemeinsam für das Mädchen da sein müssen. Während sie versuchen, dem Kind eine Ersatzfamilie zu bieten und mit ihrer Trauer fertig zu werden, kommen sie sich näher ...

Noch ein Kuss

(The Right Choice)

Die Kolumnistin Carly Wexler ist überzeugt: Liebe und Leidenschaft bringen nichts als Enttäuschung, und so führt sie eine eher leidenschaftslose Beziehung mit dem ehrgeizigen Peter. Die Vernunftheirat der beiden steht kurz bevor, als sie Peters attraktiven Bruder Mike kennenlernt. Er ist das genaue Gegenteil von Peter: rau, männlich, selbstbewusst, und Carly fühlt sich stark zu ihm hingezogen. Die Begegnungen mit ihm verwirren sie und bringen ihre Prinzipien ins Wanken. Will sie weiter auf Nummer sicher gehen oder die Liebe – mit all ihren Risiken – in ihr Leben lassen?